U0102143

教育部"985"三期哲学社会科学创新基地资助成果

《科学与人文研究丛书》
编委会

顾　问　刘则渊
主　编　洪晓楠
副主编　王　前　丁　堃
编　委　（以姓氏笔画为序）

丁　堃　文成伟　王子彦　王　前
王国豫　王续琨　刘乃仲　刘元芳
刘艺工　刘鸿鹤　张志刚　张学昕
杨连生　迟景明　郑保章　姜青春
洪晓楠　费艳颖　蔡小慎

大学创新团队：
心理契约对知识共享的影响机理

王丽丽　著

人民出版社

责任编辑:陈寒节

责任校对:湖　催

图书在版编目(CIP)数据

大学创新团队:心理契约对知识共享的影响机理/王丽丽 著.
—北京:人民出版社,2011.7
(科学与人文研究丛书)
ISBN 978 – 7 – 01 – 009927 – 9

Ⅰ.①大…　Ⅱ.①王…　Ⅲ.①高等学校 – 科学研究 –
组织管理学　Ⅳ.①G644

中国版本图书馆 CIP 数据核字(2011)第 098636 号

大学创新团队:心理契约对知识共享的影响机理
DAXUE CHUANGXIN TUANDUI
XINLI QIYUE DUI ZHISHI GONGXIANG DE YINGXIANG JILI

王丽丽　著

人民出版社 出版发行
(100706　北京朝阳门内大街 166 号)

北京市文林印务有限公司印刷　新华书店经销
2011 年 7 月第 1 版　2011 年 7 月北京第 1 次印刷
开本:710 毫米×1000 毫米　1/16　印张:14
字数:199 千字　印数:0,001～2,200 册

ISBN 978 – 7 – 01 – 009927 – 9　定价:28.00 元

邮购地址:100706　北京朝阳门内大街 166 号
人民东方图书销售中心　电话:(010)65250042　65289539

《科学与人文研究丛书》总序

科学和人文是一对孪生兄妹,两者可以说是"相融是利,相离则是'半个人'"(杨叔子语)。

英文的 science 一词基本上指 natural science(自然科学),但 science 来自拉丁文 scientia,而后者涵义更广泛,是一般意义上的"知识"。德文的 wissenschaft(科学)与拉丁文的 scientia 类似,含义较广,不仅指自然科学,也包括社会科学以及人文学科。我们知道德国人喜欢在非常广泛的意义上使用"科学"这个词,比如黑格尔讲哲学科学、狄尔泰讲精神科学、李凯尔特讲文化科学等。这些词的历史性关联暗示了一个更深层更广泛的思想传统,狭义的自然"科学"只有在这个深广的思想传统之下才有可能出现和发展。从静态的观点看科学是一种认识成果,是一种系统化、理论化的知识体系。在欧洲,文艺复兴运动之前,科学是小规模的运动,主要是少数学者和哲人的个人活动。文艺复兴运动之后,才相继建立了一批大学和科学院。尤其 19 世纪以后,科学活动的规模空前扩展,科学的社会化和社会的科学化才迅速发展。到现在,科学活动不再是少数人进行的纯学术研究,而是由众多社会成员参加,对于整个社会而言,科学研究成为一种专门的社会事业、社会结构中的一个独立部门。如今运用动态的观点把它看作是人类进行社会实践的一种特殊形式,认识世界的一种过程,生产科学知识的一种特殊的社会活动。科学技术能使人类认识未知世界,帮助人类提高认识能力,同时人的认识世界的预测能力更是全面提高,突出人的主体性,表现了科学认识的能动性。在人类文化发展过程中,随着自然科学的不断发展,它的地位不断提升,成为一种高尚的文化成就。早在 17~18 世纪,科学就已成为一个重要的文化因素,被纳入整个文化体系,发挥着重要的文化功能。到了 19 世纪中期,科学文化更是蓬勃发展,在某些人心目中,科学文化简直是文化的典范,代表着文化的未来。如今,在这个文化多元化的社会,科学文化是其有机组成部分,而且成为一种相对独立的文化过程。社会文化是一个复杂的系统,是物质成果和精神成果的总汇,对社会文化的发展起到巨大推动作用,而且科学发展离不开一定的社会文化背景,受到其他文化因素的制约和影响,如政治、民族的精神状态和文化传统。

英文的 Humanities 直接来源于拉丁文 Humanitas,而拉丁文 Humanitas 继承了希腊文 paideia 的意思,即对理想人性的培育、优雅艺术的教育和训练。公元 2 世纪罗马作家格利乌斯(Aulus Gellius)的一段话成了 Humanitas 的经典定义:

那些说拉丁语以及正确使用这种语言的人,并没有赋予 Humanitas 一词以一般以为具有的含义,即希腊人所谓的 philanthropia,一种一视同仁待人的友爱精神和善意。但是,他们赋予 humanitas 以希腊文 paideia 的意思,也就是我们所说的"eruditionem institutionemque in bonas artes",或者"美优之艺的教育与训练"(education and training in the liberal arts)。热切地渴望和追求这一切的人们,具有最高的人性。因为在所有动物中,只有人才追求这种知识,接受这种训练,因此,它被称作"Humanitas"或"Humanity"(人性)。①

汉语的"人文"一词同样有这两方面的意思。最早出现"人文"一词的《易经·贲》中说:"观乎天文以察时变,观乎人文以化成天下。"这里的人文就是教化的意思。中国的人文教化同样一方面是强调人之为人的内修,另一方面是强调礼乐仪文等文化形式。那么人之为人最重要的是什么呢?一般认为,以儒学为代表的中国思想把理想人性规定为"仁",在孔子那里,仁者人也,人者仁也,两者互训互通。仁通过什么方式可以获得呢?克己复礼为仁! 礼是实现仁的教化方式。

① 参见吴国盛:《反思科学》,新世界出版社 2004 年版,第 33—34 页。

人文学科一词来源于公元前55年,西塞罗在其《论雄辩家》一书中首先把 humanties(人之品质)列为辩论者的一项基本训练项目。后来经过希腊罗马修辞学学者的发挥,humanitas 就成了古典文科教育的基本大纲。再往后,由圣·奥古斯丁和其他教父们使之转为基督教服务,它又构成了中世纪基督教徒的基础教育,构成了称之为 artes,bone artes("通艺")或 artes liberals("自由艺术")的研究领域,其中包括数学技艺和语言艺术,也包括某些科学,历史学以及哲学。欧洲十五六世纪时期开始使用此词。原指同人类利益有关的学问,以区别于中世纪占统治地位的神学。后含义几经演变。狭义指拉丁文、希腊文、古典文学的研究,包括哲学、经济学、政治学、史学、法学、文艺学、伦理学、语言学等等。20 世纪上半叶,中国大学仿照美国体制分为 3 个学院,其中的文学院教授的就是人文学,简称文科,以别于教授自然科学的理学院和教授社会学的法学院。

科学与人文都是社会文化现象,所以对它们的考察不能脱离时代背景和社会系统去孤立分析。科学与人文本来是统一的。在古希腊时代至欧洲中世纪科学和人文皆被包含于哲学之中,是处于一种相互包容、相互渗透的状态之中,当然,这种浑然未分的统一是由于科学和人文学科皆未分化的结果。近代以后,当人文学科从中世纪的神学解放出来,尤其是科学真正意义上从自然哲学中分离出来时,科学与人文真正走向独立。此阶段的科学与人文之间的关系表现为双向互动的主要特征,一方面表现为科学与人文相互依存,相互促进机制;另一方面表现为科学与人文之间相互对立,彼此竞争的互斥机制。人文运动把科学从神学中解放出来,促进了科学的发展,科学的发展反过来又推动了人文主义的传播。用理性来对抗神学迷信,就是这一阶段科学与人文携手共进的重要目的之一。从 18 世纪中期开始,科学在西方已不仅仅是一种观点或学说了,它已是建制化的活动,已是最有权威性的实践。到 19 世纪下半叶,科学成为主旋律,几乎占领了整个知识领域,在这种社会背景下,人们相信只要掌握了科学就能给人类带来美好的未来。另外科学对社会系统的作用愈来愈大,成为推动社会系统进步的主要力量,从而导致在一定程度上把自然科学绝对化,产生了以实证主义为代表的科学主义观，强调知识必须建立在确实可靠的基础上，只有经验的知识才是确实可靠的，即实证的。科学几乎成为衡量万物的尺度，即"判定什么存在或不存在的尺度"。科学主义的诞生不仅否定了宗教权威，而且动摇了以人的感性经验为基础而建立起来的人文知识体系。而这一时期人文精神对社会的影响日渐消退。科学与人文之间表现出逐渐分离的趋势。人文固守绝对价值目标，忽视通往这一理想境界的现实道路。

近代以来，科学探索与人文探索关注事物的角度、它们的知识系统、文化思维、问题域和观念系统等等不同，科学和人文处于分化、对峙状态，甚趋于紧张。另一原因是人为原因，这就是受现实的功利价值、经济效益趋使。在现代社会，随着实证科学和近代技术的兴起，人与自然之间发生了角色转换。由于社会制度的作用，自然界开始变成被人们操纵的对象和被人们利用的工具，人本身变成了中心。科学作为工具价值的一面和作为目的价值的一面出现了严重的背离，以致在资本主义国家产生了科学的异化现象，科学技术对大自然的征服，导致了全球性问题的出现。全球性问题的出现，把当代人类推向了严重的生存困境。科学成了统治人的外部强制力量，这种状况，在科学技术迅猛发展的20世纪，西方的人本主义思想家不是对科学本身的异己性进行批判，而是对科学本身进行拒斥，用人文世界拒斥科学世界，从根本上否定科学精神和理性精神，并用艺术精神和非理性主义来取而代之；而实证主义、科学主义的思想家则把科学的人文价值从科学的价值中剥离出来，把科学理解为与人生存的意义完全无关的关于纯粹事实的科学，并进而用科学世界拒斥人文世界，科学与人文截然割裂。科学主义者突出强调的是科学和理性的重要性，强调要用科学的观点、方法和标准来审视别的文化，忽视或贬低人文文化的意义和价值；而人本主义者则突出强调艺术和非理性的重要性，强调要以"人"为本来审视一切文化，排斥和否定科学的意义和价值，于是，科学文化和人文文化、科学精神与人文精神的分离和对立便进一步加深了。19世纪末最接近于对"两种文化"的分野进行表述的，是标榜新康德主义的弗莱堡历史学派传人李凯尔特,他提出了自然与文化、自然科学与历史的文化科学这两种基本对立。

自从实证主义产生之后,科学与人文之间的分别日益明显。实证主义提出"拒斥形而上学"的口号,实际上就是要严格区别科学与形而上学,逻辑实证主义继承了实证主义"拒斥形而上学"的传统,提出了分界问题,即科学与非科学、科学与形而上学的分界。兹后这一问题成为科学哲学的一个主要问题被科学哲学家们广泛而激烈地争论。从总体上来看,自 19 世纪上半叶到 20 世纪中叶,思想家们大都在论证两种文化的独特性,给它们划界。实际上,这无意中加深了两种文化的裂痕。自 20 世纪中叶之后,思想家们大多从揭露两种文化的分化的弊端出发,寻求弥合两种文化裂痕的途径和方式。

现代西方人本主义者同狭隘的实证主义者和功利主义者一样,从根本上无法看到科学的人文意义和人文价值。人本主义者只看到科学技术对人、自然和社会的负面影响,将科学技术在资本主义条件下的异化直接归咎于科学技术本身,而看不到科学技术对于推动生产力的发展和促进社会的全面进步所起的巨大作用,因而看不到科学技术同人的生存、栖居、自由和发展的深刻的一致性。

由此可见,近代人文主义运动在近代前期带来了科学的发展,并促进了科学的发展,另一方面在近代后期,由于科学自身独立的发展,特别是科学的功利主义的应用,造成了科学与人文的相互排斥,相互分离。在某种意义上,无论是科学主义的悲剧还是悲观的科学虚无主义的误区,归根到底都是由于离开了科学与人文的整合所致。

从整个世界教育发展的历史来看,不管是中国还是西方,古代的教育都十分重视人的素质的培养。但是近代以来,随着科学技术的发展,传统的人文教育逐渐被专业技术教育所取代。中国在 19 世纪后期开始学习西方,发展专业技术教育。在 20 世纪专业技术教育得到蓬勃发展。尤其是在 20 世纪 50 年代我国高等教育深受原苏联的影响,文理分家,理工分校,专业面狭窄。我国的数、理、化、天、地、生、文史、哲、法、经、社、农、医、工程等主要学科中,理工科比例太大,造成畸形发展。人们在思想上重工轻农,重理轻文,重"硬科学"轻"软科学",即便在文科中,人们又存在着重社会科学轻人文学科的倾向。

当前,对于理工科大学生来说,加强人文素质教育尤其重要;对于文科大学生来讲,提高科学素养也是当务之急的问题。通过近十几年来的努力,人们已经逐渐形成了"大"文化素质教育观。科学教育和人文教育要相融,科学文化与人文文化要相融,科学素质和人文素质要相融。相融则利,相离则弊。科学素质、科学精神,人文素质、人文精神就是在科学知识、人文知识中形而下的东西,经过人的努力,特别是经过人的实践,在实践中深思,在实践中体悟,在实践中磨炼,内化升华,形成形而上的精神世界的东西。科学精神也是人文精神。精神就是人文的东西,所以科学精神就是求真的人文精神;而人文精神,就是应以"实事求是"作为其基础的求善精神,从这一角度讲,就是求善的科学精神。科学与人文都有共同的追求。科学追求真,人文追求善,两者结合,保证追求正确,保证结果可以完美。这就是追求真善美高度的统一,而这种统一是创新。创新是一个民族的灵魂,是一个国家兴旺发达的不竭动力,真善美都是围绕着要建设一个更美好的新的明天。一个正确的思想,一个创造性的思想,必定是逻辑思维同形象思维、科学技术思维跟人文艺术思维的高度的统一。

大连理工大学人文社会科学学院自1999年成立以来,学院的发展得到了学校领导以及学界同仁、社会各界的亲切关怀和大力支持。经过10年的努力,学院在人文社会科学发展方面基本实现了三个方面的转变:在教学上,由以"两课"为主的教学工作向以思想政治理论课为主导、文化素质教育为基础、人文社会科学类专业教育快速发展模式的转变;在人才培养上,由专本科和短期培训为主向本科生、研究生培养为主转变;在教学与科研关系上,由教学主导型向学科建设为基础、教学科研、社会服务并重的模式转变。目前,随着学科快速发展的需要,学校在原思想政治理论课教研中心的基础上,又组建了马克思主义学院。新的人文社会科学学院正在按照"文理渗透、中西融汇、学研一体、博专结合"的理念,努力形成以文理工管交叉渗透为特色的人文社会科学学科群。

　　2006 年大连理工大学决定设立人文社会科学研究基金,2007 年就拿出 112 万专款用来支持人文社会科学研究,同时决定以后每年拿出 100 万元作为学校人文社会科学研究基金,这可以说是学校历史上的一个重大突破。2009 年学校又提出文科要入主流,这对我们来说,不仅是一种期待,更是一份沉甸甸的责任。在这个过程中,我们人文社会科学学院理所当然地要一马当先,提升我们的学科水平。基于此,我们在编辑出版"科技哲学与科技管理丛书"的同时,结合我们学院学科较多、覆盖面宽、涉及面广的特点,本着"各美其美,美人之美,美美与共,和谐人文"的宗旨,编辑出版"科学与人文研究丛书"。这套丛书是一套跨越科学与人文两个研究领域的综合性丛书,具有基础性、交叉性、哲理性、现实性、综合性的特点,内容主要涵盖科学与人文综合研究的诸多方面。举凡涉及科学、人文及其关系的内容,均收入这套丛书。这套丛书是我校"211 工程"和"985 工程"建设项目的内在组成部分,其中的著作或者是我们学院部分教师承担的各级各类研究课题的成果,或者是来自名校的年轻博士的博士论文。我们希望通过这套丛书的持续不断的出版和若干年的努力,不仅进一步搞好我们的学科建设,形成我们的学科特色,而且为实现"文理渗透、中西融汇",促进我国科学与人文的交融发展贡献我们微薄的力量。

洪晓楠

2009 年 8 月 8 日于大连

序

　　大学创新团队是一种新的大学科研组织形式，是大学最有生机和活力的科技创新生长点和高层次创新型人才成长的沃土，是国家科技创新体系中的一支重要力量。近年来，大学创新团队建设得到了国家的高度重视。在大学创新团队建设的过程中，有许多问题亟待理论的指导。大学创新团队进行科技创新的重要前提是形成团队的凝聚力，实现知识共享。但是，知识共享不会自发地发生，只能有条件地进行。知识共享发生的基本前提是团队成员有知识共享的意愿。知识共享意愿的产生与大学创新团队成员心理契约的达成密切相关，因此，大学创新团队成员心理契约的达成是形成团队的凝聚力，实现知识共享的重要基础条件。本研究依据这一理论假设开展了比较深入的探索性研究，富有新意。主要的创新体现在：

　　一是从知识转化的内在过程和知识共享外部实现机制相结合的视角，构建了大学创新团队知识共享系统过程模型，揭示了大学创新团队内部知识共享的一般规律，深化和完善了知识转化动态过程的研究。研究将大学创新团队内部知识共享作为一个系统过程来考察，分析了大学创新团队内部知识共享的知识场的特点，对大学创新团队内部个体与个体、个体与组织两个层面的知识共享过程进行了一般规律的探索。将知识共享系统过程模型中的各种知识转换的内在过程和外在主体活动方式分为16种模式，为知识共享的实践提供了简明和易于实施的理论模型。

　　二是从知识共享主体动态活动的视角，开发了知识共享测量量表，提供了知识共享评价的测量工具。对知识共享的测量一直是理论和实践中的一个难点。本书的研究从系统的观点出发,将知识共享的客体活动与主体活动结合起来,通过可以感知和观察到的知识共享系统过程中的显性因素——主体活动来测量隐藏于系统中难以观测的复杂的知识共享过程。基于对知识共享意愿→知识共享行为→知识共享效果的主体动态活动过程的细致分析,设计了三个维度的知识共享测量量表,验证了量表的效度和信度。该量表使复杂问题简明化,有利于实际操作。

三是构建了大学创新团队成员心理契约对团队内部知识共享影响的理论模型并进行了实证检验,总结了大学创新团队成员心理契约对团队内部知识共享影响的作用机理,使知识共享影响因素的研究更加系统化。通过对知识共享影响因素的分析,从个体与组织关系的视角对直接影响知识共享的变量进行了分析和筛选,构建了理论假设模型,并且运用结构方程模型检验等技术提出了验证模型。揭示大学创新团队成员心理契约对团队内部的知识共享的作用规律,丰富了心理契约和知识共享的研究,为人力资源管理与知识管理的交叉研究找到了一新的切入点。

此外,本书的研究以大学创新团队为特定的研究对象,对引导学术界更多地关注这一领域的研究具有十分积极的意义。由于长期以来我国的管理领域对高校科研创新团队管理这样的微观问题研究不够,没有形成相应的理论体系,因此大学创新团队的建设实践相对还带有一定程度的探索性和随意性,存在着简单化、机械化、趋同化的问题,亟待必要的理论指导。所以,本书的研究和出版对于引导学术界重视和拓展这一领域的研究将起到一定的引领作用。

本书的作者王丽丽是我所指导的博士研究生中年龄偏大但思考深入、学术敏感度高、悟性强的学生之一。她从新闻领域转入教学科研工作的同时开始攻读博士学位,在多重压力下很好地完成了博士学位论文,研究的创新成果得到了国内研究专家的认可与高度评价,我为我的学生感到自豪,同时我也深感欣慰与骄傲。

祝贺王丽丽的专著顺利出版。期待她站在已有的新起点上,继续努力攀登,在科学研究的道路上多有探索和收获,为中国管理学理论研究的不断拓展做出应有的贡献。

汪克夷

2010 年 12 月 26 日

(汪克夷,大连理工大学管理学院教授,博士生导师,本书作者导师)

目　录

第一章 绪论

一、问题的提出与研究的意义

1. 问题的提出

(1)对大学创新团队的研究是一个亟待拓展的研究领域

大学创新团队是高校科研团队的一种新的组织形式,是国家科技创新体系中的一支重要力量。为了完成重大研究课题,产出重大科技创新成果,大学创新团队应运而生并且发展迅速。2000年国家自然科学基金委设立了创新研究群体科学基金。该基金资助国内以优秀中青年科学家为学术带头人和骨干的研究群体,围绕某一重要研究方向在国内进行基础研究和应用基础研究。这一基金的设立,引起了我国高校对大学科研创新团队建设的重视。2004年国家教育部启动实施高等学校"高层次创造性人才计划",把创新团队的建设作为高校发展战略的重点之一,探索"学术大师"加"创新团队"的新模式,大力推进创新团队建设。至此,国内985高校纷纷提出"争创一流"的、"国内外知名"的研究型大学的目标,并率先组建了高水平的科研创新团队。之后,凡有条件的高校都将创建"创新团队"作为一项重大工程来抓。可以说,大学创新团队作为高校一种新形式的科技创新组织,已经成为大学最有生机和活力的科技创新生长点和高层次创新型人才成长的沃土,发挥着"创新极"的重要作用。

目前,许多高校的大学创新团队承载着国家级、省部级的重大、重点、重要科学研究项目,成为国家科技创新和科技攻关的生力军。然而,目前国内关于大学创新团队的专门研究还很少(如图1-1所示),研究内容有关研究型大学创新团队(科研团队)建设、管理、发展、运行模式等,深入不够。不仅如此,即使是对与大学创新团队密切关联的高校科研组织——高校(大学)科研团队的研究也很不够,研究的视角主要包括高校科研团队的组建、网络手段、人际沟通、制约因素、激励、绩效评估和人文环境等。可以说,目前关于高校科研团队的理论研究还很不成熟,而且对于大学创新团队的研究还停留在创建阶段,有关大学创新团队建设和管理的文章许多还很笼统,理论上缺乏体系化,实践中可操作性不足。而国外学术界关于科研组织的研究也是更多的面向企业。如美国卡曾巴赫出版的《团队的智慧》(乔恩 R 卡曾巴赫,1999)等,而对高校科研的"创新团队"进行研究的并不多见。据此可以做出一个大致的判断,大学创新团队现象并没有引起学术界的广泛的关注,对它的研究仍然显得十分薄弱。大学创新团队是一个有待进一步研究的课题,也正在期待着突破性的研究成果(李尚群,2008)。由此可见,对大学创新团队的研究还是一个亟待开拓的研究领域。

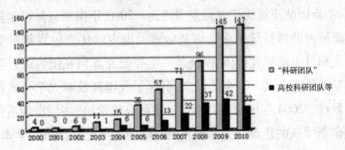

图1-1 2000～2010 年篇名含"科研团队"和

"高校科研团队"的研究论文数

注:图中浅色为2000～2010 年篇名含"科研团队"的各年文献数,深色为2000～2010 年篇名中含"高校科研团队"+"大学科研团队"+"大学创新团队"的各年文献数总和。检索范围为 CNKI 题名检索(默认中英文扩展检索)。2010 年的检索截至 11 月。

(2)对大学创新团队知识共享的研究有待加强

大学创新团队的主要目标是产出重大科技创新成果,知识共享是其中的关键环节。组织内部的知识共享对于高水平的创新所起到的关键性作用已经得到广泛承认,并被认为是知识管理的一个重点。但同时,知识共享也是知识管理理论和实践中的一个难点。达文波特(Davenport,1994)认为,由于自身知识被认定为是有价值和重要的竞争资源,个人没有主动共享知识的动机和意愿。《第五项修炼》的作者彼得·圣吉(Peter Senge,1997)用10年时间对4000家企业进行的调查发现,许多团队个人的智商都在120以上,但是团队整体智商只有62。这充分说明了知识共享在团队中的重要性及其在实践中的难度之大。比尔·盖茨(Bill Gates,1999)在论述知识管理时强调了知识共享的重要性,他认为"一家公司的经理们需要坚信知识共享的重要性,否则即使再努力掌握知识也会失败"。组织成员的知识共享是提高知识利用价值的最重要和最具挑战的方式(Alavi,2000)。知识经过共享,双方所获得的信息和经验都会呈线性增长,若继续与他人共享,并不断地将问题反馈与延伸,那么所得到的经验和信息就会呈几何级数递增(Quinn,1996)。对于组织而言,这种呈几何级数递增的策略自然成为一种核心能力。可见,在大学创新团队内,个体之间以及个体与组织之间越是共享知识就越能发挥知识的价值,想方设法促进成员之间的知识共享是十分必要的。

近年来,我国学者对知识共享的研究成果逐年增多。可见,知识共享正在成为我国学者研究的热点问题。同时,随着大学科研创新团队的理论与实践的兴起和知识共享研究的深入,已经有一些学者将高校、科研组织与知识共享两者结合起来进行研究。如杨振华、施琴芬2007年发表的《高校隐性知识共享的促进因素与障碍因素分析》,陶裕春、解英明2008年发表的《高校科研团队知识共享影响因素分析》,原长弘、李敬姿、姚缘谊2010年发表的《高校科研团队知识共享激励:一个理论分析》等。但是,不管国内或国外,大部分知识共享的研究和实践几乎都集中在企业界,针对高校科研团队(大学科研团队)知识共享的研究并不多见,专门针对大学创新团队知识共享的研究还存在许多空白点需要添补(如图1-2)。因此,大学创新团队的知识共享问题是一个值得加强研究的重要问题。

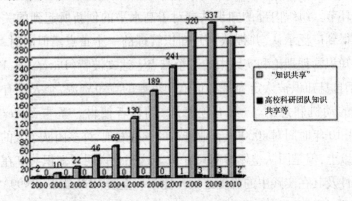

图1-2　2000～2010年篇名含"知识共享"和"高校
科研团队知识共享"的研究论文数

注:浅色为2000～2010年篇名中含"知识共享"的各年文献数,深色
为2000～2010年篇名中含"高校科研团队知识共享"+"大学科研团队
知识共享"+"大学创新团队知识共享"的各年文献数总和。检索范围
为CNKI题名检索(默认中英文扩展检索)。2010年的检索截至11月。

从现实调查了解的情况看,一方面,大学创新团队对知识共享的重视还有待加强。2008年4月,我们曾在某高校大学创新团队中进行了一项关于知识共享的五级量表问卷调查。创新团队成员对"知识共享在团队科研中的重要性"这一题目的认知,其中28%认为十分重要,54%认为比较重要,18%认为一般重要。虽然从总体来说对于知识共享重要性的认同程度较高,但还有相当大的强化空间,而且要把认识转化为实际行动还是需要更多努力的。另一方面,通过访谈了解到,现实中大学创新团队内部的知识共享并非尽如人意。有一些大学团队内的知识共享做得比较好。但是,也有一些团队的合作只是形式上的,实际工作中团队成员却各行其是,致使团队内学科交叉渗透和知识共享出现了人为障碍。这对科学研究和科技创新是极为不利的。因此,从现实的意义上说,进一步强化大学创新团队的知识共享意识,克服大学创新团队知识共享的人为障碍是亟待解决的重要问题。

（3）心理契约对大学创新团队的知识共享十分重要

那么,这些人为的知识共享障碍来源于哪里? 人本主义心理学家罗杰斯(Rogers,1989)认为,"心理安全"是创造活动的一般条件。反过来说,心理不安全就会成为创造活动的壁垒。知识共享的主要障碍之一是心理上的不安全感(钟耕深、赵前,2005)。可见,心理不安全是知识共享人为障碍产生的深层次的原因。

因此,消除心理不安全感是实现知识共享的基本要求,尤其对于隐性知识共享。已有学者的研究表明,心理契约的建立和维持可以减少雇佣双方的不安全感。因为心理契约一方面可以对正式协议起到补充作用,另一方面,心理契约反映了员工对正式协议的理解和内化,而且心理契约的动态性可以使员工的心理需要不断得到满足。因此,大学创新团队成员的心理契约能够保持其成员的期望张力,激发工作热情,调整团队内部关系,增强团队的凝聚力,对大学创新团队的知识共享、科技创新以及建设与发展有着十分重要的意义。

从上个世纪 80 年代起,心理契约已经成为国外人力资源管理研究和实践的一个重要内容。但是,我国学者对心理契约研究的起步较晚,实践中对心理契约管理的重视也很不够。通过以"心理契约"为篇名在中国期刊全文数据库中查询发现,2000 年以来,我国学者的论文数量呈现逐年快速增长势头,特别是近几年的数量增长更加迅速。这些研究绝大多数是关于企业雇佣关系中的心理契约的,关于团队心理契约的研究视角很宽泛,内容有心理契约的内涵、创建、维系、违背、管理以及激励作用等,但数量极少,深度不足。其中以高校科研团队心理契约或大学创新团队心理契约为篇名的文章仅寥寥数篇(如图 1 – 3 所示)。极少的几篇关于大学教师心理契约的论文,诸如《心理契约的违背对美国大学中老年教师的影响》、《基于人力资源管理的大学教师心理契约结构研究》、《大学教师心理契约及其破裂研究》、《大学教师心理契约的特征及管理等》等都是把大学教师作为独立的个体,以雇佣关系为背景开展研究的。其他关于知识型员工心理契约的论文都是以企业中的知识分子(部分为 MBA 学员)为对象开展研究的。
由于心理契约会受社会、组织和个体三个水平因素的影响,因此,处于不同
社会文化背景下的不同组织的各类成员的心理契约都是具有其特殊性的。
上述关于大学教师和知识型员工心理契约的研究虽然对于大学创新团队
成员的心理契约的研究具有一定的借鉴作用,但是,还无法替代大学创新
团队成员的心理契约。

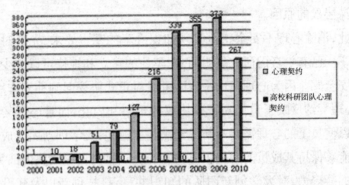

图 1 - 3　2000～2010 年篇名含"心理契约"和"高校
科研团队心理契约"的研究论文数

注:浅色为 2000～2010 年篇名中含"心理契约"的各年文献数,深色
为 2000～2010 年篇名中含"高校科研团队心理契约"+"大学科研团队
心理契约"+"大学创新团队心理契约"的各年文献数总和。检索范围
为 CNKI 题名检索(默认中英文扩展检索)。2010 年的检索截至 11 月。

2. 研究意义

(1)理论意义

综上,大学创新团队建设和发展过程中还有许多问题值得研究,其中
大学创新团队成员的心理契约和大学创新团队的知识共享都是大学创新
团队理论体系中亟待研究的问题,并且尚未发现将这两个问题联系起来,
探寻其相互关系的研究,因此,本文将两者联系起来进行研究是具有探索
性的。同时,由于大学创新团队成员的心理契约和大学创新团队的知识共

享都是动态的和变化的,因此,本文研究心理契约对知识共享的影响,有助于更加准确、深入地把握二者关系的实质和变化规律,有利于拓展心理契约和知识共享的研究领域,丰富大学创新团队理论。

(2)现实意义

目前我国大学创新团队的建设初显成效,但团队建设和发展还面临许多问题,对心理契约和知识共享的重视还很不够。因此,本课题的研究对于促进大学创新团队心理契约的建立和良性发展、知识共享的实施以及大学创新团队的健康发展,推动大学科技创新和国家创新体系的完善具有重大的现实意义。

第一,有利于大学创新团队形成信任的团队关系和氛围

谢荷锋(2007)关于组织环境特征对员工知识分享信任的影响研究指出,组织公平对于知识共享供给方的制度信任,具有显著的影响,而组织沟通的开放程度,则显著影响到供给方的认知信任、情感信任和制度信任三个维度。如果大学创新团队成员对团队及自己在团队中应尽的责任有准确、合理的感知,那么,团队成员的心理契约就会得以建立,进而增强团队的沟通开放程度;而团队内的良好沟通,又会进一步促进团队成员心理契约的保持和良性发展。无疑,这会从认知、情感、工作等方面增强成员的信任,进而建立起信任的团队关系,形成信任的团队氛围。

第二,有利于大学创新团队产出重大科技创新成果和创新人才

知识管理包括知识创新、知识保持和知识分享三个方面基本内容,通过知识分享,可以有力地促进知识的创新(Argote,1999;Huber,1991)。知识创新往往是知识交换和组合的结果(Nahapiet & Ghoshal,1998)。研究发现,"当一个人或者组织与其他人或者组织共享知识时,不仅获得了信息(呈线性增长),同时由于共享过程中的问题反馈、丰富和修正,从而增加了初始传递者的价值,创造了(知识的)指数性增长。"(Quinn,Brian,Anderson,1996)知识资产的价值会随着使用而增加,旧点子会不断衍生出新点子,通过知识共享,知识提供者不仅能丰富知识接受者的知识,而且还会保有其本身的知识(Davenport & Prusak,1998)。而知识如果不依某种形式分

享或使用,则将毫无价值(Hidding & Catterall,1998)。因此,只有通过共享知识,团队成员的知识才能够成为团队组织的知识,进而促进大学创新团队的基础创新和应用创新,产出重大成果。而且,团队知识共享的过程,必然会促进团队成员专业知识、研究经验、研究方法的丰富和提高。在高效的组织知识流程中培养出来的人才必然是更善于学习、更善于合作、更善于创新和更具有活力的。

第三,有利于大学创新团队核心能力的提升

大学创新团队作为知识密集型组织,在学科交叉、融合、渗透与协调发展方面优势突出,团队核心能力的实质是知识价值发掘与应用的能力。这种能力是大学创新团队成员在以往的科研和教学中长期积累下来的经验经过交流和共享而形成团队独有的专长,这种专长是一组技能和技术的集合体,而不是单个分散的,具有现实互补性。本文关于大学创新团队心理契约的结构及其对知识共享影响的研究将有助于大学创新团队采取针对性的积极措施,建立和维持团队成员的良好的心理契约,促进团队成员的知识共享。而且,团队心理契约的履行可以增加团队凝聚力,促进融洽和谐的团队氛围和相互信任的人际关系,使团队成员工作时心情愉快,真诚合作,尽职尽责。这样的团队氛围,会促使团队成员的个人资本上升为团队资本,形成 $1+1>2$ 的团队核心能力。

第四,有利于大学创新团队的持续健康发展

在科学技术快速发展、科研组织之间的竞争不断加剧的知识经济时代,大学创新团队持续健康发展的前提是团队知识资本存量的不断积累以及知识资本构成的不断调整优化,即存在于团队成员个人头脑中的知识通过知识共享能力的提高更有效地转移、转化和创新。知识具有私有物品的性质。组织员工大脑内的知识,是组织知识的重要组成部分(King & Zeithaml,2003)。对于大学创新团队来说,成员的合作是不同知识(能力)的合作,如果团队成员各自为政,把自己的知识锁在保险柜中,那就很可能导致知识无休止地重复开发,导致大量人力、物力、财力的浪费。团队知识创新成本的提高必然限制创新成果的产出,进而使团队失去争取大项目的竞争力,失去对科研创新人才的吸引力,走向团队解体的终局。如果能够采取积极措施建立和保持团队成员的心理契约,就会增强团队的凝聚力和成员知识共享的意愿,使团队成员能够从已有知识成果中充分学习,避免重复性劳动,通过有效的知识共享来保证团队知识资本存量的快速积累以及知识资本构成的不断优化,使团队保持强劲的可持续发展力。而且,从更广泛的意义上说,大学创新团队的健康快速发展必将成为推动我国成为创新型国家的一支重要力量,促进国家创新体系的完善。

二、国内外相关研究回顾

1. 大学创新团队

(1)大学创新团队的含义与特征

陈春花等是较早研究高校科研团队的研究者之一。2002 年,她们在《科学学研究》等期刊上连续发表了 3 篇关于高校科研团队的研究论文,提出了高校科研团队的基本含义,并指出了科研团队的三个特征和六个关键因素。之后,一些学者进一步开展了讨论。陈士俊等(2007)在讨论中强调大学创新团队是一个互动系统,并关注了环境因素;宫丽华(2010)的进一步研究对高校科研创新团队作了较为全面的界定:以优秀学术带头人为领导,以科研创新为目的,以科学研究与技术开发为内容,以整合科技创新资源,紧跟科技发展前沿,产出原创性科研成果为主旨,围绕国家重大研究项目、重大工程项目,以重点学科、重点实验室、研究基地、工程技术中心等为平台,根据合理的学缘结构和年龄结构,由技能互补愿意为共同的目标而相互承担责任,并且在各个专业领域有一定专长的人组成的基层学术组织。一些学者还专门研究了高绩效(优秀)团队应该具有的特征:明确的高水准发展目标、研究梯队、学术平等、自由交流的平台、广泛的国际合作与交流、良好的研究积累和单位依托、多渠道高强度的投入和支持(沈建新,

2004）。总结学者关于大学（高校）创新团队含义及特征的研究发现，尽管学者们的研究视角和表述方式不尽一致，但可以明确，大学创新团队的含义及特征中至少包括目标的创新性、成员的特殊性、外部支撑的有力性、内部运作机制的合作性等四个主要要素。这四个要素只有加强外部政策推动与内部学术牵引的契合才能更好得到满足。这就客观要求客观要求对大学创新团队知识共享和学术创新等深层次规律开展研究，以为实践提供指导。

（2）大学创新团队的建设

科技创新越来越成为当今社会生产力解放和发展的重要基础与标志，越来越决定着一个国家，一个民族的发展进程。组建高校科技创新团队是时代发展的需要，是培养高级创造性研究型人才的需要，是创建并完善高校乃至国家科技创新体系的需要。这是学者们在谈及大学创新团队建设的必要性时达成的共识（张晓丰等，2005；张海燕，2006）。

但是，在创新团队建设中还存在不少问题和制约因素。2006年，陈士俊教授在中国科协年会"管理创新与创新型国家建设"分会上作报告指出，我国高校科技创新团队建设中存在"四多四少"现象，即"虚"多"实"少；"短命"团队多、"长寿"团队少；自下而上形成的团队多、自上而下形成的团队少；单学科、单部门的团队多，跨学科、跨部门的团队少。同年他的合作研究还指出我国科技创新团队建设存在缺乏政策、顶层设计和有效管理三个主要问题。之后，学者进一步指出，高校创新团队在自身建设方面存在团队组建动机不纯、拼凑现象严重、近亲繁殖现象严重、缺乏真正意义上的学科交叉、团队文化建设薄弱的问题；外部支持环境存在缺乏顶层设计和行政引导、缺乏科学的团队管理制度、评价考核体系不科学的问题（何铮等，2008；宫丽华，2010）。一些学者特别关注了领军人物的作用问题。创新团队学术带头人应当发挥有组织和规划整个团队的科研工作、协调各工作环节、建立和健全工作责任制等作用（程勉中，2005）；但是，由于制度设计理念僵化和相关制度安排的缺失，导致创新型科研团队带头人学术生存状态不佳，从而影响了团队创新功能的有效释放（王冠，2010）。学者张相林(2008)指出,长江学者和创新团队发展计划遴选机制本身和实施过程中也存在问题。分析学者们的观点发现,目前的主要问题集中在内部合作机制不完善和外部制度缺失两个层面,而且外部制度缺失已经严重制约了内部机制完善。

此外,还有一些学者基于生命周期理论对大学创新团队的成长进行了探讨(张海燕等,2006;苏娜、陈士俊,2009;常运琼等,2010)。

有关大学创新团队的知识共享研究成果很少,将在知识共享研究评述中回顾。

综上所述,由于大学科研创新团队是具有中国特色的首先在高校中较大规模发展的新型科研组织,因此,还未引起学术界,特别是管理学界的足够重视。目前的研究成果数量较少,研究内容相对零散,有关的观点和理论没有体系化和系统化,存在明显不足:第一,研究视角比较表层化,对大学创新团队构建和运行中知识管理、科技创新的特殊规律等深层次理论问题关注不足,且缺少实证;第二,许多关于团队建设的现状、问题和对策的研究缺乏理论支撑,往往就事论事,提出的建议缺乏针对性和可操作性;第三,对大学创新团队建设的工具性问题研究滞后,还缺乏团队知识共享测量、创新绩效评估、团队发展评价等的应用性研究,使得缺乏理论指导的科研创新团队建设带有一定的盲目性,存在着简单化、机械化、趋同化的问题。

2. 心理契约

(1)心理契约概念的形成与特点

心理契约这一概念最早出现在上个世纪60年代,源于阿吉里斯(Argyris,1960)首次提出的"心理的工作契约"。之后,莱文森(Levinson,1962)、科特(Kotter,1973)、沙因(Schein,1980)等分别提出了自己对心理契约这一概念的理解。见表1-1。

表 1 - 1　早期学者对心理契约概念的界定

研究者	观点
Argyris(1960)	"心理的工作契约"。如果主管采取一种积极的领导方式,雇员就会产生乐观的表现;如果主管尊重雇员的非正式文化规范(如让雇员有自主权,确保雇员有足够的工资,有稳定的工作等),雇员就会很少报怨,维持较高的生产。
Levinson(1962)	心理契约是在雇佣关系中,组织与员工事先约定好的内隐的没说出来的各自对双方所怀有的各种期望。
Kotter(1973)	心理契约是个人与组织之间的一份内隐的协议,这份协议中的内容包括了在彼此双方的关系中一方希望给予另一方什么、同时又应该得到什么。
Schein(1980)	心理契约是组织成员与组织之间每时每刻都存在的一组不成文的期望,主要包括员工认为的组织责任,并强调心理契约的研究应该从个体和组织两个层次去进行。

早期心理契约概念强调,在员工与组织的相互关系中除了正式的经济契约规定的内容之外,还存在着隐含的、非正式的、未公开说明的相互期望,它们构成了心理契约的内容。这些概念起码有三个要点:一是心理契约建立在雇佣关系的背景下;二是认为心理契约只是内隐而非外显的协议,强调心理契约与书面契约的差别;三是心理契约中存在交换关系,是一方给予对方的同时期望得到回报的双向过程。

总结学者们对心理契约特点的研究,可归纳为以下几个要点。

首先,心理契约具有主观性的特点。心理契约的内容是个体对于相互责任的认知,或者说是一种主观感觉,而不是相互责任的事实本身。

其次,心理契约具有动态性或易变性的特点。心理契约相对正式的雇佣契约来说处于一种不断变更的状态。任何有关组织运作方式的调整,不论是物理性的还是社会性的,都对心理契约产生影响。员工主观上觉察到的任何公平或不公平感,也会影响到他们对于心理契约内容的修订。另外,研究者发现,人们在一个组织中工作的时间越长,心理契约所涵盖的范围就越广,在员工与组织之间的关系中,相互期望和责任的隐含内容也就越多。

第三,心理契约具有功用性。关于心理契约可能对组织产生的影响,国内外学者多有述及。如,国外学者的很多研究都证明心理契约是作为组织承诺和工作满意度的根源而存在的,它与期望之间关系密切但也存在明显差异,并对组织承诺、工作绩效、工作满意度和员工流动率均有影响;心理契约关系到成员的满意度、忠诚度,影响到成员的工作投入,工作绩效,并最终影响组织的战略使命。

此外,学者们的研究也表明,针对特定研究对象的心理契约具有其特定的特征。

(2)心理契约的学派之争及主要观点

20 世纪 80 年代后期,随着对心理契约概念理解的进一步深化,产生了学派之间的争论,形成了两种观点:双向关系观点和单向关系观点。

双向关系一派强调遵循心理契约提出时的原意,认为心理契约是存在于个体和组织双方之间的,是个体与组织对双方关系的主观理解,被称为"古典学派"。赫里奥特和彭伯、格斯特、康韦(Herriot, Pemberton, Guest, Conway)等人代表了古典学派的观点。赫里奥特和彭伯(Herriot & Pemberton ,1995)认为心理契约是雇佣双方对他们之间的关系以及向对方提供价值的主观理解。最早提出的心理契约可以被定义为"雇佣关系双方,即组织和个体,对关系中所包含的义务和责任的理解和感知"(Herriot & Pemberton,1997)。津井(Tsui,1997)等认为,心理契约涉及双方。针对组织一方的问题他们指出,研究中通过集中关注"代理人"来展示心理契约的组织一方也是可行的。格斯特(Guest,1998)对以罗素(Rousseau)为代表的另一学派关于心理契约概念的结构效度提出了置疑。

单向关系观点则认为组织是抽象的,它作为心理契约关系的一方只是提供了创造心理契约的背景,并不能与其成员形成心理契约,所以只有员工有心理契约。单向关系一派以美国学者罗素、罗宾逊(Rousseau, Robinson)等人为代表,强调心理契约是雇员个体对双方交换关系中彼此义务的理解,被称为"Rousseau 学派"。

1989 年,罗素(Rousseau)及其同事指出,"组织作为契约关系的一方,只是提供了形成心理契约的背景和环境,它本身并不具有形成心理契约的加工过程。因此,应该把心理契约界定为员工一方所持有的信念。"1990

年,Rousseau 进一步提出心理契约的狭义定义,认为心理契约是个体以雇佣关系为背景,以许诺、信任和知觉为基础而形成的关于双方责任的一种理解或有关信念。1994 年,罗宾逊和罗素(Robinson,Rousseau)进一步指出,这种信念指的是雇员对个人贡献(努力、能力和忠诚等)与组织诱因(报酬、晋升和工作保障等)之间的交换关系的承诺、理解和感知。莫里森和罗宾逊(Morrison & Robinson,1997)对此概念进一步加以明确,指出心理契约一般被定义为一个雇员对其与组织之间的相互义务的一系列信念,这些信念建立在对承诺的主观理解的基础上,但并不一定被组织或者其代理人意识到。由于 Rousseau 学派对心理契约的界限明确,易于操作,所以,后续的应用研究大多是从单向关系出发的。

综上所述,对心理契约存在广义和狭义的两种理解,见表 1 – 2。广义的心理契约是雇佣双方基于各种形式的承诺对交换关系中彼此责任(义务)的主观理解。狭义的心理契约是雇员出于对各种承诺的感知而产生的,对其与组织之间的相互责任(义务)的一系列信念。但是,不管研究者是从组织与员工双方还是从员工单方面出发来界定心理契约,心理契约概念的本质特征都是对建立在承诺基础上的相互义务的主观感知,只是感知主体不同。

表 1 – 2 心理契约的广义与狭义界定

学派	研究者	观点
古典学派	Schin(1980)、Horriot(1997)、Guest(1998)等	从双向关系出发,强调心理契约是雇佣双方对交换关系中彼此义务的主观理解。
Rousseau 学派	Rousseau(1989,1995)、Morrison & Robinson(1997)	从单向关系出发,强调心理契约是被雇佣方对交换关系中彼此义务的主观理解。

(3)心理契约的内容和结构

有关心理契约内容的探讨始于 20 世纪 80 年代末 90 年代初。无论从研究的角度还是研究的结果看,心理契约的内容都具有动态发展的特点。从研究角度来看,早期有关心理契约内容的研究大都从雇员和雇主两个角度同时展开,着重探讨员工和组织的相互期望和要求。举要见表1 – 3。

从心理契约内容的研究结果看,过去在心理契约中非常重要的内容正在被一些新的内容所替代。心理契约的内容不仅受到时代和经济背景的影响,同时还受到个人、组织等因素的影响。从前面的论述中可以看到,以不同的个体和组织为调查对象,得出的契约内容也有所不同。为了对心理契约的内容有一个整体上的、概括性的认识,很多研究者采取抽取共同因素的方法对心理契约的结构维度进行了实证研究,并取得了丰富的成果。

表 1 - 3　心理契约内容研究举要

研究者	观点
Rousseau(1990)	调查 129 名 MBA 毕业生,发现了 7 项雇主责任和 8 项雇员责任。雇主责任有:提升、高额报酬、绩效奖励、培训、长期工作、职业发展、人事支持;雇员责任有:加班工作、忠诚、自愿从事职责外的工作、离职前预先通知、接受内部工作调整、不帮助竞争对手、保守公司商业秘密以及在公司至少工作两年。
Herriot, Manning & Kidd(1997)	以管理者代表组织,对英国各地区各行业的员工和组织间的心理契约内容进行调查研究。结果表明,对员工责任的期待主要有守时、务业、诚实、忠诚、爱护资产、体现组织形象、互助等七个方面;对组织责任的期待有培训、公正、关怀、协商、信任、友善、理解、安全、有恒一致、薪资、福利、工作稳定等十二个方面。雇用双方在心理契约中对组织责任的期待和对员工责任的期待中在某些方面存在显著差异。
Thomas(1998)	员工责任的期望:忠诚、无私支持、服从、愿意加班、保守组织机密、具有组织公民行为、胜任、稳定、职业化、规范化、守纪律、接受职位变化、保护公司声誉、体现组织形象、好团队成员、支持领导、与人合作、态度积极、有集体意识、社会化、参与培训、拥有专业技能、在组织中至少工作两年、流失前预先通知等等。雇主责任的期望:绩效奖酬、迅速提升、培训发展机会、工作稳定、符合生涯发展、对口、决策协商、及时反馈、负责任、协作、工作充实、参与社会联系、人事关怀、高薪、专业、人事政策公平、高度理解、工作有价值、委以责任、给员工自主权、效益工资、至少一年的工作保障等。
Porte & Pearce(1998)	以 4 家公司的 51 名主管和 339 名员工为对象,发现了 9 项组织责任。
Rousseau & Tijorimala (1999)	就护士心理契约中护士对医院的责任进行探讨,结果发现了 13 项员工责任。

国内外关于心理契约结构的研究大多数赞同二维结构和三维结构之说。

①二维结构

在二维结构模型中,一般认为心理契约包括交易维度和关系维度,交易维度是一种关注员工与组织之间的物质经济交换的短期性结构,关系维度则关注双方的良好情感和长远的发展。在此基础上,针对不同背景下的不同研究对象,以及研究视角的不同,学者们的研究结论也有所差异。

麦克尼尔(MacNeil,1985)最早提出了"交易—关系"模型,他将心理契约定义在一个"交易—关系"的连续集上,交易契约和关系契约分别指两极。关系是指一种包含着雇佣双方社会情感的开放性结构,交易是指一种高度关注经济因素的短期性结构。他认为,在一个高绩效的团队中,组织和个人之间应该是一种介于两者之间的综合的模式。实质说明在一个组织中,心理契约包含交易成分和关系成分两个方面内容。

1990年,罗素(Rousseau)运用典型相关分析验证了麦克尼尔(Mac-Neil)提出的概念模型。她对原有心理契约的内容进行了维度分析,结果得到两对典型变量,第一个变量是以经济交换为基础的契约关系,如雇员以加班、职责外工作为代价,换取组织提供的高额报酬、绩效奖励等,二者之间的互换关系是有限的和有形的,称为交易契约(transactional contract);第二对变量是以社会情感交换为基础的契约关系,员工与组织双方关注于广泛的、长久的、未来发展方面的联系,如雇员以忠诚和愿意接受内部工作调整为代价,换取组织提供的长期工作保障等,称为关系契约(relational contract)。

罗宾逊,克拉茨和罗素对心理契约的纵向演变规律进行的实证研究中,运用因素分析的方法,通过主成分分析抽取公因子并对公因子进行Varimax旋转,在雇主责任和雇员责任上分别得到两个显著性因子:即交易契约和关系契约,又一次验证了心理契约的交易——关系二维模型。但他们也发现了各项研究中的因子内容不同和各因子的负荷不稳定的情况,例如"培训"在罗素(Rousseau)1990年研究中属于交易契约,而在1994年的研究中却归属到了关系契约中(Robinson,et al.,1994)。此后,罗素(Rousseau,1996)、米尔沃德和霍普金斯(Millward & Hopkins,1998)、拉娅等(Raja,et al.,2004)、陈加洲等(2003)等人的研究均验证了二维结构的存在。不过,不同研究者在每个维度上概括的具体内容不尽相同。这说明在不同的背景下针对不同的研究对象心理契约的内容是有所不同的。

我国学者单铭磊(2007)对大学青年教师心理契约的研究表明,大学青年教师心理契约的内容基本上可以概括为两种主要成分:交易型成分和关系型成分。契约内容是动态而灵活的,更多隐含着主观上的理解。焦燕莉、赵涛(2008)也认为我国高校教师的心理契约包含交易型成分和关系型成分,当交易型成分所占的比例远大于关系型成分所占的比例时,对外表现出交易型心理契约的特点;反之,对外表现出关系型心理契约的特点。他们据此构建了高校教师对学校忠诚的心理契约模型。但这一研究结果缺乏实证支持和实践检验。刘耀中(2006)从单向关系出发,通过探索性和验证性因素分析,对大学教师责任和大学的组织责任分别提取出两类因素,获得了大学教师心理契约的关系维度和交易维度的二维度结构模型。但研究对象局限于广州地区的高校任课教师。

此外,有的学者从不同视角出发,提出了心理契约的其他二维结构说。奇克尔(著者译)和莱斯特(Kickul & Lester,2001)通过对雇主责任的调查分析,提取出外在契约(extrinsic contract)和内在契约(intrinsic contract)两个因素。外在契约涉及雇主所做的与员工工作完成有关的允诺;内在契约涉及雇主所做的与员工工作性质有关的承诺。我国学者陈加洲等(2001b)以 Rousseau 的"交易—关系"契约模式为基础,对我国贵州地区1000多名不同的企业、不同行业的员工进行了调查,结果发现了类似于交易成分和关系成分的两个因子。由于文化的差异,研究者将这两个因子命名为"现实责任"和"发展责任"。

②三维结构

近些年来,一些研究者对二维结构说提出了异议。罗素(Rousseau et al,1999)等以美国注册护士为调查对象进行研究,提出心理契约中可能包括三个维度:交易维度(transactional dimension)、关系维度(relational dimension)、团队成员维度(teamplayer dimension)。新增加的团队成员维度指员工与组织(或团队)之间重视人际支持与关怀,强调良好的人际环境的建设。研究者指出,在强调合作、团队取向和以回应顾客为特点的组织环境中,可能同时存在三种维度。

之后,国外学者以及我国学者对三维结构的研究有所丰富。

李和廷斯利(Lee & Tinsley,1999)进行了一项跨文化的研究。他们探索了香港与美国工作小组中的心理契约结构。发现"员工的责任"和"组织的责任"两个方面的内容都支持罗素(Rousseau)等人提出的三维结构说。另外,研究者对两种文化情景下的心理契约结构进行了对比,他们指出,在中国文化背景下的个体所心理契约中,与他人的联系、对他人的关注与帮助是一个不可忽视的成分。同时,个体也期望从归属的组织中得到尊重和关怀,建立人际之间的联系。

由于不同背景下不同研究对象的心理契约的内容不同,学者们提出的三维结构的名称也有的所不同。例如,夏皮罗和凯斯勒(Shapiro & Kessler,2000)用因素分析法对英国企业经理的9项雇主责任进行分析,提取出3个因素。第1个因素是指与同行业员工有相同的报酬、相同的福利,报酬与责任挂钩,随着生活水平的提高增加工资等与经济物质条件有关的责任,称为"交易责任"(transactional obligations);第2个因素是指必要的工作培训,新知识、新技能培训和组织支持等与员工知识和能力增长有关的责任,称为"培训责任"(training obligations);第3个因素是指与长期工作保障和良好职业前景等与员工个人前途有关的责任,称为"关系责任"(relational obligations)。他们的研究将培训责任作为一种独立的维度对待,遭到了其他一些研究者的质疑。

又如,我国学者李原(2002)提出了符合我国文化习惯的企业责任和员工责任的三个维度的模型,即规范型责任、人际型责任和发展型责任。其中,规范型责任是指企业为员工提供的经济利益和物质条件,使员工拥有基本的工作条件和生活条件的保障,员工有在企业中遵守规章制度、行为规范、完成基本的工作要求的责任,这些内容大多表现在雇佣合同中或员工手册中,所以称之为规范型责任;人际型责任是指企业给员工提供良好的人际环境,使员工在工作中拥有一个和谐、友好的人际氛围,个人受到认可,尊重和关怀等,员工则负有为企业创造良好的人际环境的责任,如为同事提供额外的帮助等等;发展型责任则是指企业给员工提供的事业发展空间,使员工能充分发挥自己的优势和潜能,从工作中感受到乐趣,获得成就感和满足感,员工则需在工作中付出更多努力、自觉承担角色外的工作任务,通过优异的工作业绩对组织做出贡献。李原通过问卷调查的方法,进行了实证研究。在李原的研究中,基本遵循了对等的交换原则,组织责任与员工责任是一一对应的。2006 年,李原、郭德俊的研究进一步证实,三维结构模型对于解释中国员工的契约结构更为恰当。他们通过问卷调查和验证性因素分析实证了这一结论,并实证了组织责任与员工责任的平行与交叉并存的相互影响关系。此外,我国学者朱晓妹和王重鸣(2005)、关培兰和张爱武(2005)、彭川宇(2008)等对我国企业知识员工和研发人员心理契约的研究都支持三维结构,只是名称有所不同。

③其他多维结构

也有学者认为二维、三维结构说不足以说明各种复杂研究对象的心理契约结构,出现了更多维结构说。例如,罗素(Rousseau,2000)在设计用于一般心理契约评定的心理契约调查表 PCI(psychological contract inventory)时,构想出了稳定、忠诚、短期交易、有限责任、动态绩效、内部发展和外部发展等 7 个维度,据以编制了具体项目,但只是部分证实了 7 维度的构想。

(4)心理契约的形成和违背

心理契约产生和维持主要受三个因素影响:一是雇佣前谈判,这是形成心理契约的基础;二是工作过程中对心理契约的再定义,这是契约清晰化和重新理解的重要方式;三是保持契约的公平和动态平衡(Dunahee & Wangler,1974)。

罗素(Rousseau,1995)认为心理契约的形成过程受到一系列因素的影响,这些因素从总体上可以划分为两大类:来自组织和社会环境方面的外界因素和来自个体内部的因素。

特恩利和费尔德曼(Turnley & Feldman,1999)认为,形成成员心理契约的因素主要有三方面:一是组织代理人向成员作出的具体承诺;二是成员对组织文化和日常实践的感知,对制度的理解,惯例和组织文化的示范;三是成员对组织运行的个人期望。

关于心理契约违背的研究发现，违背心理契约会对员工态度和行为产生负面影响，并进一步影响组织绩效。研究发现，雇员对心理契约违背行为的认知与不良的雇员行为（包括离职、工作粗心）存在高度正相关；而与积极的雇员行为（如工作绩效、组织公民行为、组织承诺）和态度（如工作满意度、组织忠诚度）存在高度负相关（Robinson & Rousseau，1994；Robinson & Morrison，1995；Robinson，1996；Turnley，et al，1998、2000、2003；朱学红等，2007）。研究者还发现，情境因素对违背心理契约所产生的后果具有非常重要的影响。

（5）心理契约在中国的应用与管理策略

心理契约在人力资源管理中的重要作用已经得到普遍认可。近年来，我国一些学者在国内外研究的基础上，结合实际对心理契约的应用进行了有益的探索。

王要武、蔡德章（2007）结合心理契约的研究的内容，分析了目标定位、合作能力和合作关系等三个成员因素与心理契约的作用关系，在此基础上，分析了心理契约对组织成员合作立场和态度、合作程度、合作行为的影响。朱明伟、李昊（2008）将人力资源管理分为利诱型、投资型和参与型等三种类型，考察了其对心理契约的影响，并提出构建与之相匹配的心理契约。

还有学者特别注意到心理契约在知识型员工管理中的作用并进行了策略研究。廖冰、杨秀苔（2003）认为，知识型员工管理中的心理契约构建应从建立"以人为本"的激励机制、塑造有价值的愿景、营造充满信任与亲密感的文化氛围等方面采取措施。焦燕莉、赵涛（2008）构建了高校教师对学校忠诚的心理契约模型，探讨了高校吸引人才、管理人才、留住人才的管理策略。

此外，一些学者还对组织变革中的心理契约问题进行了研究。主要是研究组织变革给员工心理契约带来的影响以及重构心理契约的对策等。

（6）心理契约研究评述

不难看出,国外关于心理契约的研究远远早于我国,特别是其理论研究成果相当丰富,并且在理论与人力资源管理的实际相结合方面也已取得了很多成果。我国学者对心理契约研究虽然起步晚,但是进展较快,开始进入应用研究的阶段。然而,纵观国内外学者关于心理契约理论及其应用研究的文献,还存在以下问题值得商榷。

第一,尚存不少分歧意见。首先,心理契约的概念界定比较混乱和内涵不统一使得对研究结果难以综合和比较。如,早期研究者常常强调心理契约是一种内隐的契约,后来的文献中,其内容中又涵盖了外显契约的部分(如工资、福利等);在心理契约的定义上所使用的词汇太繁多,含义不确切;关于心理契约主体的单方与双方之争还值得进一步探讨和厘清。其次,心理契约的结构和内容研究存在分歧。在现有研究中,大部分研究者支持二维和三维结构,也有研究者提出了多维结构,各结构中所包括的内容还缺乏稳定性,尚需进一步实证检验。

第二,对心理契约的形成过程和影响因素研究不足。这方面的研究成果还比较少,对心理契约形成过程的研究还需要在未来进行更多的探索。另外,对心理契约影响因素的研究还缺乏实证。很多学者都认为心理契约会受来自个体水平、组织水平和社会水平的因素的影响,但这些影响因素是如何作用的,还需要实证的进一步检验。

第三,研究对象具有局限性。无论国外还是国内学者,过去的研究对象主要集中在企业员工与组织之间的心理契约的研究,对社会其他领域、不同阶层、不同职业人员的心理契约的研究关注较少。虽然国内已有学者关注到了知识型员工、研发人员、大学教师等的心理契约的研究,但还处于初始阶段,还需要更多学者进行更为深入细致的研究。这有助于厘清在心理契约研究领域存在的各种争议。

第四,研究背景具有局限性。目前国内外基本都是基于组织与员工之间是雇佣关系的背景下的研究,还缺少关于合作关系等其他背景下的心理契约的研究。

第五,应用研究的指导性不强。对心理契约的成因、形成过程、心理契

约的测量、心理契约的动态变化、心理契约的违背及其后果以及组织可以
采取的改善和维护心理契约的策略和方法研究不足,粗糙,缺乏实际应用
价值,对现实的指导意义不强。

第六,对心理契约应用研究的范畴还局限于人力资源管理,缺乏跨学
科和多学科结合的研究。实际上,心理契约同契约关系一样,是普遍存在
的,应该努力寻找心理契约与其他学科方向的契合点。

根据上述的研究不足,本文的研究将努力突破研究对象、研究背景、研
究范畴的局限性,选择合作关系背景下的处于初步发展阶段的大学科研创
新团队作为特定的研究对象,打破心理契约研究局限于人力资源管理领域
的局面,在人力资源管理和知识管理领域中寻找一个心理契约与知识共享
的契合点,即心理契约对知识共享的影响,探讨成员心理契约的内容和结
构及其对知识共享的影响路径,揭示两者关系的一般规律。

3. 知识共享

国内外学者关于知识共享的研究成果很丰富。国外学者的研究涵盖
了知识共享的内涵和测量、知识共享的经济性、知识共享的对象、知识共享
的主体和客体、知识共享的影响因素以及知识共享的手段和技术等多个维
度,尤其是技术方面展开研究的居多。我国学者对知识共享研究的成果大
多发表于2000年之后,多见于2004年之后。研究内容主要涉及了知识共
享的涵义、知识共享的动机、知识共享的过程、知识共享的影响因素、知识
共享的作用、知识共享策略和技术手段等方面。下面主要分析与本文密切
相关的研究内容。

(1)知识共享的内涵

目前对于知识共享的概念阐述没有一个被广泛接受的描述,国内外学
者对这一概念的理解还存在差异。国外学者斯威比(Sveiby,1997)将知识
共享定义为"组织同事间对彼此的专业知识、技能、经验、价值观、人际网络
及工作流程的了解程度"。普雷斯科特和恩赛因认为知识共享是指不同的
知识拥有者之间进行交易的过程(Prescott & Ensign,1997)。巴尔托尔和斯

里瓦斯塔瓦认为知识共享是个体与他人共享组织的相关信息、观点、建议和专长（Bartol & Srivastava，2002）。康奈利和凯勒韦（Connelly & Kelloway，2004）认为知识共享是关于交换信息或帮助他人的一组行为。霍夫和里德（Hooff & Ridder，2004）认为知识共享是个体间相互交换他们的（显性或隐性）知识并联合创造新知识的过程。

我国学者杨溢（2003）将知识共享总结为知识所有者与他人共享自己的知识，是知识从个体拥有向群体拥有的转变过程。魏江、王艳（2004）指出，知识共享是指员工个人的知识（包括显性知识和隐性知识）通过各种交流方式（如：电话、口头交谈和网络等）为组织中其他成员所共同分享，从而转变为组织的知识财富的过程。林东清（2005）把知识共享定义为，组织的员工或内外部团队在组织内部或跨组织之间，彼此通过各种渠道进行知识交换和讨论，其目的在于通过知识的交流，扩大知识的利用价值并产生知识的效益。

（2）知识转移和共享模式

知识共享可以理解为不同性质的知识在不同主体之间的转移过程，新知识往往产生于不同性质知识的相互转换过程中。对此，赫德兰·冈纳（Hedlund Gunnar，1994）提出了不同层面知识的转换过程，认为从个体知识逐渐向团队知识、组织知识、组织间知识的转移过程，是一个知识的扩展过程，而这一个过程的逆过程是知识的专用化过程，并指出知识的吸收、传播、共享是知识转换过程的关键环节。吉尔伯特和科尔代—海斯（Gilbert & Cordey–Hayes，1996）认为，知识的移转并非静态地发生，必须经由不断的动态学习。他们将知识移转分为五个阶段：获取阶段、沟通阶段、应用阶段、接受阶段、消化阶段。知识消化过程其实就是一个知识创造的过程，它意味着个人、团队、组织在认知、态度和行为上的改变。之后，达文波特和普鲁萨克（Davenport & Prusak，1998）发现，知识共享的意义就是将知识进行传递和吸收，即"知识共享 ＝ 传送 ＋ 吸收"。

在国内，汪应洛、李勖（2002）通过分析不同两个主体之间知识的转移过程，提出了知识转移过程存在着语言调制及联结学习两种方式。刘冀生

（2003）将知识共享看作是企业通过各种方式在最佳时机、最佳地点，以最合适的形式，将最合适的知识传递给企业中最合适的成员的过程。魏江、王艳（2004）认为可以将知识共享分为以下三个模式：①知识由个体传递给个体，即个体—个体模式；②知识由组织向个人扩散，即组织—个体模式；③组织之间的知识共享，即组织—组织模式。胡婉丽、汤书昆（2004）研究了研发中的知识创造和转移过程以及知识转移通道的建设问题。

在这方面比较突出的成果是有关对隐性知识转移转化模型的研究。野中郁次郎等（Nonaka & Akeuchih,1995）提出了著名的知识创造转换模式，即 SECI 模型。之后，不少国内外学者在这一模型基础上进行了拓展研究。美国学者霍尔萨普尔和辛格（Holsapple & Singh,2001）提出了一个系统的 K - Chain（知识链）模型，指出经过各个阶段的知识"学习"，知识发生转移和转化，形成知识链上的新知识。加拉韦利和戈尔戈廖内（Garavelli & Gorgoglione,2002）提出了知识转移过程图，指出知识转移依赖于代码化和解释两个重要的过程。我国学者张庆普等（2003）研究了企业隐性知识流动与转化框架模型；熊德勇、和金生（2004）基于 SECI 模型提出了知识发酵理论和模型。此后，张成考等（2004）提出了企业虚拟团队的知识交流、知识转化与互动、知识创新等三个模型，赵涛、曾金平（2005）提出了企业知识流动态扩展模型。

总的来看，以往关于知识共享过程的研究大致分两条线索，一条侧重于客体活动，主要研究显性知识与隐性知识之间的转化机理，另一条从主体活动出发，侧重于研究知识在不同个体和组织之间的转移过程及方式。这些研究从不同侧面探索了知识共享的过程和规律。从系统的观点看，知识共享过程中的主体活动与客体变化是分不开的。因此，将两者结合起来进行研究将更有助于对知识共享过程和一般规律的科学把握。为此，本研究将在系统框架下，对这一问题进行深入的探索，期望有新的拓展和发现。

（3）知识共享动因

亨德里克斯（Hendriks,1999）根据双因素激励理论提出，知识工作者进行高水平知识共享的动机来自激励因素而非保健因素；海克（Hayek,2002）

指出,实际上每个人都拥有一些他人没有的独特信息,这些信息的共用可以带来好处,但只有当他愿意合作时,知识的使用才能成为可能;巴托尔(Bartol,2002)阐述了经济激励在知识共享中的作用,这种知识共享是通过四个知识共享机制(知识库、正式交流、非正式交流、实践协会)进行的;琼斯(Jones,2002)研究了改善员工工作条件、员工参与决策和员工分享知识意愿之间的关系。指出只有改善员工的工作条件,给予员工参与决策的机会,员工才会有分享知识的动机,才能帮助组织成为智能组织。博克和金(Bock & Kim,2003)对四家大型组织的员工调查表明,预期的合作和贡献观点是个体形成知识共享观点的主要决定因素。很多人推崇的物质奖励是知识共享最重要驱动力的观点同知识共享观点的形成没有多大关系,知识共享观点导致知识共享意愿,最终会导致知识共享的行为。关和常(Kwan & Cheung,2006)提出了决定个体知识共享态度的内在动机和外在动机,两者对应的分别是内在报酬和外在报酬。安塔尔等(Antal & Richebé,2009)在社会交换理论的分析框架下,基于对来自法国和德国的调查对象的访谈,指出知识共享过程的付出是谋求权力、地位和情感的新方式。他们认为非正式情境下知识更易流动。

这方面国内的研究有:李涛、谢伟、徐彦武(2004)从实证研究的角度调查了我国知识工作者的知识共享情况,结果显示个人传播知识的动机主要是成就感,吸收知识的动机主要是对工作挑战性的追求。张庆普和韩晓玲(2006)研究认为,自我满足感、金钱、声望和职业发展等是知识共享的提供方(卖方)知识共享的动机。此外,学者文鹏、廖建桥(2008)对国外关于知识共享动机的研究进行了系统评述。总的来看,动机流派更关注知识拥有者的心理活动与需求。

(4)知识共享障碍

知识共享的实现不可能一帆风顺,其实现程度不高皆因存在一系列知识共享障碍,这些障碍来自个体和组织的方方面面。Ernst 和 Young 咨询公司 1997 年对知识共享的障碍因素进行调查,结果显示 53% 障碍因素来自企业文化、3% 来自缺乏需要、9% 来自成本、15% 来自管理层的不支持、20%

来自技术不成熟;希佩尔(Hippel,1998)指出知识共享的困难主要来自于知识的粘滞性;Sun(2005)认为个体在团队中分享知识时存在以下障碍:个体性格差异、说服技能低下、相互信任不够(个体之间、个体与团队之间)、价值观念冲突;亚历山大(Alexandre,2008)研究认为,虚拟实践社区中网上知识共享的障碍,包括人际因素,程序或技术使用的相关因素和文化规范因素。

严浩仁、贾生华(2002)基于知识固有属性以及知识作为企业自愿的生产要素表现出的特殊性提出组织内部知识共享的六大障碍,即表达障碍、认知障碍、交易障碍、组织障碍、心理障碍和文化障碍;姜文(2007)从知识共享活动的知识共享主体、分享对象、分享手段和环境四方面入手对影响知识共享的障碍因素进行了系统分析,并提出对策。总的来看,关于知识共享障碍的理论分析较多,对有些障碍因素的作用机理尚待实证分析。

(5)知识共享影响因素

由于知识共享是一种非自发的以人为主体的活动过程,因此,国内外很多学者分别从个人的视角和组织视角对知识共享影响的因素进行了研究。

从组织视角开展的主要研究有:蔡明昊(Tsai,2000)对多国企业的经验研究表明,集权会对子公司间的知识共享产生显著的负面影响;琼斯(Jones,2002)通过对大学内部工作人员的研究指出,员工参与决策程度越高,对工作会越满意,越愿意进行知识共享;康奈利和凯勒韦(Connelly & Kelloway,2003)认为如果员工感到了管理层对知识共享的支持和鼓励则会极大促进他们进行知识共享;泰勒和赖特(Taylor & Wright,2004)的研究也指出组织中领导氛围的开放会对知识共享产生显著的影响。以上学者的研究都关注了组织支持对知识共享的影响。

达文波特和普鲁萨克(Davenport & Prusak,1998)认为,组织要共享知识,必须存在信任;Connelly & Kelloway(2003)通过实证研究发现"被调查者仅愿意与信得过的人进行知识共享";Tsai(2002)认为,个体之间不同的相互关系对应不同的信任模式,从而引发不同程度的知识共享;福特(Ford,

2001)经过相关实证分析后指出,在很少或者没有人际信任的条件下,如果存在组织信任也会存在知识共享;在有组织信任的条件下,如果还存在人际信任将有更多的知识共享。国内的王冰、顾远飞分析了簇群知识共享机制和信任机制可以超越市场,充分挖掘帕累托最优(王冰,顾远飞,2002);赵慧军通过对208个样本调查认为,普遍信任中性善认知因素、组织信任中组织行为因素对员工知识共享意愿与行为有更高影响(赵慧军,2006);胡安安、徐瑛、凌鸿(2007)通过引入组织制度、认知因素、情感因素、信任倾向等,分析出一个全新的组织内知识共享综合性模型。王涌涛、王前、邹媛春(2010)研究认为,较好的信任氛围可以促使知识主体形成知识共享意愿,但超出信任关系则会产生团队消极怠工现象,过分强调竞争关系破坏了成员进行沟通所需要的最基本信任,因而阻碍团队程序性知识共享。以上学者的研究关注于信任对知识共享的影响。

德尔和格雷森(Dell & Grayson,1998)认为要确保知识能够创造、储存、分享,组织需要构建良好的氛围来支持知识共享,这里包括四个促进因子,分别为信息科技、组织文化、组织基础结构、评价系统;萨拉加和博纳切(Zarraga & Bonache,2003)以363名企业自我管理团队中的员工为样本进行调查,结果表明高关怀的团队氛围有助于促进员工之间的知识共享;霍夫和基德尔(Hooff & Kidder,2004)将知识共享划分为知识贡献和知识收集两个维度,对荷兰五家企业的经验研究也表明员工的组织承诺、组织的沟通氛围会显著影响知识贡献率和知识收集,进而对知识共享产生间接影响。国内的张淑华、方华(2005)通过问卷调查,结果表明组织氛围能够预测组织隐性知识共享,但隐性知识的不同因子共享机制并不一致。邓建友、周晓东(2005)运用实证的方法研究了企业文化对知识分享的影响。余光胜、刘卫、唐郁(2006)从知识属性、情境依赖的角度研究了隐性知识共享的条件。亚历山大(Alexandre,2008)认为,基于信息网络技术的虚拟实践社区中的知识共享驱动力主要有组织文化,信任,支持工具;蔡、康、李(Choi,Kang,Lee,2008)认为,企业需要利用各种社会技术的有利条件来完成知识共享,诚信和奖励机制比技术支持更重要。

　　大型咨询企业 Gartner 集团的调查报告表明，文化问题是对知识共享的最大挑战（Gartner,1998）；富立友（2004）在其博士论文深入阐述了组织文化与知识共享的关系，并进一步指出文化是促进知识共享的决定因素；邓建友、周晓东（2005）分析了不同类型企业文化中进行知识共享面临的优势和劣势，并提出知识共享的初步策略；王士红、彭纪生（2009）研究了学习型组织对于知识共享以及创新的影响。以上的研究表明，团队文化和氛围对团队内部知识共享有影响。

　　此外，还有学者对奖酬和知识共享间的关系进行了系统研究（Bartol & Srivastava,2002；罗志勇,2003；张召刚,2006；丛海涛,唐元虎,2007）。

　　分析学者们的观点发现，组织领导的态度、组织内部的人际信任、组织的文化氛围以及组织物质和精神激励等都对知识共享产生影响。

　　（6）知识共享测量与评价

　　关于知识共享测量和评价的研究一直是个难题（高新亚、邹珊刚,2000；唐炎华、石金涛,2006）。目前国内外学者主要围绕知识分享行为测量进行了一些有益的探索并应用到实证研究中。霍夫等（Hooff, et al.,2004）从分享双方人际认知的角度出发，从知识奉献和知识获取两个维度开发了测量量表；金和伊尔马克斯（King & JrMarks,2005）等从分享频率和分享努力程度两个独立维度来测量知识分享行为；基乌（Chiu,et al.,2006）等把知识分享行为分为分享数量和分享质量两个独立的维度；杨玉浩、龙君伟（2008）将企业员工知识分享行为分为分享质量、协同精神和躬行表现等三个维度。

　　综合分析这些学者的研究视角可以看出，他们主要都是从主体活动的角度进行的研究，说明从主体活动的角度进行知识共享测量是可行的。但是，这些研究对知识分享行为的理解差异较大，测量量表有很大不同。本研究分析认为，知识共享是个系统的动态活动过程，对知识共享程度的测量和评价还需要从系统的和动态的视角出发。

　　（7）知识共享途径

　　国内外不同的组织、不同研究领域的很多学者都关注到了知识共享的途径,他们分别侧重从人际沟通交流、知识市场交易、组织学习、技术等视角分别研究了知识共享的途径。

有些学者认为沟通是知识共享的润滑剂,知识共享首先要建立在相互沟通的基础上。博斯特罗姆(Bostrom,1989)认为有效的知识共享是团体间人与人之间的一种互相理解与尊重。亨德里克斯(Hendriks,1999)指出知识共享是一种沟通的过程,当一个人向别人学习、共享知识的时候,自己也必须有一个知识重构行为。Tsai(2002)认为通过非正式关系网络进行的沟通交流使隐性知识的分享更容易;钟耕深、赵前(2005)认为,在组织中,知识不再被看作是个体现象,而是构造在一个团队或者群体内的。知识从一个成员传递到其他成员的过程,是多种意见和想法的沟通、协同和协调,从而达到知识共享的目标。

有些学者将知识视为如同普通经济品的经济资源,认为这种资源的有用性和稀缺性使得知识的拥有者可以用来交易,这种交易是在组织内部的知识市场中进行的,个人所能获得的利益是驱动知识共享的主要因素,企业员工之间、各部门之间的信任关系是该市场顺利运作的必要条件。达文波特和普鲁萨克将知识共享过程看作是企业内部知识参与市场的过程,与其他商品与服务一样,知识市场也有"买方"、"卖方",市场的参与者都可以从中获得好处。企业中存在一种内部的知识市场,互惠、声誉、利他在这一市场中起着支付机制的作用。同时指出,虽然知识共享与市场交易过程类似,但其中还是有差异的(Davenport & Prusak,1998)。戴维·康斯坦特等(David Constant,et al.,1994)研究发现,人们共享知识是因为他们能够得到某些个人利益,这些利益可能仅是一个微笑而已。应力、钱省三(2001)认为,知识交易是形成知识共享的基础,交易的知识主要有隐性知识和显性知识。交易很少以现金形式支付,而是以互惠、名望、友情和信任等形式进行。蒋跃进(2002)认为,应将交易成本内部化,建立互惠的知识共享机制。高得佑(2002)认为知识的交易成本会降低组织内知识共享的意愿,如果可以有效地降低知识交易成本,知识共享活动会因此变得更加活跃,所以降低组织内部的知识交易成本是组织应该思考实施的方向。赵文平、王安民和徐国华(2004)认为,基于交易的知识共享在实施过程中存在着众多难点,如何在组织中形成一种有利于知识共享的环境、如何克服员工知识基础的差异性以及知识共享的潜在价值难以判断等等。

还有些学者认为知识共享即是组织内员工之间、团队之间的学习过程。在学习的过程中,个体知识成为组织知识,组织的重要任务就是促进这种学习的持续进行。圣吉(Senge,1997)认为,知识共享与信息共享有所不同,知识共享不仅仅是一方将信息传给另一方,还包含愿意帮助另一方了解信息的内涵并从中学习,进而转化为另一方的信息内容,并发展个体新的行动能力。Senge 分析了知识创新同知识共享之间的关系,认为组织知识是通过协作员工间的交流学习而创造出来的。蒋跃进、梁樑、余雁(2004)提出了通过事前、事中、外部学习的途径实现知识共享。焦锦森、夏新平(2005)通过分析知识分类和组织学习的类型,构建了改进组织学习效果的知识共享——组织绩效提升模型。此外,国内外学者对于知识共享的技术途径进行了较多研究。他们认为,利用相关技术手段,例如信息沟通技术、知识地图技术、网络数据库技术等,可以极大促进知识共享的实现,技术手段是知识共享最基础的媒介,对此进行研究的国外学者代表有 Hendriks,1999;Park,2001;Stenmark,2001;Dignum,2003;Hooff & Ridder,2004。国内对于知识共享技术途径的代表性研究有:王念滨博士(2001)从构建企业知识集成系统的角度研究基于本体论的知识共享方法,从技术上提出了一种有效解决知识共享问题的方法;战培志、廖文(2005)和提出了一种多角度、多视图的企业知识共享建模方法,建立了包括知识资源、组织、过程和控制视图等内容的知识共享模型,解决企业知识共享的多方面问题;翟雪梅、李长玲(2006)讨论了德尔菲法在知识型企业创建中的应用,说明了专家选择、调查表设计以及数据处理对知识共享的作用;孙慧中(2007)对网络组织中知识共享的正负效应及其原因和克服负效应的主要措施进行了探讨。

(8)高校知识共享及大学科研团队知识共享

国外大部分知识共享(管理)的研究和实践几乎都集中在企业界,我国大陆涉及教育领域知识共享（管理）的研究并不落后于国外。蒋云尔（2002），郁义鸿（2002），洪艺敏（2003）等从高校知识共享的意义方面进行了研究；芮国强、邱鸣（2001）等从高校知识共享的界定方面进行了阐释；徐高明（2002），刘则渊、韩震（2003）等从高校知识共享的主要任务方面提出了见解；简世德、邹树梁（2005）等研究了高校知识（隐性知识）共享的障碍和策略；李军（2007）探讨了基于知识共享的大学组织结构变革问题。

随着大学科研创新团队的理论与实践的兴起和知识共享研究的深入，已经有学者注意到了高校科研组织知识共享的问题。虽然研究起步晚、数量少，但这些成果还是颇有学术价值和引导意义的。如，学者杨振华、施琴芬（2007）对高校隐性知识共享的促进因素与障碍因素进行了实证分析；陶裕春、解英明（2008）从组织的视角，把高校科研团队知识共享的影响因素确定为即团队目标、团队结构、团队考核激励机制、团队沟通氛围和团队领导机制等5个方面，进行了实证。李志宏等（2010）从个体特征、内部机制、支撑性框架三个维度研究表明，个体需要满足度、利他主义、荣誉感、团队内部人际信任、团队凝聚力、授权式领导以及支撑性框架维度中的自我效能与资源充足度对高校创新型科研团队隐性知识共享意愿有正向的影响；支撑性框架维度中的成员异质性对隐性知识共享意愿有负向的影响。

但是，总的来看，目前关于大学创新团队知识共享的研究视角、方法、内容受国内外学者关于企业知识共享研究的影响较多。然而，大学创新团队与企业科研团队相比，具有知识更加密集、注重于基础创新的特点，其科研动机主要来源于科学技术本身发展的要求和社会经济发展的需要，而不像企业团队那样主要受市场竞争的驱动。而且，大学创新团队与企业团队在组织目标、组织功能、组织构成、运行方式、外部环境等多方面都有所不同，因此，大学创新团队知识共享的机制与企业团队知识共享的机制必然会有很大不同，还不能把对企业科研团队研究的成果直接移植到大学团队中。特别需要注意的是，在政策推动下，大学创新团队的领军人物的作用更加突出、团队目标更高、成员的期望更高、团队知识复杂性更高……，这些变化也使大学创新团队知识共享机制发生变化。其中很多规律有待进一步研究。

(9)研究评述

纵观国内外学者关于知识共享的研究，可以说成果是很丰富的，为开展针对特定研究对象的更加深入的研究奠定了良好的研究基础。但是，还存在以下几点，值得在以后的研究中进一步深入探讨。

第一，从总体上看，国内研究与国外研究相比，还存在理论研究多，应用研究、经验研究和实证研究少；借鉴国外的研究成果多，关注文化和国情的差异少；介绍理论文章多，探索理论、指导实践的研究少；激励个人来促进知识共享的研究多，把个体层次与团队或组织层次结合起来的研究少等不足。

第二，现有对知识共享机理的研究缺乏对知识共享的内在过程和外在机制相结合的全面理解，学者们依据西方的相关的研究结论及相关理论提出了一些知识共享理论模型，但其科学性与可操作性还缺乏实证，不能完全适用于我国的文化情境。

第三，国内外学者关于知识共享影响因素的研究大多是从知识共享的主体、客体、环境的角度来研究的，其中从主体角度出发的研究主要是从个体和组织两个层面分别进行的，较少有将两者联系起来，从个体与组织关系的视角来分析问题的。另外，学者们对有些因素的概念理解并不一致，量表设计差异较大，研究结论也不一致。特别是缺少对多个因素共同存在的影响机理的系统分析。

第四，大部分研究针对企业，对其他社会领域，如公共部门、中高等教育以及各种社会利益组织中的知识共享的研究还很不够。而且，从更微观的角度看，研究对象通常分为个体之间的知识共享和组织之间的知识共享，没有将对个体层次的知识共享研究与对组织层次的知识共享研究两者很好地结合起来。

此外，关于知识共享测量和评估的研究还不足。国内外一些学者主要针对企业知识管理的知识转换、知识创造、知识共享行为等相关过程有一些研究，但意见不一。

上述这些问题既是当前研究中的不足之处,又是知识共享真正在实践中得以实现的关键所在。本文研究大学创新团队内部知识共享问题,将努力从研究对象、研究视角、研究内容、研究方法等方面对上述问题加以改进。具体地说,本文将以大学创新团队为研究对象,对大学创新团队内部成员之间、成员与团队之间的知识共享过程从知识转换的内在过程和知识共享主体外在活动方式相结合的角度,进行系统分析,构建知识共享过程的系统模型。同时,本文将从知识共享主体活动的视角,探讨对知识共享的动态测量要素,开发测量量表。

三、研究内容与研究方法

1. 研究内容

通过前期的文献研究,借鉴国内外学者的相关研究结果,构建本文研究内容的理论框架。如图1-4所示。

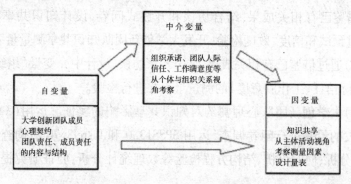

图1-4 大学创新团队成员心理契约对知识共享影响的理论框架

在此理论框架下将展开以下具体研究:

(1)大学创新团队心理契约和知识共享的内涵与本质。将在综合分析有关文献的基础上，结合大学创新团队的特点进行两个核心概念的理论分析。

（2）大学创新团队心理契约与知识共享关系的理论分析与假设。综合文献，对大学创新团队心理契约对知识共享的影响进行理论分析，包括对中介变量进行进行选择，从理论上分析其与心理契约和知识共享的关系，建立大学创新团队心理契约与知识共享关系的理论模型，提出若干心理契约对知识共享影响机理的先验性假设。

（3）大学创新团队心理契约的内容、结构分析及量表的开发。根据上面的分析，借鉴其他学者（Rousseau、陈加州、李原等）的研究，采用访谈、开放式问卷等方法确定大学创新团队成员心理契约的内容和结构的架构；运用李克特五段法进行大学创新团队心理契约结构的量表设计，通过预试和信度、效度检验，开发大学创新团队成员心理契约测量量表。

（4）大学创新团队知识共享的过程、知识共享测量要素的理论分析及测量量表的开发。通过对大学创新团队知识共享活动中的知识转换内在过程与知识共享主体外部活动相结合的系统分析，建立大学创新团队内部知识共享过程的系统模型；从知识共享主体活动的视角分析知识共享测量要素，借鉴已有相关成果，结合访谈和开放式问卷，设计知识共享测量量表，通过预试和信度、效度检验，开发大学创新团队知识共享测量量表。

（5）通过借鉴已有相关成果，结合专家访谈，设计中介变量（组织承诺、团队人际信任、工作满意度）的测量量表并进行检验。

（6）大学创新团队心理契约对知识共享影响的实证。运用（3）、（4）、（5）开发的量表进行问卷调查，运用 SPSS13.0 和 Lisrel8.70 对调查结果进行相关分析、回归分析、结构方程检验等数理统计分析，验证研究提出的假设模型。

（7）根据实证研究结果，提出建立和维持大学创新团队成员心理契约，促进团队内部知识共享的对策和建议。

2. 研究方法

本文遵循"文献阅读与访谈—提出命题—形成假设—量表设计—实证分析—形成结论—提出建议"的基本研究思路,对相关议题进行研究。研究的前提基础是文献研究和现实考察,并形成理论建构和实证研究两大模块。研究技术路线见图1-5。

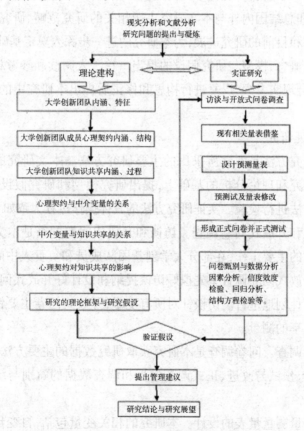

图1-5 技术路线图

(1)理论建构

在研究目标和研究问题的引导下,对相关文献和资料进行系统的检索、阅读，归纳、总结和提炼国内外已有的相关研究成果，并在此基础上，构建论文的研究思路、模型和研究假设，为进一步的调查和实证研究奠定基础。

①文献评述。文献主要来源于大连理工大学图书馆的图书文献资料和相关数据库系统，会议文献，以及相关搜索引擎搜索到的资料和访谈、调查得到的第一手资料。对与本文研究密切相关的议题和理论，进行跟踪和阅读，归纳和总结国内外与本文研究主题相关的研究范畴、研究方法、已有的研究成果和目前的研究进展，为本研究的进一步深入奠定基础。

②研究概念、模型与研究假设的提出。在深入阅读和参考相关文献的基础上，结合现实考察，反复进行构思和修正后提出本研究中的概念、研究假设模型。

（2）实证研究

实证研究方法是本文所采用的主要研究方法。本文研究的基本路线是在文献研究和理论分析的基础上，提出研究模型和研究假设，然后通过实证研究方法进行检验。实证研究方法的具体操作过程大致如下：

①访谈和开放式问卷调查。访谈和开放式问卷调查是本文前期进行量表设计时的主要工作，在部分大学创新团队成员和负责人中间展开。进行访谈和开放式问卷调查事先拟好访谈提纲和设计好开放式问卷，按照一定的程序有计划地进行。访谈针对所有变量，开放式问卷主要针对心理契约和知识共享的测量。

②问卷调查。问卷调查是本研究获取研究数据的主要方法，包括调查问卷的设计、预试与改进、正式调查过程和调查数据的甄别与统计分析四个步骤。

相关变量测量量表的设计。本研究的相关变量包括，自变量为大学创新团队成员心理契约（团队责任和成员责任）、中介变量（工作满意度、组织承诺、团队人际信任）和因变量（知识共享）等。对这些变量的测量，本文均采用李克特五段式量表。量表设计遵循两个基本原则：一是开展面向研究对象和专家的深度访谈和开放式问卷调查，收集量表的测量题目；二是借鉴国内外已有的、特别是应用广泛的经典量表,根据研究问题和实际环境的需要,对相关测量题目进行必要的修正及专家评价。

③数据分析与处理。在访谈调查和问卷调查的基础上,主要采用方差分析、因素分析、回归分析、结构方程检验等方法对调查数据进行数理统计分析,分析时将主要使用 SPSS13.0 和 Lesrel8.7 软件。

第二章 理论分析与研究假设

最早提出心理契约（Psychological contract）这一术语的组织心理学家阿吉里斯（Argyris，1960）认为，在员工与组织的相互关系中，除正式雇佣契约规定的内容外，还存在着隐含的、非正式的、未公开说明的相互期望，是决定员工态度和行为的重要因素。那么，大学创新团队成员心理契约对组织承诺、团队人际信任、工作满意度以及团队内部知识共享这些态度和行为应该有怎样的影响呢？本章将通过理论分析提出他们之间的关系假设。

一、研究对象界定与核心概念阐释

本研究以大学创新团队为特定的研究对象来寻找其成员的心理契约与其内部知识共享之间的一般规律，所涉及的核心概念有两个，即大学创新团队成员心理契约和大学创新团队内部知识共享。

1. 大学创新团队的界定

（1）大学创新团队的含义

国外学者关于团队和创新团队的研究最早都是针对企业的。如斯蒂芬·罗宾斯（1997）认为，团队是指一种为了实现某一目标而由相互协作的个体所组成的正式群体。罗宾斯对团队这一概念的界定说明团队具有三个重要的要素，即共同的目标、相互协作和正式群体。而创新团队则对团队的任务性质有了更为确切的要求，即要进行创新。哈里斯（2005）在其《构建创新团队——培养与整合高绩效创新团队的战略及方法》一书中对创新团队所做的定义是,创新团队是由一群训练有素、充满了创造力的人组成的主要进行复杂系统创新活动的集体。这说明创新团队在其构成人员和活动内容、目标等方面都有特定的要求。因此,创新团队与一般团队明显不同,它是一个承担特殊任务的集体。哈里斯认为,成功的创新团队具有协作、团结、诚信、称职、互补、自信、团队精神等共同特征。

事实上,随着知识经济时代的到来,构建创新团队已经成为科技创新取得成功的最重要条件之一。20世纪末至本世纪初,"创新团队"这一概念及其理论开始出现在我国高校科研领域。大学创新团队的前身是高校科研团队。高校科研团队主要是由为数不多的能够技能互补、勇于相互承担责任、达成共同的工作方法,并且愿意为共同的科研目标一起努力的高校科研人员为主组成的群体,他们以科学技术研究与开发为工作内容,组织形式以高等院校中的科研梯队、学术研究中心、课题组等为代表,具有一定的自发性。高校科研团队具有目标一致、内部协调统一、绩效水平高等特点,因而成为高校科研活动的基础力量,也是国家科研基础创新和应用创新最重要的人才支撑。但是,由于缺乏引导,传统的自发形成的高校科研团队发展速度慢、良莠不齐,还不能有效地组织和引导跨学科的重要的和大规模研究,也远远不能适应高校新时期发展需求。于是,为提高高校科技创新能力,国家对高校科研创新团队大力扶持,使得大学创新团队的形成和发展更加具有建设性,一些学者也开始关注大学创新团队的研究。

但是,目前关于大学创新团队的概念界定还未形成一致意见。张卫良(2005)指出,大学"创新团队"是为创新而组建的团队,它的价值在于汇聚人才,凝练学科方向,开展科技和知识创新。他指出了大学创新团队的组建目的和价值所在。朱学红(2008)认为,研究型大学创新团队是以学术问题为纽带,立足学科前沿,围绕国家各类重大科研项目,开展科学研究的核心队伍,其主要任务是创新,其骨干研究成员是根据一定的科研任务,由来自不同领域的高层次研究型大学创新分子组成的。研究型大学创新团队是核心突出、分工具体、目标明确、精诚团结、勇攀高峰的创新团队。这一概念重点强调了大学创新团队的组建缘由、任务、构成等要素。

综上，大学创新团队是以科学技术研究与开发为内容，以培养科技领军人物和科研创新为目的，由致力于共同的科研目标、专业技能互补、具有创新精神和团队精神的科研人员组成的正式的创新群体。具体地说，大学创新团队是高等学校为了实现培育和发展科学研究领域的新兴学科、交叉学科，吸引人才，凝聚优秀的创新群体，培养高校科技队伍的创新能力，培养科研工作的核心竞争能力，产出重大科技创新成果和创新人才的目标而组建的，以优秀学术带头人为核心，以重点实验室或者工程中心为依托，以科学技术研究与开发为内容，拥有结构合理的学术梯队，成员专业知识和技能能够互补，愿意为共同的科研目标、科研任务和工作方法而相互合作，共担风险和责任的科研群体。

本研究所指的大学创新团队，是指高校不同领域的科研人员为了共同的目标，由团队负责人发起而自由结合组建的正式群体，其工作任务和最终目标都更加具体。主要包括国家自然科学基金委员会的创新研究群体计划、教育部的创新团队计划资助的团队以及各个高等院校为促进学科发展、开展重大研究和承接大项目而组建的科研创新团队。

（2）大学创新团队的类型

在目前中国的大学中，科研创新团队至少有这样三种类型存在（李尚群，2008）。第一种是以学科为中心建构的学科团队。学科团队主要是在某门学科下从事科学研究与人才培养工作，它的中心任务是发展学科的概念框架，提高学科水平。学科团队具有明显的梯队特征。第二种是以某个科研项目为核心构建的项目团队。项目团队致力于一个具体的科研项目的研究，有明确的研究目标，有比较细致的研究分工，团队成员遵守相对固定的研究路线，形成了核心研究人员圈子。由于当代科学研究具有明显的跨学科特征，所以项目团队的成员往往来自于各个学科团队。第三种是复合型创新团队，在项目团队与学科团队之间建构的，承担学科建设与科学研究的双重任务，并且常常在两者之间变换角色。复合型团队往往存在于一些研究型大学的大型院系中。

本研究从团队目标及合作周期出发，认为大学创新团队主要分为两大类,即战略型和战役型。战略型团队所确定的是国际重大科学前沿问题的高水准战略目标和明确的中长期发展目标,团队成员长期合作,研究内容所涉及的学科较为宽泛,多数为跨学科团队。战役型团队也可称为攻关团队,组建的目的是承接国内外重大研究课题,力争在短期内取得某一方面的科技创新重大成果,团队成员的合作期限不如战略型团队长,研究内容所涉及的学科也可能不如战略型团队宽泛。事实上,在强建设性的背景下,战役型团队是极有可能向战略型团队转化的。据了解,各个高校2004年以来组建的大学创新团队发展至今极少有完成某项重大课题后而解体的,相反,都是朝着某一学科领域或跨学科领域的国内或国际领先的科研方向发展。

(3)大学创新团队的特点

大学创新团队区别于一般高校科研团队的最主要的五个特点是:

第一,目标高远。由于创新团队是根据学科和科技发展战略需求而组建的正式群体,这就决定了创新团队的建设是与重大项目和任务紧密结合的,是与学校学科、科技布局调整紧密结合的,是与拔尖人才的吸引和培养紧密结合的。大学创新团队瞄准的是国际重大科学前沿问题和国家发展中亟待解决的重大攻关课题,目标明确并且具有很高的水准。

第二,建设性突出。大学创新团队在建设创新型国家,提高自主创新能力的时代背景下诞生,并得到了国家政策的支持。各个高校的创新团队也具有各种专项经费的配套支持,并以工作基础和实验条件良好的科研基地为依托。

第三,影响力巨大。大学创新团队因其具有良好的创新优势,它的存在与发展不仅代表其所在大学的科研水平、科研能力和办学层次,也影响我国建设创新型国家的步伐。

第四,组织边界清晰。大学创新团队是一个为了完成共同的科研创新目标而相互合作的科学家群体。它由一定的人数组成,有相对固定的活动场所和特定的研究目标,有明确的组织边界。

第五,团队绩效高。科研团队,必须是高绩效的,这是团队的价值所在,低效平庸的学术群体不是真正意义上的科研团队。创新团队有着共同的研究目标和研究方向，科研人员围绕着总体研究方向进行科研工作，很好的保证了科研的准确性，避免研究过程中方向的偏差；不同领域的优秀科研人员集聚在一起，组成创新科研团队，进行联合科技攻关，不仅自身素质得到了锻炼，而其还保证了科学研究的连续性；团队为成员提供了交流沟通的平台，在这里成员可以相互交流信息、经验、切磋思想，使得不同学科知识进行交叉、互补以及综合，容易产生完整的知识结构储备，从而不断完善科研创新与成果。

此外，大学创新团队还具有以下一些特点：

第六，内部结构比较复杂。这种复杂性并非来源于行政权力，主要来源于科学体制本身。"科学的体制是一个高度分层的体制。科学界的不平等至少同其他社会体制中的一样多。"（乔纳森·科尔，斯蒂芬·科尔，1989）现实中可以清楚地看到科学家在声望、产出率、职称、学术权力、研究资源、社会资本、供职机构等方面存在着巨大的差异。科学高度分层的特性必然会反映到创新团队中，导致创新团队是一个带有差序性质的学术等级结构（李尚群，2008）。在这一结构中，具有高声望的科学家往往作为团队负责人或者处于支配地位，学术水平高的成员形成团队人员的核心和方向的核心。

第七，团队内部强调学术平等和民主管理。在这样的创新团队中，不论是老科学家还是研究生，每个人均可有自己的想法，都能得到大家的尊重。团队成员相互依存，相互影响，能自我管理并且愿意为共同的目标相互承担责任。团队实行民主管理和参与决策。

第八，团队成员专业结构合理。大学科研创新团队应是长期合作基础上形成的研究集体，具有相对集中的研究方向和共同研究的科学问题，以及合理的专业结构。一般以核心科学家为首，选定、吸引和凝聚一批高水平的海内外核心成员，包括海外学者、访问学者、长江学者、青年基金获得者、博士后、博士生等，组成梯队，协调工作。

第九，团队环境有利于成员的成长与发展。由于上述的一些特点，大学创新团队为成员潜力的发挥和自我价值的实现提供了十分有利的条件。

第十,团队成员具有较强的学习能力,成就感强,重视自身发展,追求生活质量。

2. 大学创新团队心理契约

大学创新团队作为一种组织形式,不可避免的涉及到组织与成员之间的关系。大学创新团队的组建一般都是以重大研究课题或者学科发展战略为纽带而建立起来的。团队期望全体成员能够为完成研究课题和任务而尽心尽力的工作,最终完成团队任务,实现团队目标;团队成员期望在完成团队目标的同时个人能够得到发展、个人的利益能够得到保障、个人目标能够得以实现。为保证这些期望得以实现,要求团队和成员必须相应地承担起各自的责任和义务。这些责任和义务有的体现在团队的规章中,是明确的;有的则是团队成员的感知,隐含在团队成员的内心。由于大学创新团队的构成具有自愿性、动态性和开放性的特点,所以,在大学创新团队的规章中,对组织和成员个人的责任和义务的规定通常具有很强的柔性,也就是说,团队成员在工作中具有很强的自主性。因此,由团队成员所感知到的、隐含在团队成员内心的责任和义务会更多,这些责任和义务构成了团队成员心理契约内容,成为团队成员工作的心理基础和动力。

前文的文献回顾表明,心理契约的研究包括两个视角:个体视角——员工个体(或雇员)对于组织与员工相互责任的期望与理解,称为员工心理契约;组织视角——组织(或雇主)对于组织与员工相互责任的期望与理解,称为组织心理契约。

在实证研究领域,对于如何确定组织心理契约一直存在争议,焦点集中在到底什么人和什么事能代表组织水平的期望。"古典学派"由于认为心理契约存在组织和雇员个人两个主体,因两个主体容易出现对期望的理解不一致,造成心理契约内容的非唯一性,进而给实证研究带来困难。Rousseau 对这些争论提出了建立在个体水平上的心理契约的狭义定义,认为心理契约是在组织与员工的互动关系中,员工个体对于雇佣双方彼此应该为对方承担的责任的认知与信念。其核心内容是双方互惠互利的责任,包括"组织对员工承担的责任"（简称"组织责任"）和"员工对组织承担的责任"（简称"员工责任"）。"Rousseau 学派"对心理契约概念的这一界定，包含了以下重要含义：心理契约建立的背景是企业雇佣关系；心理契约建立的原则是双方互惠互利；心理契约的内容是"组织责任"和"员工责任"；这些责任是员工主观认知的，不是客观的实际责任。由于这一定义界限明确，解决了"古典学派"实证研究面临的困难，因而被很多研究者所采用（李原、郭德俊，2002）。因此，本文的研究也是基于 Rousseau 学派的狭义的心理契约的概念框架，对大学创新团队心理契约进行界定。

本文从单向关系出发，以大学创新团队及其与成员的合作互动关系作为组织环境背景来界定大学创新团队心理契约。大学创新团队心理契约即大学创新团队成员心理契约，是指团队内部成员与团队之间所形成的一种内在的、隐含的、未公开化的心理关系，是团队成员对双方建立在承诺基础上的相互责任的主观感知。具体地说，大学创新团队成员心理契约是在团队合作关系的微观环境下的成员对"团队对成员的责任"和"成员对团队的责任"的主观感知。这些责任中不包括成员与学校之间的相互责任。

大学创新团队心理契约的基本要义包括：

（1）大学创新团队成员心理契约建立在团队合作关系的微观背景之下，个体与组织之间是合作关系而非雇佣关系，因而成员和团队之间的心理契约与大学教师和学校之间的心理契约是有很大不同的。

（2）大学创新团队成员心理契约的感知主体是团队成员，心理契约建立在主观感知基础上，具有较强的主观性，不同的个体对心理契约内容的感知会有所差异。

（3）双方的承诺基础是团队成立和建设中确定的共同目标。在大学团队中，个人目标与团队目标通常是相互融合、相互联系的，实现团队目标是实现个人目标的前提，个人目标的实现依赖于团队目标的实现。

（4）大学创新团队成员心理契约的内容包括"团队对成员的责任"和"成员对团队的责任"，这些责任是在互惠互利和公平的原则下建立的，具有交互性，彼此相互联系、相互影响。

（5）大学创新团队成员心理契约是在实践中逐步构建的，会受到各种环境因素的影响，并且会发生变化，因而心理契约具有动态性。但是，在外界环境因素相对稳定的情况下，心理契约一般也具有相对稳定性。

（6）大学创新团队成员心理契约具有功用性，心理契约会直接影响团队成员的心理态度和团队氛围，进而影响成员的行为和团队的绩效。良好的大学创新团队成员心理契约将通过相互责任、相互信任的心理约定，将成员与组织有机结合成一个整体，最终实现互惠双赢。

3. 大学创新团队知识共享

知识共享的概念是伴着知识管理理论和实践的产生而出现的。从理论上分析，知识管理过程包括知识识别、知识获取、知识存储、知识编码、知识传播、知识共享、知识应用和知识创造等过程，其中最关键的环节就是知识共享。知识共享是指组织的员工或内外部团队在组织内部或跨组织之间，彼此通过各种渠道进行知识交换和讨论，其目的在于通过知识的交流，扩大知识的利用价值并产生知识创新的效应。组织知识管理的核心是知识共享，通过知识共享可以形成组织知识优势。知识共享是组织培育应变能力和创新能力、进行知识创造的前提和基础。随着对知识共享问题的深入研究，知识共享对于高水平的知识创新所起到的关键作用已经得到广泛承认，所以，知识共享被认为是知识管理的一个重点。然而，从实践上看，知识共享又是最困难的，因而成为知识管理实现的瓶颈因素。正因为如此，知识共享研究既是知识管理研究的重要子内容，同时，也正在被研究者从知识管理研究中抽取出来，成为一个独立的研究对象。

国内外不同的组织、不同研究领域的学者分别侧重从人际沟通交流、知识市场交易、知识转移过程、组织学习以及知识共享的目的和作用等视角，提出了对知识共享的不同理解。如表2－1所示。

综合国内外学者的观点可以认为，一般意义上的知识共享的实质是知识拥有者和知识需求者之间因知识上的某种需求而产生的一种互动过程。其内涵主要包括：知识共享是因需求而产生的；知识共享的前提是知识提供者愿意与知识接受者分享知识；知识共享强调最后的结果是供需双方同时拥有所分享的知识；我国学者在中国文化背景下更加强调知识共享的最终结果是组织成员的个体知识转变为组织知识。

表 2 - 1   学者从不同视角对知识共享含义的理解

研究者代表	主要观点
Bostrom(1989)、Huber(1991)、Tan & Margaret(1994)、Hendriks(1999)、闫芬、陈国权(2002)、钟耕深、赵前(2005)，等	有效的知识共享是的一种互相理解与尊重，拥有者与知识接收者的理解能力、沟通是否顺畅是影响知识共享的主要因素。
Davenport & Prusak (1998)、David Constant, et al(1994)、应力、钱省三(2001)、赵文平、王安民、徐国华(2004)，等	知识如同普通经济品，可以用来交易，这种交易是在组织内部的知识市场中进行的。个人所能获得的利益是驱动知识共享的主要因素。企业员工之间、各部门之间的信任关系是该市场顺利运作的必要条件。
Hedlund Gunna (1994)、Holtshouse(1998)、汪应洛、李勖(2002)、胡婉丽、汤书昆(2004)，等	知识共享为知识源向知识接受者转移知识的过程。知识共享很大程度上是由信息技术及其运用所决定。
Senge(1997)、焦锦淼、夏新平(2005)，等	知识共享即是组织内员工之间、团队之间的学习过程。在学习的过程中，个体知识成为组织知识，组织的重要任务就是促进这种学习的持续进行。

本文提出的大学创新团队知识共享专指大学创新团队内部知识共享，是创新团队及其成员将彼此所具有的潜在知识(他人不了解的显性知识和隐性知识)通过沟通和交流，彼此学习和领悟，进而丰富成员个体的知识，促进知识的再创造并且形成团队新知识的复杂活动过程。

其要义有：

(1)团队成员共享的是团队及其成员的潜在知识，这种潜在知识包括他人不了解的显性知识和可以言传和意会的隐性知识。

(2)知识共享的前提基础是共享双方愿意交流和共享，这里强调知识共享是一种有意识的自觉行为。

(3)知识共享的过程包括知识在成员之间的转移和转化及知识在成员与团队之间的转移和转化两个方面，知识共享是互动互惠的活动过程。

(4)知识共享的最终结果是形成团队的新知识，即成员个体和团队的知识总量增加，最终体现为团队产出科技创新成果。

由于大学创新团队成员具有较强的学习能力,较高的成就感和重视自身发展等特点,使他们格外看重自己所拥有的潜在知识,加之成员所拥有的知识具有更强的异质性和更高的复杂性,使得大学创新团队内部知识共享过程也更加复杂。

二、大学创新团队心理契约的结构及内部关系的理论分析

1.大学创新团队心理契约的内容与结构

(1)大学创新团队成员心理契约的内容

心理契约内容上主要分成两个方面,即员工心理契约和组织心理契约、员工心理契约是员工对组织的期望和对自己应承担义务的承诺,组织心理契约由于其存在主体在学术界尚存争议,故而迄今为止的心理契约研究主要还是着眼于员工角度。本研究中,为了实证操作的方便,主要参考罗素(Rousseau)等人的思路,把大学创新团队与成员的相互关系中,成员所感知到的彼此为对方提供的责任界定为成员心理契约,即把心理契约界定为个体层面。

心理契约着重于契约双方对彼此的一种期望和对对方应承担责任的一种知觉,成员要为自己的组织做出一定的贡献,组织要对成员的贡献给予回报的心理关系。彼此之间都存在着一定的义务及期望。从个体层面来看,心理契约是组织成员对自身责任和期望得到的回报之间建立的对应关系。从国内外学者的主要观点中,可以总结出心理契约的主要要素有:组织成员之间的相互信任、关怀,忠诚度,互动互助,组织对成员的承诺,支持等。

心理契约的内容是对雇员和雇主双方责任的描述,因不同的研究者在不同时期采用不同的样本进行研究,其结果存在一定差异。研究表明,心理契约的内容受到个人、组织、社会、经济和文化因素的影响,不同情境中

的人,其心理契约的内容不同。国内外学者以往关于心理契约的研究绝大多数都是针对企业员工的,近年来已有一些国内学者,特别是一些新进入这一研究领域的学者针对高校教师心理契约进行了一些有益的探索。

胡平等(2007)认为,心理契约是教师和学校之间对彼此的责任和义务进行规定的内隐性契约,与教师的职业发展具有重要相关性。在教师职业生涯发展的不同阶段,其心理契约的形成、建立、违背和调整过程都呈现不同的特点。潘素娴(2006)认为,大学教师心理契约是大学教师对其与学校之间的相互责任的理解和认知,包括大学教师的责任和大学组织责任两个部分。刘耀中(2006)在《基于人力资源管理的大学教师心理契约结构研究》一文中采用心理契约的单向关系观点,认为大学教师心理契约是大学教师对其与学校之间的相互责任的理解和认同,也是包括两个部分：大学教师的责任,即大学教师认为他们对学校负有什么样责任;大学的组织责任,即大学教师认为学校对他们负有什么责任。刘牧(2006)在《心理契约理论与我国高校高水平青年教师培养》一文中,采用问卷调查方法,从个体水平方面探讨了大学高水平青年教师在他们成长过程中对学校组织的心理契约构成要素。

大学创新团队成员无疑是高校教师,但是,他们是特定环境中的具有一定特殊性的高校教师。朱学红(2008)从双向关系的视角出发,认为研究型大学创新团队的心理契约表现为以下两个方面：成员对团队的期望以及团队对成员的期望,两者同时构成了创新团队的完整的心理契约。

借鉴学者们以往研究的思路,本文提出的大学创新团队成员心理契约的内容主要包括"团队责任"和"成员责任"两部分,但这两个方面的责任都是在创新团队的合作环境中由团队成员所感知到的。因此,这些责任的具体内容与创新团队及其成员的特点有着密切关系。下面以这一特殊群体的独有特点作为切入点进行分析。

第一,大学创新团队具有高远的目标和突出的建设性,成员的个人目标与团队的目标具有一致性,因此,作为自愿加入团队的成员来说,其心理契约对团队责任和成员责任的感知必然建立在实现团队目标这一承诺的基础之上。成员会内在地期望团队提供明确的总目标和分目标,并为实现目标提供充足的科研资源、创设良好的环境条件、对成员工作有正确的评价和及时的绩效反馈等,同时自身将会以把自己的发展与团队发展联系在一起、支持团队目标、尽心尽力做好自己的工作、配合其他成员的工作、遵从团队的文化和规范、维护团队声誉和形象、自觉奉献等作为回报。另外,大学创新团队目标的达成需要全体团队成员的精诚合作、共同努力。因此大学创新团队成员会内在地期望团队创造合作交流的机会和氛围、鼓励团队成员合作、真诚和公平地对待每个成员,而成员自身则会自觉地与其他成员合作以实现团队目标、维护团队良好的合作气氛。

第二,大学创新团队成员具有强烈的自我实现需求,他们不同于企业的一般员工,他们更注重自我价值的实现。他们具有很强的自我表现欲,希望可以通过个人专长的发挥,来追求个人的人生价值,并强烈希望得到他人的认可和尊重。因此,大学创新团队成员对利益的追求并非体现在纯粹的经济利益上,而是对专业知识的学习、能力的积累和成就感有强烈的、高目标的追求,来自工作本身的刺激和挑战对这些成员更具有激励作用。因此,他们可能内在地期望团队能给他们提供富有挑战性的工作、支持其进行富有创新性的探索、支持其申报高水平研究项目、发挥其技术和专长、为其提供进修机会、支持其职务晋升、关心其职业生涯发展等,同时期望自己能够服从团队安排,准时参加团队的活动和会议,保守团队的科研机密,不断超越自我,提升自己对团队的价值等。

第三,高校科研团队成员从事的工作具有挑战性、创造性的特点,而且团队成员大多具有高学历、高自尊等特征,工作中能够自我管理和引导。因此,他们会期望团队给予工作自主权,提供良好的工作指导,提供弹性的工作时间和地点,决策时充分征求团队成员意见,得到信任、认可和尊重等,其自身则会积极为团队的发展献计献策、不计较业余时间用于工作等。

第四,当今时代,大学创新团队成员除了具有较高的成就需求外,他们也追求生活的质量。他们在工作上付出大量的心血和汗水,为了寻找工作和生活的平衡,他们的内心也会很强烈地希望团队能够关心他们的生活和健康方面的问题。

本文研究的心理契约是团队内部的一种情感契约,是维系成员之间、成员与组织之间的相互期望。根据以上分析,本文认为,大学创新团队成员心理契约的"双方责任"的焦点是团队目标达成和成员高层次需要的满足。主要内容归纳为以下几个方面:团队目标的达成,个人的发展和晋升,个人的生活质量,组织成员之间的信任与合作,组织对成员的支持和关怀,成员对组织的忠诚,对工作的尽职,主动奉献等。

(2)大学创新团队心理契约的结构

近年来,在全球经济一体化和技术竞争加剧化的时代背景下,心理契约的内容构成发生了巨大的变化,过去被认为非常重要的内容正在逐渐隐没或处于次要位置,而一些新的内容在心理契约中所占的比重越来越大。正如希尔特罗普(Hiltrop,1995)指出的那样,心理契约的内容因时代的不同而有所不同。安德森等(Anderson,et al.,1998)认为,心理契约的具体内容可能包含数千个方面,很难全部罗列出来。而且,针对不同文化和组织背景的不同研究对象,其心理契约的内容也是有所不同的。因此在对心理契约内容进行探讨时,为了对其主要成分有一个概括性的了解,寻找出一般规律以更好的指导实践,很多研究者对心理契约的维度进行了分析。

国内外关于心理契约结构的研究一般支持二维结构模型和三维结构模型。见表2-2。

这些学者的观点在文献回顾中已经阐述,这里不再赘述。

对心理契约维度的划分,目前还没有形成一致的结论。本文认为,不同的国家、民族、行业、文化背景以及雇佣关系都存在差异,因此,不同主体之间心理契约的内容和结构存在差别是客观的,心理契约结构维度研究的结论存在差异实属正常现象。随着心理契约研究范围的拓展,心理契约维度的研究还会出现更多不同的结论(曹威麟,陈文江,2007),三维结构模型对于解释中国员工的契约结构更为恰当(李原,郭德俊,2006)。本文分析发现,近年我国学者的研究基本支持心理契约的三维结构模型。

表 2 - 2　心理契约的结构及代表人物

二维结构	交易契约和关系契约； 内在契约和外在契约； 现实责任和发展责任；	MacNeil（1985）, Rousseau（1990）, Ronbin-son, Kraatz & Rousseau（1994），刘耀中（2006），焦燕莉、赵涛（2008）等； Kickul & Lester（2001）等； 陈加州等（2001b）；
三维结构	交易维度、关系维度、团队维度； 交易责任、培训责任、关系责任； 规范型责任、人际型责任、发展型责任； 物质激励（规范遵循）、环境支持（组织认同）、发展机会（创业导向）； 业绩报酬、生涯发展、工作/生活平衡； 交易型、关系型、发展型心理契约	Rousseau & Tijorimala（1999）,Lee. C & Tinsley C H（1999）； Shapiro & Kessler（2000）等； 李原（2002）； 朱晓妹、王重鸣（2005）； 关培兰、张爱武（2005）； 彭川宇（2008）；

　　基于此,本文借鉴国内外学者关于心理契约结构的三维模型,具体分析大学创新团队成员心理契约的结构。

　　首先,大学创新团队成员心理契约是建立在合作而非雇佣关系的微观环境下,组织与成员双方是利益共同体。从上述学者关于心理契约的交易维度的界定看,其心理契约是建立在雇佣关系的背景下,心理契约建立的承诺基础是双方雇佣合同的约定条款,心理契约中的经济利益交换的责任明确而且占据绝对重要的地位,利益的归属很明确;而大学创新团队成员心理契约是建立在合作关系而非雇佣关系的背景下,心理契约的承诺基础是团队成立之初所提出的团队工作目标,因此,大学创新团队成员心理契约中较少包括当前物质利益的即时交换,虽然团队成员也会关注物质利益,但是在中国目前的高校体制下,这种物质利益交换很少存在于成员与团队之间,更多的是团队成员作为大学教师身份与学校之间的物质利益交换。成员与团队之间交换的主要内容应为组织目标与个人成长目标达成期间的情感交流和社会利益的互换,实质应为义务或者责任的互担,双方利益共存,利益的归属具有模糊性。所以,大学创新团队心理契约中的双方利益交换内容与雇佣关系环境下的员工与组织心理契约的交换内容已经有很大不同,不能简单地套用学者们现有的研究成果,将大学创新团队心理契约结构界定为交易维度、关系维度、团队成员维度三个维度,以免造成界限不清和内容混淆。

其次，从我国学者在中国文化背景下对中国企业知识型员工和企业研发团队成员心理契约结构研究的结论来看，这些研究也都是建立在企业与员工的雇佣关系的背景下。朱晓妹、王重鸣（2005）认为我国企业知识型员工心理契约的组织责任由物质激励、环境支持和发展机会三个维度构成；员工责任由规范遵循、组织认同和创业导向三个维度构成。彭川宇（2008）研究认为，知识员工心理契约结构包含三个维度，分别是交易型心理契约、关系型心理契约和发展型心理契约。关培兰、张爱武（2005）认为研发人员的心理契约由业绩报酬、生涯发展以及工作/生活平衡三个维度构成。这些研究的对象都属于知识型员工，只是所处的微观环境不同，具体内容也有很大不同。但是，他们都关注到了物质报酬（物质激励、业绩报酬）、员工发展（发展机会、生涯发展）和工作生活环境（环境支持、工作/生活平衡）这三个维度，这符合知识型员工追求自我实现和高质量生活的特点。大学创新团队成员也是知识型员工，但是，大学创新团队成员所处的环境与企业知识型员工所处的环境有很大不同。大学创新团队中的成员与团队关系是合作的互动关系，而且大学创新团队与企业研发团队的任务、目标、构成也有很多不同，所以，也不能把我国学者在中国文化背景下对中国企业知识型员工和企业研发团队成员心理契约结构研究的结论简单套搬到大学创新团队成员心理契约上。

第三，从大学创新团队及其成员的特点和大学创新团队成员心理契约的基本含义来看，大学创新团队具有很强的目的性和建设性，大学创新团队成员具有强烈的成长发展需求，成员加入团队是有目的的自觉行为，对团队寄托了更强的情感。因而，他们在大学创新团队中对组织（团队）的责任和对自己的责任的感知就会很自然的与团队建设的目标结合起来，也就是说，支撑成员心理契约的承诺基础是团队目标的达成，并且在这个过程中成员个人的目标也会达成。因此，大学创新团队成员心理契约将更加关注目标达成、成长发展和工作生活环境，但具体关注点落实到团队责任和成员责任上可能会有所差别。

通过上述分析可以看出,大学创新团队成员与企业知识型员工以及大学教师虽然都属于知识型员工,都有更高层次的心理需求,但是,由于心理契约的构建背景条件不同,致使两者的心理契约也由所不同。两者的区别有以下几方面:

一是心理契约形成的微观环境不同。大学创新团队成员心理契约是建立在成员与团队是合作关系的微观环境下,而企业知识型员工以及大学教师的心理契约形成是在个体与组织是雇佣关系的组织中。

二是心理契约建立的承诺基础不同。企业知识型员工以及大学教师与组织的雇佣关系决定了其心理契约建立的承诺基础是双方雇佣合同的约定条款,而大学创新团队成员心理契约的承诺基础是团队成立之初所提出的团队工作目标。

三是心理契约中利益的归属和重要度不同。在企业知识型员工以及大学教师的心理契约中,经济利益交换的责任明确而且占据绝对重要的地位,利益的归属很明确;而大学创新团队成员心理契约中,双方更注重情感交流和社会利益的互换,双方是利益共同体,利益的归属具有模糊性。

由于以上三点区别,必然导致大学创新团队成员心理契约的内容与结构与企业知识型员工以及大学教师的心理契约的不同。总的来说,大学创新团队成员心理契约的内容主要是对高层次需要的感知。在大学创新团队内部个人目标和团队目标具有一致性,成员希望团队在促进目标达成、支持个人成长发展、提高工作生活质量方面为成员担负起责任和义务;同时自身也会担负起爱惜和维护团队的声誉和自己作为团队成员的角色、遵守团队规范努力做好本职工作、积极主动地加班工作而不斤斤计较等责任和义务。因此,本文推论,大学创新团队成员心理契约的团队责任和成员责任可能都由三个维度构成;团队责任的三个维度简称为目标达成、支持发展和关心生活,成员责任的三个维度简称为团队维护、主动奉献和遵守规范。

2. 大学创新团队成员心理契约的内部关系

在心理契约内部关系的研究中一直存在着争论：从严格意义上讲，"组织责任"与"员工责任"是互为作用相互影响的，二者密切交织在一起。这种动态变化状况无疑给研究带来极大困难。不过，目前多数研究者认可这样一种解释：在现实的企业关系中，员工与组织双方的关系并不是完全对等的，组织总是起着决定作用，员工是在看到、听到或体会到组织对员工提供的条件与承诺后，相应调整自己的态度与行为，使自己的责任与组织的责任相匹配。所以，在二者关系中，相对来说组织对员工承担的（或承诺承担的）责任在先，员工对组织承担的责任在后（李原、郭德俊，2006）。罗素（Rousseau）认为企业员工心理契约的各维度相互之间为一种平行的影响关系，即组织对员工提供的交易型责任，影响到员工对组织的交易型责任；组织对员工的关系型责任，影响到员工对组织的关系型责任。她从社会交换的角度出发指出，员工从企业中得到的报偿与其对企业的贡献是相应的。如果企业只注重给员工经济利益的短期回报，而不关注长期的、发展方面的投资，那么员工会调整自己的付出，使之对企业的责任也局限在完成规定的工作任务，不会主动承担职责之外的工作。我国学者陈加洲的实证研究支持了二维结构中这种平行关系的存在（陈加洲等，2001b）。

那么，大学创新团队成员心理契约中的"团队对成员的责任"和"成员对团队的责任"是否也存在先后和平行的影响关系呢？本文认为，在大学创新团队成员心理契约的内部关系中，团队责任的履行程度会直接影响到成员责任的履行。这一点，可以通过社会交换理论和公平理论进行分析。

社会交换（social exchange）指的是存在于人际关系中的社会心理、社会行为方面的交换，包括物质财富、心理财富和社会财富等，其核心原则是互惠互利。按照这一理论，如果双方交换中一方无利甚至有所损失，彼此之间的关系将出现问题，如果双方交换中都可获利，那么双方关系可能会持续下去。但是，维持的条件是员工对双方的获利感知必须是公平的。可见在社会交换中，还存在一个对互惠互利的衡量问题，由此而引出了社会交换的另一个重要原则,公平。公平理论强调一种社会比较心理,认为交换双方很多时候不是追求"绝对"利益平等,而是追求一种投入—产出比的平等。

心理契约这一概念正是在社会交换理论和公平理论的基础上提出来的,它的基本假设是:组织与员工之间是一种建立在公平基础上的互惠互利的相互关系,双方均需要有一定的付出,也需要得到一定的收益。虽然这种交换不像经济交换那样依赖于明确而具体的规定(正式契约的内容),但人们在内心中会以社会规范和价值观为基础进行相应的衡量和对比。当相互的责任对等时,或者说付出和回报等值时,可以维持一种长久、稳定、积极的关系,如果一方觉得自己的付出没有得到应有的回报,则会对相互关系造成消极的影响。

在大学创新团队成员心理契约中,双方责任是社会交换中的基本要素。而且这种责任是建立在以团队目标实现为基础的承诺之上的团队成员的主观感知,因此,团队成员在履行自身责任之前,首先会对团队履行责任的情况作出一个主观的判断或者预测,进而才决定自己所采取的行动。而且由于大学创新团队成员具有知识丰富、更加自信的特点,因此,他们的对责任交换中的公平感知会更加敏感,这种感知也会对他们的心理状态以及行为产生更大的影响。

综上所述,在大学创新团队成员心理契约中,团队责任的履行是首位的,它会影响到成员责任的履行,进而影响到大学创新团队成员心理契约的建立和维系。同时,由于大学创新团队及其成员的特点,决定了团队成员追求的利益主要是心理利益(精神利益)和社会利益,这两种利益的满足(预期满足)以成员感知到团队责任的履行(预期履行)为前提,进而才会有成员责任的履行。并且由于这两种利益之间具有较强相关性和代偿性,因此,团队履行责任所带来的一种利益的充分满足可能会引起成员履行更多的责任,也就是说,团队责任对成员责任的各个维度的影响很可能不是简单的平行关系,而是交叉影响关系。

至此,本文提出第一个研究假设。

H1：大学创新团队成员心理契约的团队责任和成员责任由三个维度构成，其中团队责任的三个维度为目标达成、支持发展和关心生活，成员责任的三个维度为团队维护、主动奉献和遵守规范；在大学创新团队成员心理契约内部，"团队责任"对"成员责任"有正向影响。

本文将通过实证分析检验心理契约三维结构的合理性以及心理契约的内部关系。

三、大学创新团队知识共享过程及测量要素

1. 大学创新团队知识共享过程

大学创新团队知识共享是在知识创新目标的指引下，通过各种方式促进团队内部的成员知识和组织知识的交流转化，最终实现知识创新的过程。由于大学创新团队及其成员的特征及其所拥有知识的复杂性，其知识共享的过程也更加复杂。

野中郁次郎（Nonaka）等认为企业员工知识共享是在一定的场（Ba）中进行的，他们将知识分为显性知识和隐性知识，将两种知识类型间的交互作用定义为"知识转换"。通过转换过程实现知识创造。这种知识转换模式包括社会化（Socialization）、外在化（Externalization）、综合化（Combination）、内隐化（Internalization）四种知识转换模式，概括为 SECI 模型（Nonaka & Akeuchih, 1995）。如图 2 - 1 所示。

（1）社会化（Socialization）：从隐性知识到隐性知识

社会化是共享体验并由此创造出来的共有心智模式或技能之类的隐性知识的过程。个体可以不通过语言沟通直接从其他成员那里获得隐性知识，比如学徒与师父工作，不用语言而凭借着观察、模仿、练习等就能够学得技艺。个人所拥有的隐性知识是团队创造知识的基础，但隐性知识由于是通过体验获得的，很难通过言语表达出来，所以不容易进行交流和传

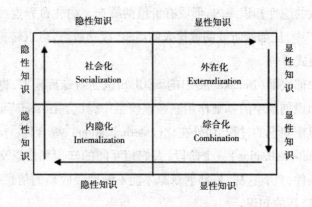

图 2 - 1 SECI 模型

递。

(2)外在化(Externalization):从隐性知识到显性知识

外在化是将隐性知识表述为显性概念的过程。通常采用比喻、类比、概念、假设或模型等方式将隐性知识显性化,是知识创造过程中的精髓。当在社会化过程中成员之间产生共享心智模式,就会持续的对话,通过各种推理方法,如演绎法、归纳法、溯因法促进隐性知识的转化,最终将其表述出来。在这个过程中,隐性知识持有者能否熟练地运用比喻、类比、模型方法,对隐性知识转化的成功有着重要的作用。

(3)综合化(Combination):从显性知识到显性知识

综合化是将已有的显性概念整合为知识体系的过程。这种知识创造模式将不同的显性知识彼此集合,通过文件、会议、电话交谈、计算机通信网络等媒介将知识联结在一起。经过对显性知识的整理、增添、删减、结合和分类等方式,对已经存在的信息进行重新构造整合,在此基础上增加新的内涵,催生新知识。

(4)内隐化(Internalization):从显性知识到隐性知识

内隐化是将显性知识体现到隐性知识之上的过程。在实践中将显性知识内隐化,通过真正的体验,将以共有心智模式或技术诀窍的显性知识内化到个人的隐性知识库内,形成有价值的资产。内化过程也可能发生在"间接体验"中,比如倾听或阅读他人的经验、成功故事,可以转换成自己隐性的心智模式。

由野中郁次郎(Nonaka)提出的 SECI 知识创新螺旋模型,也体现了知识共享在知识创新中的基础作用。在该模型中,社会化(socialization)就是人们分享模糊知识的过程,而外在化(externalization)、综合化(combination)和内隐化(internalization)三个阶段,人们相互间的知识和信息交流也是不可缺乏的条件,只有这样,局部创新源才能不断地吸收新的信息、知识和创意,进而创造新的知识。

SECI 模型从理论上解释了知识转换的一般过程,一直被学术理论界作为研究知识转换和知识共享的理论基础。但是,由于仅从知识的特点出发进行了分析,这个模型过于简单化,没有把知识的特点同其提供者和接受者的特点结合起来进行分析,所以对于实践的指导性受到了局限。对于大学创新团队来说,不仅共享的知识具有高度复杂性,而且共享知识的成员和组织可能同时是不同知识的提供者和接受者。所以,其知识共享的知识转化过程不会是简单的、平面化的 SECI,而应该是在复杂的"知识场(Ba)"中的多个 SECI 的立体交互。其基本模型框架见图 2 - 2。

该系统输入的原知识,包括个人显性知识、个人隐性知识、团队显性知识和团队隐性知识四部分,这些知识经过知识共享一般过程的一种或者多种模式的处置之后,输出为在目前和以后的实际科研活动中可以得到应用的新知识,实现科技创新。

在这个系统过程中,还包括知识共享主体的活动过程。由于知识共享不可能自发地进行,所以,知识共享的起点是成员有了知识共享的意愿,再由意愿引发行为,进而达到一定的效果。知识共享意愿和知识共享行为是推动知识转化的外部动力。知识共享主体活动过程是这一系统过程中的显性因素。

为更好地理解这一模型,首先对大学创新团队内部知识共享的"知识场(Ba)"进行分析。

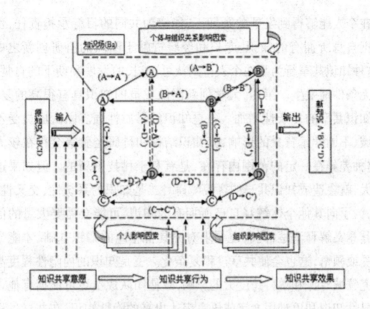

图 2 - 2　大学创新团队知识共享系统过程模型示意图

注:A = 个体显性知识,B = 个体隐性知识,C = 团队显性知识,D = 团队隐性知识; + 代表知识的增加(创新)。

大学创新团队的知识共享是在一定的知识场中进行的。Nonaka & Akeuchih(1995)将知识创造的场所命名为"Ba";余利明(2003)将其命名为"知识场",即知识创新的场所。

在大学创新团队的知识场中,知识共享的主体和客体具有其自身的特点,这些特点势必影响其知识共享过程。首先,大学创新团队具有很强的目的性和建设性,这使团队知识共享显得尤为迫切和重要。因此,大学创新团队内部的知识共享的频度和强度都可能比一般的科研团队高,知识创新速度相对较快。其次,团队成员具有较强的学习能力。这一特点无疑是大学创新团队知识共享的先天优势。对教师成员来说,由于具备一定的工作经验和相应的研究背景,领悟能力强,所以接受隐性知识的能力更强些;而研究生成员精力充沛,记忆力强,乐于接触新鲜事物,因而接受显性知识的能力要强些。第三,团队成员成就感强,重视自身发展,自我管理能力较强。在个人能够得到发展的预期下，能够为共同的目标承担责任，也会自觉地把自身所拥有的知识、专长和经验贡献于团队的科研创新之中。但是，这种知识共享行为是在个人得到认可、成长的发展预期下的自觉行为，不会无条件地发生。第四，大学创新团队成员的知识具有很高的复杂性，使其知识共享的复杂性增加。一是知识的异质性强。团队成员受不同研究领域、不同学术背景的影响，其知识结构和科研经验等会存在较大的差异，这种差异在一定的范围内存在，是有利于科技创新的。但如果这种差异太大，就会造成知识共享的客观障碍。二是知识的系统性、交叉性、综合性强，为了向其他个体解释自己所拥有的知识，可能会需要大量的信息才能将其意义解释清楚，同时也要求对方具备相应的知识基础，才能为对方所接受或领悟，这也会使共享过程复杂化。三是知识的内隐性程度高。由于研究领域专深和学科跨度大的影响，致使团队成员更可能拥有他人不了解的显性知识和更难用文字或语言表达出来的隐性知识，在共享过程中也会显现出复杂性的一面。

基于上述分析可以认为，大学创新团队的知识场的主要特点是强度高、变化快，过程复杂。这是大学创新团队及其成员所具有的知识共享愿望强、学习能力强、知识复杂性高以及知识创新目标高和速度快所共同作用的结果。同时，大学创新团队成员之间更期望的是进行潜在（隐性）知识的共享。因此，大学创新团队知识共享包括正式的知识共享，即团队成员通过正式的公开渠道进行各种知识交流（如，定期的学术交流活动等），也包含非正式的知识共享，指团队成员在共同的工作中的潜移默化的知识交流（如，几个团队成员在共同解决某个问题时透过言行举止对相互经验的体会和理解等，这时获取的知识主要靠第六感觉——知觉能力）。但是，不论怎样，从主体活动的视角看，创新团队的知识共享必须以成员的知识共享意愿为起点，进而引发行为，产生效果。而且知识共享的意愿越强，最终产生的共享效果可能会更好。

而从知识转换的视角看，在大学创新团队内部强知识场中所进行的知识转换过程是极其复杂的一个"灰箱"。在这个系统过程中，输入的知识包括：个人显性知识（individual explicit knowledge）、个人隐性知识（individual tacit knowledge）、团队显性知识（team explicit knowledge）和团队隐性知识（team tacit knowledge）四部分。经过内部知识转化，输出的是可直接应用的新知识和有待进一步转换的新知识，从而促进知识的不断创新。处于输入和输出之间的虚线框所代表的是大学创新团队知识共享一般过程的各种知识转换方式，每一种方式都包含复杂的知识转换过程。这些知识经过其中的一种或者多种方式的共享之后，最终使输入的知识转化成了新知识。在特定的环境中，整个知识共享的过程不可避免的受到来自组织、个体以及个体与组织关系的各个方面的不同因素的影响。

下面对这一模型的系统"灰箱"中的各种知识转换的内在过程和外在实现机制结合起来进行具体的分析，以提高这一模型的实践指导意义。

（1）A→A⁺，即大学创新团队内，成员个体之间的显性知识共享的过程。团队成员之间通过彼此的辅助、交流将彼此拥有的显性知识联结、综合，使得团队成员个体的显性知识增加。这一过程主要体现为显性知识的综合化。实现这一知识共享过程的方法有团队学术讲座和讨论等。

（2）A→B⁺，即大学创新团队内，成员个体的显性知识向个体隐性知识的转化过程。在该转化过程中，成员之间通过对显性知识的相互学习、讨论和领悟，不仅使彼此拥有的显性知识联结、综合，使团队成员的显性知识有所增加，也使得某些成员的技能和经验等隐性知识增加。这一过程包括知识的综合化和内隐化两个过程。实现这一知识共享过程不仅要经常举办团队内部学术讲座，更重要的是要增加深入讨论的环节。

（3）A→C⁺，即大学创新团队中，成员个体显性知识向团队显性知识转化的过程。在该过程中，大学创新团队成员将自身的显性知识通过一定的渠道向组织传递、转化，形成组织的可编码化知识，使组织的显性知识增加。这一过程主要包括知识的综合化过程。实现这一知识共享过程的方法可以是举办学术讲座，如，针对科研项目的某方面技术，请团队的知名专家开展一次专题讲座，讲座之后，团队就拥有了专家授课时课件的相应显性知识；也可以采取一定的措施，建立团队内部的信息交流和沟通的平台，鼓励成员将自己的知识放到平台的界面上共享。

（4）A→D$^+$，即大学创新团队内，成员个体显性知识向团队隐性知识的转化。这一过程比较复杂，虽然是指显性知识的内隐化过程，但其过程与Nonaka 提出的内隐化过程有所不同。Nonaka 提出的内因化过程主要指将以共有心智模式或技术诀窍的显性知识内化到个人的隐性知识库内，形成个人独特的心智模式或技术诀窍，一般通过间接体验获得；而 A→D$^+$ 的过程则恰好相反，它是将个体的显性知识内隐成团队的惯习、作风等。实际上，这里的团队只是一个抽象的概念，团队负责人已经不能作为团队的物化代表，能够真正代表团队的只能是团队全体成员。这样看来，A→D$^+$ 的知识转换过程实际是个体之间通过显性知识的共享，实现了全体成员隐性知识的增加，实质是在某一方面团队成员知识的综合化、内因化和组织化过程。例如，团队成员将个人目标融入团队目标之中，进而形成团队的共同愿景的过程；团队成员长期在一起合作，逐渐形成一种默契和信任的气氛等。实现这一知识共享过程的办法主要有，开展团队典型事迹宣传、成功经验和故事的宣讲活动；团队成员共同承担某项科研任务；实行团队式考试方式等。

（5）B→A$^+$，即大学创新团队内，成员个体隐性知识向个体显性知识的转化过程。该转化过程存在两种情况：一是在团队中，某个个体将自己的隐性知识运用比喻、类比、概念、假设或模型等方式表现出来，转化成显性知识再与其他成员分享，从而使团队成员的显性知识增加；二是某个个体虽然没有将自己的隐性知识显性化，但他愿意与他人合作和指导他人的工作，在共同的工作中，别人潜移默化地学到了他的隐性知识并且将其表达出来，使个体的显性知识有所增加。前者是成员总结自身的隐性知识，如将自己在科学研究中总结的技巧和经验记录整理出来再与他人分享，包括外在化和综合化等知识转换过程；后者是成员吸收、消化其他成员的隐性知识运用到自己的研究之中，并加以总结，包括社会化、外在化和综合化等知识转换过程。实现这一知识共享过程的方法有团队内部举办工作总结会、经验交流会，或者采取以老带新的"师徒式"科研合作模式等。

(6)B→B⁺,即大学创新团队内,成员个体间隐性知识的共享过程。在该转化过程中,通过经验、技巧等隐性知识分享,使得大学创新团队成员的经验、技巧等隐性知识增加。这一过程主要是知识的社会化过程。最常见隐性知识共享模式就是师生模式。老师在多年科研中的一些经验、技巧会通过师生间长期的接触而潜移默化的传授给自己的学生,使得学生多年跟随导师学习后,掌握了老师在科研中的某种技能素质,这也是"名师出高徒"的原理所在。团队中可以采取以老带新的"师徒式"科研合作模式来实现这一知识共享过程。

(7)B→C⁺,即大学创新团队内,成员个体隐性知识向团体显性知识转化的过程。这一过程可能包括隐性知识外在化和显性知识综合化两个过程。如团队内的学术带头人或技术骨干将自身的一些经验同团队其他成员分享,并最终写入团队工作手册。这一过程的最终结果是团队显性知识增加。实现这一知识共享过程的方法有实行团队内部隐性知识保护机制,对能够将自己的经验和技巧加以总结与团队成员分享和写入团队工作手册或者载入团队知识库中的团队成员通过实施内部知识产权、给予物质和精神奖励等手段,促进其分享自己的隐性知识。

(8)B→D⁺,即大学创新团队内,成员个体隐性知识向团队隐性知识的转化过程。这个过程可以理解为团队成员个体的隐性知识,如处事风格、经验、技巧、心智能力等,在团队合作的环境中相互影响和作用,最终形成了所有成员都认同的团队精神、文化和氛围等不成文的行为和工作规范以及团队核心能力等的过程。这一过程中,所有成员个体的隐性知识和团队整体的隐性知识都有所增加。这一过程集中体现为个体隐性知识的社会化过程。实现这一知识共享过程的最根本的方法之一就是加强团队内部的合作与交流,建立通畅的内部信息沟通渠道,增加团队成员的互动。

(9)C→A⁺,即大学创新团队的显性知识向成员个体显性知识的转化过程。这一过程主要是显性知识的综合化过程,结果是个体的显性知识增加。实现这一知识共享过程的方法有,建立团队的知识库或知识地图或资料室,为团队成员提供学习的平台或者场所,对新加入成员进行关于团队科研技术、方法等的相关培训等。

(10)C→B⁺,即大学创新团队的显性知识向成员个体隐性知识转化的过程。这一过程包括了显性知识的综合化和内隐化两个过程。比如团队中的技术手册、管理规范经过团队学习之后变成了团队成员自觉的行动指南,所有成员在这一学习过程中不仅增加了显性知识,而且经过各自的领悟后形成个人的经验和技巧,使个人的隐性知识也有所增加。实现这一知识共享过程的方法有加强团队集体学习环节,如技术规范、研究规范、管理规范的培训和讨论等。

(11)C→C⁺,即大学创新团队的显性知识转化为新的显性知识。这一过程集中表现为显性知识的综合化。但是,这一过程并非像个体显性知识综合化那样相对简单,实质上,这一过程至少包含了团队显性知识向个体显性知识的转化,再由个体显性知识向团队显性知识转化的过程。因为团队是由成员个体构成的,团队显性知识的综合化也必须有全体成员的参与。要实现这一知识共享过程,首先必须加强团队的集体学习和讨论,其次,建设好团队显性知识的载体,如知识数据库、工作手册等,为成员的学习和交流提供便利,使团队的显性知识经过成员的运用和交流得到发展和创新。例如,团队工作规范或方法的不断完善过程。

(12)C→D⁺,即大学创新团队的显性知识转化为团队隐性知识的过程。这一过程集中反映为显性知识的综合化、内隐化和社会化,实质是团队各个成员通过对团队显性知识的学习之后,使得个体的显性知识相互联结和内隐,当构成团队的所有个体的知识产生增量以后,团队的总体知识也会产生增量,其隐性知识的增加集中表现为团队核心能力的增强。可见,这一知识转化过程是相当复杂的。实现这一知识共享过程的外部控制手段主要是加强团队的集体学习和深度讨论,并灵活运用其他各个环节提出的方法。

(13)D→A⁺,即大学创新团队的隐性知识向成员个人显性知识的转化过程。这一过程是隐性知识外在化的过程,结果是成员的显性知识增加。但是,这一过程的隐性知识外在化并非是仅仅将隐性知识表述为显性概念的过程。这里的团队隐性知识包括团队的工作氛围,成员之间的信任、默契,团队积累的诀窍和经验以及团队价值观念等,团队的这些隐性知识对其成员影响较大,成员会在长期工作之后逐渐融入团队文化中,形成团队所有成员共同拥有的态度气质和科研方式,并进一步显性化为工作惯例。实现这一知识共享过程可以采取以下方法。如对团队文化等隐性知识的描述可以采用比喻、类比、模型等方式,以便于成员的理解和吸收;团队核心成员保持相对稳定;建设影响力强的团队文化和氛围等。

（14）$D \rightarrow B^+$,即大学创新团队的隐性知识向个体隐性知识的转化。这一过程主要体现为团队成员被组织同化和社会化的过程。比如,一个成员加入到某团队之后,对这个团队文化、氛围、工作方式的适应过程;再比如,一个核心能力较强的团队会潜移默化地促进其成员能力的提高。这一知识共享过程直观地体现为团队对成员的影响,而这种隐性知识的影响主要通过成员的知觉能力而实现。实现这种知识共享过程的外在方法之一是加强成员知觉敏感性训练,另外还应该想方设法保持团队成员的稳定。

（15）$D \rightarrow C^+$,即大学创新团队的隐性知识转化为团队显性知识的过程。这一过程实质是隐性知识的外在化过程。但由于承载隐性知识的载体是组织而非个人,因此,需要专门的人员来对团队隐性知识加以总结,运用比喻、类比、建立模型等手段将其显性化,写入团队工作规范、技术规范、管理制度之中或者加入到团队的知识数据库中。所以,对于专门进行这一工作的人来说,还包括了一个隐性知识社会化的过程,专门人员必须通过自己超强的知觉能力而对团队的某一方面的隐性知识有正确和深刻的领悟,才可以胜任此项工作。因此,实现这一知识共享过程的关键之一是发掘这样的专门人才,并且形成对团队工作及时总结和善于总结的良好习惯。

（16）$D \rightarrow D^+$,即大学创新团队隐性知识的扩展和深化。这一过程是知识团队隐性知识的社会化过程。这一知识共享过程是极其复杂的,至少包含了团队隐性知识向个体隐性知识的转化,再由个体隐性知识向团队隐性知识转化的过程。因为团队是由成员个体构成的,团队隐性知识的社会化也必须依靠全体成员的参与。因此，实现这一知识共享过程的关键之一是团队一定要重视团队文化建设，要努力增强团队文化对成员的影响力。比如，除了正式的团队学术活动之外，可以适时开展一些丰富多彩的团队文化娱乐活动。此外，团队应该为成员提供便于交流沟通的场所，让不同背景、不同观点的众多个体分享隐性知识，增加隐性知识，通过成员社会化程度的加深，实现团队隐性知识的拓展和深化，比如团队核心能力的不断增强。

以上对大学创新团队知识共享的一般过程进行了具体的描述。事实上，团队内部个体与个体之间、个体与团队之间存在着非常复杂的相互知识共享过程，实际的知识共享过程中可能是若干种知识共享模式同时存在、相互影响、交互渗透的过程。而且各个创新团队对知识共享的重视和支持程度不同，其各种知识共享模式发生的频度也会有所差别。这些差别，最终会集中体现到团队成员的知识共享的活动过程之中，即体现在知识共享意愿、知识共享行为和知识共享效果的连锁反应之中。

目前，对知识共享这一复杂活动过程的测量一直是理论和实践中的一个难点。国内曾有学者试图从知识转换的角度进行研究，把知识共享分为外化程度、内化程度、综合化程度、社会化程度等四个维度，但是没能设置出有效的测量题目。实际上，仅从知识转换的视角来考察知识共享是不够科学的，而且由于对知识特别是隐性知识的转换程度难以定量考察，使得仅从知识转换视角的知识共享测量是难以操作的。通过上面的分析可知，知识共享并非仅仅是一个知识转换（客体活动）过程，更重要的是人与人之间的一个互动（主体活动）过程，人际互动是实现知识分享必要条件（Connelly & Kelloway，2004；Makela，et al.，2006），而且，其他客观条件也只有通过主体活动才能发挥作用。所以，下面本文侧重从考察主体活动的视角，来探讨对大学创新团队知识共享进行测量的可行性。

2. 大学创新团队知识共享测量要素及关系

通过以上分析可见，大学创新团队知识共享是一个复杂的活动过程，其最终目标是产出创新成果。从系统的观点来看,要测量隐藏于知识共享系统"灰箱"中的知识共享,可以通过能够感知和观察到的系统活动过程中的显性因素来进行。从前面的分析可以看出,团队的知识共享活动,需要外部机制的推动,团队成员的一些知识共享活动可以促进各种知识的转换,这些活动是可以感知和观察到的。因此,这些显性因素主要应从主体活动的视角来考察。这样,从主体活动的视角,我们可以将知识共享的活动过程抽象地简化为:知识共享意愿→知识共享行为→知识共享成果这样一个连锁活动过程。从这个过程来看,似乎只要知道了知识共享成果,就可以据此测量出知识共享的程度。但是由于科技创新成果具有很强的滞后性,即知识共享后产出新的成果是有一定时滞的(也叫作知识共享的时滞风险),因此,尽管科技创新成果是可以量化的指标,但却不能客观真实地反映测量时点上的大学创新团队的知识共享。因为这一时点上系统输出的共享成果实质是前期某些时点上的知识共享意愿和知识共享行为共同作用的结果。图2-3抽象地反映了某一时段内的知识共享主体的动态活动过程。在这样一个复杂的活动过程中,各个不同时点(t1、t2、t3……)的知识共享活动过程之间是存在相互影响和相互作用关系的。因此,要想客观反映这一系统过程中的知识共享的程度,必须客观考察某一时段(T)内的主体知识共享活动过程,而且,对这一活动过程的考察应该同时考虑知识共享意愿、知识共享行为和知识共享效果三个因素。

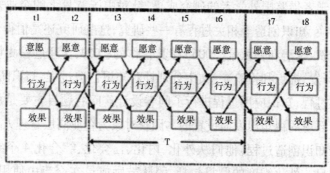

图2-3 知识共享主体动态活动示意图

另外，在实施知识共享测量时，总是在一个时点上进行的，如何能够测量到一个时期的量值呢？为此，本研究提出进行知识共享测量的前提假设是，团队的知识共享过程在测量时段内保持平稳发展状态，即团队成员的知识共享意愿→知识共享行为→知识共享效果的关系成立，并且各个因素平稳发展，没有大的异常情况。在此前提下，还需要题目设置尽量能够测试出某一时段内的时期量值，而不是时点量值。

另外，从已有的相关研究成果来看，目前，纯粹关于知识共享测量的研究还很鲜见。国外学者对于知识分享行为的结构维度进行了有益的探索。Lin 和 Lee（2004）在计划行为理论的基础上，提出分享态度、分享主观规范和行为控制感等共同决定知识分享动机，动机决定知识分享行为。Hooff 等（2004）从分享双方人际认知的角度出发，认为知识分享可以从知识奉献和知识获取两个维度测量。King 和 Marks（2005）认为可以从两个独立维度来测量知识分享行为，即分享频率和分享努力程度。Chiu 等（2006）等把知识分享行为分为分享数量和分享质量两个独立的维度，其中分享数量用每月分享知识次数 1 个题目来测量，分享质量问卷是包含 6 个项目的单维结构。很显然以上研究对知识分享行为的理解差异较大，对知识分享行为的结构维度没有清晰一致的界定。但是，综合分析这些学者的研究视角可以看出，他们都把知识共享看成了一个活动过程，并且主要是从主体活动的角度进行的研究。

我国学者借鉴国外学者的研究成果，针对中国背景下的企业知识管理的知识转换、知识创造等相关过程有一些研究，这些研究还是值得借鉴的。

韩维贺、李浩和仲秋雁（2006）在其合作的《知识管理过程测量工具研究：量表开发、提炼和检验》一文中分别针对知识创造过程、知识团队过程、知识转移过程、知识应用过程进行了问卷设计。问卷题目主要是从主体活动和团队环境的视角出发而设置的。调查对象为企业高层管理人员。

关于知识创造过程，他们从外化、内化、社会化、综合化 4 个维度设计了测量题目。外化维度的题目包括：团队鼓励成员在交流中使用归纳、演绎等方法来思考问题；团队鼓励成员使用比喻、类比等方法来形象化地描述新产生的概念;团队鼓励成员经常交流不同的思想与观念;团队鼓励成员进行有创造性和必要性的对话。内化维度的题目包括:采用团队模式来实施各种项目,并在整个团队中分享成果;团队不断搜寻和分享新的价值理念;通过建立跨部门的项目团队来促进不同职能部门间的沟通与联络;团队鼓励成员通过不断沟通来理解并分享团队愿景和团队价值;团队在成员中积极传播新产生的概念和思想。社会化维度的题目包括:团队经常与合作伙伴分享经验;团队通过成员在内部和外部的"走动"学习,来发现新的知识。综合维度的题目包括:建立了丰富的数据库;通过收集各种管理数据和技术信息来增加团队的资料;实施了先进的管理理念。

关于知识转移过程,他们分别从知识吸收、知识传播 2 个维度设计了测量题目。知识吸收维度的题目包括:团队经常对成员进行内部专业培训,以提高成员的专业技能;团队经常派人员外出考察或参加培训以学习先进的技术和管理方法;团队有专人对知识进行适当的解释,使其更利于成员的理解;团队有专人对知识进行补充和完善,使其更符合成员的需求;团队鼓励经验丰富的老成员对新成员进行教授和指导;部门内部或者部门之间定期或不定期地召开会议,以传播工作经验和方法。知识传播维度的题目包括:团队鼓励具有相同兴趣的成员一起工作来解决问题;团队会主动根据成员的专业兴趣给成员发送相关资料(电子版或书面形式);团队设置了利于成员相互讨论的工作环境,如会谈室、咖啡间等;团队鼓励成员通过互联网获取外部知识。

此外,关于知识团队过程,他们分别从知识存储、编码、维护、检索 4 个维度设计了测量题目。关于知识应用过程他们分别从杠杆、整合 2 个维度设计了测量题目。

分析这一研究可以看出,知识创造过程、知识团队过程、知识转移过程、知识应用过程是知识管理过程中的主要部分,而从这些测量题目的具体内容来看,基本上都与知识共享有一定关联,因此,这也说明了知识共享是知识管理的一个重要环节并且渗透在知识管理的全过程。如果从知识共享的视角来审视这些题目的内容,实际上主要包括了组织创设的共享途径、激励措施等知识共享支持手段和成员的知识分享行为。

杨玉浩、龙君伟(2008)在《企业员工知识分享行为的结构与测量》一文中将企业员工知识分享行为分为分享质量、协同精神和躬行表现等三个维度,调查题目包括:每当我学到新知识,我乐意教我的同事;我的同事学会新知识,乐意教我;在我们团队,同事之间互相分享自己的知识是正常现象;当我们团队有同事向我咨询信息时,我会尽我所知告诉他们;当我们团队有同事向我请求技术帮助时,我会教他们;通常,同事们交流讨论所有的话题,我都热心参与;在我们团队,同事们通常能及时的分享信息;同事们分享的知识,通常是对工作有用的;在我们团队,同事们分享的工作知识,通常用简单易懂的方式表达;在我们团队,同事们分享的工作知识,多是可靠的(不无中生有、蓄意欺骗);在我们团队,同事们分享的工作知识,通常是准确的(不模棱两可)。仔细分析这些测量知识共享行为的题目,有些则是反映团队成员知识共享意愿的,如,每当我学到新知识,我乐意教我的同事;我的同事学会新知识,乐意教我等。这说明知识共享意愿不仅决定了知识共享行为和效果,也是反映知识共享的一个重要指标。

王怀秋(2008)在《团队信任、团队知识共享与团队绩效关系研究——基于浙江民营企业的实证研究》中对团队知识共享进行了问卷设计和测量。测量题目包括:在这个团队,我经常得到培训,以提高自己的技能;在这个团队,我有机会外出考察或参加培训以学习先进技术和管理方法;团队中有人对知识进行适当的解释,使我更加容易理解;团队中有人对知识进行补充和完善,使其更符合我们的需求;团队中鼓励经验丰富的成员对其他成员进行教授和指导;团队内部定期或不定期地召开会议,以传播工作经验和方法;团队鼓励具有共同兴趣的成员一起工作来解决问题;在这个团队,我会经常收到资料(电子版或书面形式);在这个团队,有有利于相互讨论的环境,如会议室、休息室等;团队中鼓励通过互联网获取外部知识。分析这些题目,内容上与前两项研究有相似之处,主要测量了团队知识共享行为。

分析和借鉴以上学者的相关研究成果,本文认为,从知识共享主体活动的视角出发考察知识共享是可行的。上述学者的研究主要考察的是知识共享行为,少量涉及到了知识共享意愿或动机。本文通过文献分析、深度访谈和理论分析后认为,要客观地反映某一时段内的大学创新团队知识共享的程度,还应该从知识共享意愿、知识共享行为、知识共享效果等三个方面进行综合考察。

为此,本研究从知识共享主体活动的角度出发,提出第二个研究假设。

H2:大学创新团队知识共享的测量要素包括知识共享意愿、知识共享行为、知识共享效果三个维度;在这三个维度之间,存在逻辑明确的逐层影响关系,即知识共享意愿影响知识共享行为,进而影响知识共享效果。

四、大学创新团队心理契约对知识共享影响的理论框架

心理契约之所以引起学术界和企业界的共同重视,主要原因在于违背心理契约会对成员态度和行为产生负面影响,过去的研究一致发现,成员对心理契约违背行为的认知与不良的成员行为(包括离职、工作粗心)存在高度负相关。而相反的是,如果能够利用心理契约对组织的有利作用,对组织的发展具有重要价值。

前面已经分析,知识共享不会自发产生,相反,会面临很多障碍。知识共享的主要障碍之一是心理上的不安全感,尤其是对隐性知识共享来说。当员工心理契约处于违背状态时,员工就会感到心里不安,就不太愿意主动分享知识、信息或付出额外的努力来解决问题(Guest E. D. ,1998)。因此,团队心理契约的建立和维系,会消除成员的心理不安全感,增强成员的归属感,使得团队成员愿意进行知识共享并采取进一步的行动。可见,心理契约与团队知识共享之间必然存在某种联系。依据上述分析,本文认为,大学创新团队成员心理契约对知识共享有正向影响。由于大学创新团队成员心理契约包括团队责任和成员责任,因此,心理契约的双方责任可能对知识共享都有正向影响。

首先，本文提出心理契约对知识共享有直接正向影响的研究假设。

H3：大学创新团队成员心理契约的团队责任对知识共享有直接正向影响；

H4：大学创新团队成员心理契约的成员责任对知识共享有直接正向影响。

但是，心理契约对知识共享的影响很可能是间接的，即通过中介变量影响知识共享。从知识共享的影响因素来看，大学创新团队知识共享影响因素包括主体因素（个性特征）、客体因素（知识特性）、团队环境因素（领导方式、成员多样化、目标、背景、激励等）三个方面。但仔细思考，这些因素在团队内部的知识共享过程中是相互作用、相互影响的，所以，从单一视角来分析某种因素的影响是不够科学的。科奇卡（Kochikar，2004）认为，知识共享涉及三个方面：内容建构、技术建构、人际建构。但人际建构在有关知识共享的研究中还未予以充分重视。本文认为，对于大学创新团队来说，从其突出的建设性的视角和其成员的特点来考虑，人际建构对知识共享的实现更加重要。从这一视角出发分析，大学创新团队知识共享可能更主要、更直接地受到团队成员与团队关系的影响。也就是说，在心理契约与知识共享之间存在一些涉及成员与团队关系的中介变量。下面从个体与组织关系的视角对中介变量进行分析和选择。

心理契约被称为是一种"隐含交易"，心理契约具有功用性已经得到国内外学者的普遍认可。良性的大学创新团队心理契约表述了这样一个意思，即团队能清楚了解每个成员的期望，并满足之；每一个成员也为团队的发展全力做出贡献，因为他们相信通过团队能实现他们的期望。因此，心理契约的履行，是对成员的工作在心理和情感上的支持和关心，从而使成员产生一种组织支持感。中国文化讲究"礼尚往来"，团队给成员提供了支持，成员也应该为团队做出贡献。所以就创新团队而言，心理契约的建立和维系，可以促使团队成员产生一种团队责任感，激发他们为团队努力工作的热情，帮助团队实现目标。毫无疑问，心理契约有助于改善团队成员与团队之间的关系。心理契约是建立在社会交换理论和公平理论基础之上的,是以互惠互利和公平为原则的,因此,心理契约的履行,有助于员工组织公平感的形成。从20世纪70年代中期开始,研究者们开始研究公平感与员工的感受和行为之间的关系,即对工作满意度、组织承诺、组织公民行为等的影响,发现组织公平感与这些变量之间均有显著的关系(Colquitt,2001)。这一结论也说明,心理契约对员工工作满意度、组织承诺、组织公民行为等是有影响的。

综合上述分析,反映团队成员与团队关系的一些因素可能成为联结心理契约与知识共享的中介变量。总结以往的研究成果,能够反映团队成员与团队之间关系的因素主要有组织承诺、工作满意度、团队人际信任、组织公民行为、工作参与等(Connelly & Kelloway,2004;Hooff & Ridder,2004;Sandra,2002;Jones,2002;Ford,2001;富立友,2005)。仔细考查这些因素发现,以往研究中的组织公民行为中的很多内容与心理契约的成员责任相同或者相近;而在大学创新团队这种知识密集型的组织中,工作参与的内容极可能与知识共享行为的内容有交集。因此,为了保持各个变量的边界清晰,同时,考虑变量太多会增加调研的难度,降低模型检验的可靠性,所以,本文研究选择组织承诺、工作满意度、团队人际信任三个因素作为中介变量。

下面,本研究将重点从大学创新团队与团队成员关系的视角,总结和分析国内外学者的有关研究成果,具体分析大学创新团队成员心理契约通过组织承诺、工作满意度、团队人际信任等三个中介变量对大学创新团队内部知识共享的影响。

1. 心理契约对组织承诺的影响

组织承诺这一概念最早是由贝克尔(Becker,1960)提出,认为组织承诺是员工随着其对组织的单方面投入增加而产生的一种甘愿全身心参与组织各项工作的心理现象。之后,许多学者对组织承诺进行了研究。奎恩特(Kanter,1968)认为,组织承诺是个体与群体的根本情感联系;谢尔登(Sheldon,1971)认为,组织承诺是成员对组织的一种态度或导向,将个人与组织连接或附着在一起；波特等（Porter, et al., 1974）认为，组织承诺是员工对组织的感情依赖；莫德和斯蒂尔斯（Mowday & Steers, 1979）认为，组织承诺一种个人对某一个特定组织认同并投入的相对强度；莫里斯和舍曼（Morris & Sherman, 1981）认为，组织承诺是组织与个人诱因的交易结果，是一种心理上对组织的正向感觉；Mowday 等认为，组织承诺是个人对组织的一种态度或肯定性的心理倾向（Mowday, et al., 1982）；威纳（Wiener, 1982）提出，组织承诺是"内化的行为规范"；斯蒂芬·罗宾斯（2002）认为，组织承诺是对于组织的忠诚度、认同感以及参与组织活动的积极程度。分析这些学者关于组织承诺的概念及其发展可以看出，最初的组织承诺概念主要强调单方投入和成员对组织的忠心，随着这一概念的发展，更多的学者将组织承诺建立在组织利益与个人利益的联系之上，如学者们提出，组织承诺是对组织目标和价值、对个人角色与个人目标及价值的感情联系，组织承诺是一种个人对某一个特定组织认同并投入的相对强度，组织承诺是组织与个人诱因的交易结果，组织承诺是个人对组织的一种态度或肯定性的心理倾向等。同时组织承诺还包含另外一层重要含义，即组织承诺是一种心理上对组织的正向感觉，是对于组织的忠诚度、认同感以及参与组织活动的积极程度，是"内化的行为规范"。

通过对组织承诺概念的剖析不难看出，心理契约应该是组织承诺形成的基础。因为心理契约所包含的"组织对成员的责任"和"成员对组织的责任"集中体现了组织和成员的利益联系，如果心理契约得到了很好的履行，势必会增加成员对组织的忠诚度、认同感以及参与组织活动的积极程度，强化成员"内化的行为规范"，也即是增强员工的组织承诺。因此，心理契约会对组织承诺产生直接影响，而且这种影响是正向的。

关于这一点，国内外学者的研究也有所论及。

奥莱理和沙特曼（O'Reilly & Chatman, 1986）认为，组织承诺反映了员工与组织的"心理契约"，它是顺从、认同、内化三种成分不同程度的混合。赖歇尔斯（Reichers, 1987）认为，由于组织是由不同的联合体和群体组成，每个群体都有自己的目标和价值观，组织承诺是多种承诺的集合。员工对不同的目标和价值观具有不同程度的承诺,在各种承诺彼此之间,协调与冲突并存。说明组织承诺是心理契约协调平衡的一种结果。罗素(Rousseau,1995)也认为,组织承诺实际上是心理契约的结果,正是由于个体对于双方责任的认知、对比与信念,才导致个体对组织产生不同的承诺方式和程度。罗素等的进一步研究证明心理契约是组织承诺的内在根源,也就是说,组织对员工心理契约的满足或违背是影响员工组织承诺的重要因素(Rousseau,et al.,1998)。其他学者的研究也表明,心理契约的满足和高度的组织承诺存在着紧密的联系。

总结学者们的观点总体分为两种意见。一些学者认为良好的心理契约会导致更高水平的组织承诺、激励和组织信任。另一些研究者认为,尽管良好的心理契约并不会导致员工更高水平的绩效,但不良的心理契约作为负激励因素会引起员工的抵制行动,如更低水平的组织承诺、更高水平的缺勤和离职。这从相反的方面说明了心理契约对组织承诺的基础作用。

基于此,本文提出以下研究假设。

H5:大学创新团队成员心理契约的团队责任对组织承诺具有正向影响;

H6:大学创新团队成员心理契约的成员责任对组织承诺具有正向影响。

2. 心理契约对团队人际信任的影响

德怀尔等(Dwyer,et al.,1987)指出,信任是一方信赖另一方,信任有助于改善或解决双方的权利冲突而获利。早期学者强调,信任是双向的,必须建立在双方都不会利用对方脆弱性的基础上。我国学者马丽波(2008)将信任定义为交易双方的一种心理默契,相信对方所做的任何事都不会对自己不利。一方信任另一方,是因为他相信自己的交易伙伴不会利用自己或别人的脆弱性。他还认为,朱克(Zucker)对信任产生的三种机制"基于过程的信任模式、基于特征的信任模式、基于制度的信任模式"的概括并不完全适合于中国文化背景下的组织信任。组织信任是指组织中员工对其他员工和组织整体的信赖和认知程度，包含人际信任和系统信任。人际信任是组织内各员工通过人际互动形成的水平信任，以及组织中员工与组织的高级管理层之间形成的垂直信任；系统信任是组织成员对整个组织的信任、组织间群体的决策和行动、组织的规章制度及其执行情况的整体印象。彭泗清（1999）认为，在华人社会中，关系运作是建立和增强信任的重要机制。华人社会特别注重关系运作，制度化信任或系统信任则嵌入关系网络之中。在团队合作环境的微观条件下，大学创新团队的团队信任主要是一种人际信任，它包括成员之间的水平信任和成员与团队的垂直信任，由于团队负责人是团队的物化代表，也可以将这种垂直信任看成是人际信任。

关于心理契约与组织信任的研究结果证明，两者之间存在相互联系、相互影响的关系。信任最终的结果是自愿互惠，信任是一种有信心的行为。因此，信任也可说是一种心理契约，这种心理契约是经济社会一切规则、秩序的根本所在。心理契约是以对组织信任为基础而形成的，心理契约的破坏会导致雇员责任的减少，与高离职率呈正相关，与信任、工作满意度、留职意愿呈负相关（Robinson，1996）。罗素（Rousseau，1995）把心理契约界定为在以承诺、信任和知觉为基础的雇佣关系中，员工对其与组织双方相互责任的一种信念、即学者们认为双方在相信对方会遵守心理契约的前提下先尝试着给出信任；如果都不先付出信任的话，心理契约的建立则无从谈起。Rousseau 同时也指出关系型心理契约是建立在信任基础之上的感知，是一种更高的情感承诺，是对交换伙伴更高程度的认同；而交易心理契约对交换伙伴的认同和信任较低。Rousseau 的研究不仅说明心理契约与信任密切相关，也与组织承诺密不可分。Robinson 和 Rousseau 还研究得出关系型心理契约、交易型心理契约与员工对企业的信任之间都是正相关关系。由此可见，无论是交易型还是关系型的心理契约都离不开信任这样一个基础，两者只存在程度上的差异。马丽波（2008）认为，心理契约的满足是构建组织信任的基础。心理契约履行引致组织信任的提高，组织信任促进员工行为的积极倾向。

在大学创新团队中，组织信任主要表现为人际信任。因为团队的组织结构简单,且主要实行"队长"负责制,团队的物化代表团队负责人也是团队成员,因此,组织信任中的系统信任直接体现为成员对团队负责人的信任,实质为人际信任。

综合上述分析,本文提出以下研究假设。

H7:大学创新团队成员心理契约的团队责任对团队人际信任具有正向影响;

H8:大学创新团队成员心理契约的成员责任对团队人际信任具有正向影响。

3.心理契约对工作满意度的影响

1935年,霍波克(Hoppock,1935)在《工作满意度》(Job Satisfaction)一书中首次提出了工作满意度的概念。他认为工作满意度是员工心理与生理两方面对环境因素的满足感受,是员工对工作情境的一种主观反应。此后,许多研究者都对工作满意度的含义提出了自己的见解。布卢姆和内勒(Blum & Naylor,1968)将工作满意感定义为个人对特殊工作因素、个人特质、工作外的群体关系二方面所持态度的结果。肯德尔和赫林(Kendall & Hulin,1969)认为工作满意度是一个人根据其参考架构对工作特征加以解释后所得到的结果,某一种工作情境是否影响工作满意度涉及许多因素。奎恩贝尔(Compbell,1970)认为工作满意度是个人内心的心理状况,表现为对工作的某些层面采取一些正面或负面的态度。波特(Porter,1974)认为工作满意度的程度由一个人在工作中的实际获得与他认为的应该获得之间的差距而定。洛克(Locke,1976)将员工工作满意度定义为从评价个人的工作达成或帮助达成工作价值所带来的愉快的情绪性状态。舒尔兹(Schultz,1982)定义工作满意度为人们对于其工作的心理感受——涉及诸多态度及与感觉相关的因素。罗宾斯(Robbins,1998)认为工作满意度是个人对工作所持有的一般性态度,即员工认为工作中应得的报偿与实际报偿间的差距,并认为个人的工作满意度水平高,对工作就可能持积极的态度。贝里(Berry,1997)认为工作满意度是一个人对于其工作经历的心理反应。

瓦努斯(Wanous,1974)在工作满意度与绩效关系研究中将工作满意度分为内在工作满意度和外在工作满意度。

在国外研究的基础上,国内学者也从不同的角度对工作满意度进行了解释。王重鸣(2001)把工作满意度定义为个体有关其工作或职务的积极或消极情感的程序。陈敏和时勘(2001)认为工作满意度是指组织成员根据其对工作特征的认知评价,比较实际获得的价值与期望获得价值之间的差距之后,对工作各个方面是否满意的态度和情感体验。曾明、秦璐(2003)认为工作满意度是指员工对自己的工作所抱有的一般性的满足与否的态度。王梅(2007)认为员工的工作满意度是指员工对工作回报的实际感受与其期望值比较的程度,即员工满意度 = 实际感受/期望值。

相比于国外学者的定义,国内学者的界定更加直白,而其含义与国外学者的界定基本一致。

纵观国内外学者的研究发现,在不同的表述形式下,学者们对工作满意度的界定也有一些共同之处:一是他们都认为工作满意度是一种心理状态或者说是情感反应;二是这些界定中都隐含着这种心理状态或者情感反应是以个体对某些需求得到满足的感知为基础的。而员工对心理契约中双方责任的感知是建立在互惠互利、公平公正基础上的,有研究表明,如果员工认为自己得到的报酬是以公平和公正为基础的,他们更容易从工作中体验到满意感,其工作满意度会比以前有较大程度的提高(胡君辰、杨永康,2002)。而且心理契约可以满足成员个性化的心理需求,提高工作满意度。因为心理契约不同于格式化的劳动契约,一方面是针对成员个性化的心理需求而建立的,可以满足不同层次成员的需求,提高成员的满意度;另一方面,与静态的劳动契约相比,心理契约是动态变化的,可以随时做出修订、调整,满足成员需求的变化。由此不难看出,心理契约的满足是工作满意度达成的基础,特别是心理契约的"组织责任"的满足程度对工作满意度的影响更明显。

在国内外学者的相关研究中,对心理契约与工作满意度关系多有述及,基本上都赞同心理契约与工作满意度正相关。如,拉里和斯特拉(Larry

& Stella,1991)运用结构方程模型,通过对 461 名 MBA 学生的心理契约的研究发现,心理契约与工作满意度和组织承诺具有相关关系。韦德—本佐尼和罗素(Wade – Benzoni & Rosseau,1997)在对美国一所高校的博士生及其导师的心理契约研究中,发现心理契约与工作质量和双方满意感有关。当心理契约以关系成分为主时,员工的工作质量和双方的满意度均较高,当心理契约以交易型成分为主时,员工的工作质量和满意度较差。本文之前的分析得出,大学创新团队成员心理契约是建立在合作关系背景下,是以关系型成分为主的,据此推测,大学创新团队成员心理契约与工作满意度可能是正相关的。罗宾逊(Robinson,1996)等人经实证研究发现,心理契约及其履行与雇员的内外表现、信任、满意感和去留问题具有相关性。

陈加洲等(2001a)通过结构方程进行研究,指出心理契约中的组织的现实责任对组织承诺、工作满意感和绩效水平有积极的影响,对离职意向有消极影响。林丽华(2005)通过问卷分析,发现教师心理契约与工作满意度之间存在非常显著的正相关关系,并且发现学校的关系责任、发展责任是预测教师工作满意度的有效变量。就大学创新团队来说,这种学校的关系责任、发展责任主要渗透在心理契约的团队责任中,由此可以推断心理契约的团队责任可能对工作满意度产生影响。李志鹏(2006)证明了存在于心理契约满足、组织承诺和工作满意度之间的正相关关系。龚会(2006)认为,组织心理契约的达成和维持可以提高员工工作满意度;组织心理契约的违背则会降低员工工作满意度。而心理契约的违背实质上是成员感知到组织没有或者不能履行责任,进而放弃履行自己的责任。由此从反面推断,成员责任也可能对工作满意度产生影响。

综上所述,心理契约的形成与维系是一个动态变化过程,心理契约的履行和违背对成员工作满意度都有重要的影响。在组织中,成员和组织之间的心理契约的履行程度决定了成员对自己工作后所能得到回报的期望程度,进而决定成员在工作中努力的程度和满意的程度。至此,本文认为,大学创新团队成员心理契约对成员工作满意度具有正向影响。提出以下研究假设:

H9：大学创新团队成员心理契约的团队责任对工作满意度具有正向影响；

H10：大学创新团队成员心理契约的成员责任对工作满意度具有正向影响。

4. 中介变量对知识共享的影响

目前国内外许多学者的研究都证明组织承诺、人际信任和工作满意度对员工工作绩效有正向影响，但关于这些因素对知识共享的影响的研究很少见，特别缺乏实证研究。对大学创新团队来说，知识共享是取得团队科研绩效的重要前提。下面从目前国内外学者关于组织承诺、人际信任和工作满意度与员工工作绩效关系的研究结论出发，分析大学创新团队成员组织承诺、人际信任和工作满意度对知识共享的影响。

（1）大学创新团队组织承诺对知识共享的影响分析

企业管理的大量实证研究表明，组织承诺与员工绩效之间存在相关关系。大部分学者的研究结论认为，良好的心理契约对员工绩效有正向的显著影响（Herriot，Rousseau）。肖旭荟（2006）认为，心理契约对员工的组织承诺、员工行为和员工绩效都有影响，其影响程度各有不同，其中，心理契约对组织承诺的影响程度最大。员工的心理契约通过组织承诺以及员工行为对员工绩效产生间接的影响，员工行为与员工绩效的相关性最强，其次是组织承诺。陈加洲等（2001a）在组织承诺和员工绩效的关系研究中指出，由于受到随机因素的影响，组织承诺和员工绩效之间的关系是相关关系，但不是强相关关系。有些学者的研究结果表明，组织承诺是通过其他中介变量间接地影响在员工绩效的。组织承诺是员工高绩效的一个必要条件，却不是充分条件。组织承诺既会直接影响员工绩效，也可能会通过某些中介变量（如员工行为）间接影响员工绩效。

以上的研究结果表明，员工组织承诺对工作绩效有正向影响，但可能还存在行为上的中介变量。推论到大学创新团队，可以认为团队成员的组织承诺对工作绩效也有正向影响。而团队成员的工作绩效主要体现为产出科技创新成果,要多产出科技创新成果就必须进行知识共享,由此推断,大学创新团队的组织承诺可能对知识共享产生影响,进而影响团队绩效。因此,本文提出以下研究假设。

H11:大学创新团队成员的组织承诺对知识共享具有正向影响。

(2)大学创新团队团队人际信任对知识共享的影响分析

梅耶(Mayer,1995)等发现,员工对于管理层的信任会影响员工在组织中的心理安全感,而一个具有较高心理安全知觉的员工会把精力更多地投入工作,进而获得更好的绩效。李宁等(2007)的实证研究认为,员工对于工作环境中的人和制度的信任对员工的心理安全感具有重要影响,具有较高心理安全感的员工会有更多的改进创新行为,会将更多的个人资源投入到对组织有益的工作。这一结论与布朗(Brown,1996)等的实证研究结果相同。

信任是知识共享发生最重要的条件,没有了人与人之间的信任,知识共享无从谈起,不少研究者已经注意到信任是影响员工知识分享决策的关键性因素。本文第一章关于知识共享影响因素的文献回顾中已经谈到,国外学者 Davenport & Prusak(1998)、Connelly & Kelloway(2004)、Tsai(2002)等,以及我国学者王冰和顾远飞(2002)、赵慧军(2006)、胡安安等(2007)的研究都认为信任(包括组织信任、人际信任)是影响知识共享的重要因素。

此外,一些学者专门针对人际信任对知识共享的影响进行了研究。国外学者施坦丁和本森(Standing & Benson,2000)通过对大量员工的访谈后总结出,"信任是非常关键的,如果分享双方没有信任,人们就不可能分享他们的知识。"还有研究者也认为人际信任是知识共享的前提条件,是知识共享的主要因素(Adler,2002)。乔杜里(Chowdhury,2005)对信任与知识共享的关系进行了经验研究,表明认知信任和情感信任都会对知识共享产生显著影响,而且前者的影响强于后者。国内学者初浩楠、廖建桥(2008)运用证研究方法探讨认知和情感信任对显性知识共享和隐性知识共享的影响。研究结果显示,认知信任对显性知识共享的影响更显著,情感信任对隐性知识共享的影响更显著。张爽、乔坤、汪克夷(2008)的研究表明,知识共享态度、信任(情感信任和认知信任)和自我效能都能较好地预测知识共享行为。同时发现,态度和自我效能部分地通过信任,促进知识共享行为的产生。

以上国内外学者的研究都从正面证明了人际信任对知识共享的积极影响。同时,也有学者从反面证明,信任的缺失将阻碍知识共享。海恩兹和普费弗(Hinds & Pfeffer,2001)指出,竞争、知识共享的形式、层级、缺乏动机和信任缺失将阻碍共享知识。鲍威尔(Powell, et al.,1996)等人也赞同缺乏信任将是组织内有效合作的主要障碍。人际信任对知识共享至关重要的原因在于它能使人们共享信息更紧密和更有效,成本更低(Sitkn, et al.,1998)。

由以上学者的研究结果我们可以推出本文第十二个研究假设。

H12:大学创新团队的团队人际信任对知识共享有正向影响。

(3)大学创新团队成员工作满意度对知识共享的影响分析

工作满意感和工作绩效的关系一直是组织理论和管理实践中的焦点课题,但是,至今在某些方面仍然没有形成一致的结论。目前因果关系论、非因果关系论、重新定义概念论三大流派有七种观点,众说纷纭,至今对于二者之间的作用方向、作用程度等尚未形成定论(Schleicher, et al.,2004;Cynthia,2003;Judge, et al.,2001;张兴贵、贾玉玺,2009)。

早期学者的观点比较普遍认为工作满意感引起工作绩效。他们认为态度能调动人们行为的积极性,工作满意感作为态度是一种存在变量,而工作绩效是一种引发变量,高的工作满意度必然带来高的工作绩效。后来学者们的研究结果差别较大,有的认为工作满意感对工作绩效的影响很小或者不存在(Brayfield & Crockett,1955),有的人为工作满意度和工作绩效相互影响(Wright, et al.,1993)等。还有学者认为在工作满意和工作绩效之间存在一些缓冲变量,但实证研究支持不足(Hochwarter, et al.,2000)。

国内学者梁艳(2006)通过实证分析得出,国有企业员工工作满意度各维度与工作绩效各维度相关。刘云(2005)通过实证研究证明,民营企业员工工作满意度和工作绩效两者之间不存在一种单一的"正"关系。两者之间通常出现4种关系组合状态,即高满意高绩效、高满意低绩效、低满意高绩效、低满意低绩效。其中高满意高绩效组合的频率占44.4%,低满意低绩效组合的频率占11.1%。多数情况还是满意度高的员工比满意度低的员工工作绩效高,但也不排除满意度与绩效不一致的情况。惠调艳(2006)实证研究得出,企业研发人员工作满意度与绩效之间存在相关关系。其中外在工作满意度导致任务绩效,任务绩效导致内在工作满意度,内、外在工作满意度共同导致关联绩效的积极变化。

通过上述分析可以看出,总体上,国内外大多数研究支持工作满意度和工作绩效相关的结果。而且从研究脉络来看,后期学者对两者关系的研究结论差异较大。究其原因,一方面是因为研究对象的不同和研究对象所处的时代背景不同,另一方面是工作满意度和工作绩效两个概念的内涵已经发生了变化。

那么,大学创新团队成员的工作满意度是否会对内部知识共享产生影响?通过对国内外学者的相关研究进行分析,目前还没有发现关于工作满意度与知识共享关系的实证研究。但是,从国内外学者关于员工工作满意感和绩效关系的研究结果看,大学创新团队成员的工作满意度是可能对工作绩效产生影响的。根据 Judge 等(2001)对 PsycINFO 电子数据库(1967~1999)检索到的关于工作满意感和绩效关系的1008篇文献的元分析结果看,他们认为虽然存在一些重要的中介变量,二者也具有0.30的强相关,这种相关在不同的职业间有差异,在中、低复杂性的工作中,相关为0.29,在高复杂性的工作中为0.52,相关更明显。大学创新团队成员从事的是高复杂性的科学研究工作,所以得出大学创新团队成员的工作满意度会对工作绩效产生影响的推论。那么,大学创新团队工作绩效主要体现为产出科技创新成果,而要实现科技创新的前提条件是实现成员之间以及成员与团队之间的知识共享,所以本文推出以下研究假设。

H13:大学创新团队成员的工作满意度对知识共享具有正向影响。

5. 大学创新团队成员心理契约对知识共享影响的理论模型

总结前面的理论分析可以得出，心理契约的履行和达成能够改善员工组织承诺、团队人际信任、工作满意度等心理状态，而组织承诺、工作满意度、组织信任的增强都会引发积极的员工态度和行为，进而创造良好的工作绩效。把这一推论应用到大学创新团队中，我们加以分析，大学创新团队成员心理契约是成员与组织关系的重要组成部分，是联系成员与组织关系的心理纽带，它影响到成员的工作满意度、组织承诺、组织信任等，持续良好的心理契约可以在强化成员工作满意度、组织承诺和信任关系的基础上，促进大学创新团队的知识共享，为知识创新打下坚实基础。因为，大学创新团队成员之间以及成员与团队之间的知识共享首先要分享的是成员个人所有的知识，团队成员个人的知识传播主要依赖对组织的归属感和成员之间的相互信任，如果大学创新团队成员的心理契约能够得到很好的履行，意味着团队成员的期望能够得到很好的满足，成员对团队就会保持高水平的组织承诺和工作满意度，就会形成成员之间良好的互信和团队巨大的凝聚力，团队成员就会为了团队目标和自身发展而自觉与他人和组织分享自己的潜在知识。反之，如果团队成员的心理契约没有得到履行，团队必然缺乏凝聚力，成员之间也会缺乏相互信任的环境，在这样的团队氛围中，成员之间或者各行其是、敬而远之，或者互相防备、畏首畏尾，不敢也不可能畅谈心中想法与观点，因而会严重阻碍团队潜在知识的共享。

另外，本文作者在前期的研究中，曾经对高校科研团队心理契约对知识共享的研究作过初步探讨和调查研究，认为高校科研团队心理契约将通过工作满意度、组织承诺、团队信任等中介变量对知识共享产生影响。但实证研究还比较粗糙和肤浅，需要进一步细致和深入的研究。

整合本章理论分析提出的研究假设，构成本文研究的总体理论假设模型，如图 2-4 所示。

这个模型表示，大学创新团队成员心理契约对团队内部的知识共享有

正向的影响。分为成员心理契约直接影响团队内部知识共享和成员心理
契约通过工作满意度、组织承诺、团队人际信任等中介变量对团队内部的
知识共享产生正向的影响两种情况。

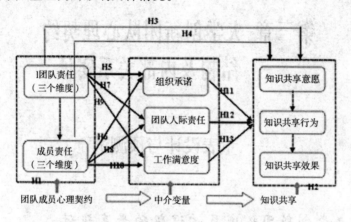

图 2 - 4　本研究的理论假设模型

在这个模型中,各个变量之间的影响关系是极其复杂的。因为每个变
量都有其自身的结构要素,这些结构要素之间也可能存在一定的影响关
系。为了避免模型过于繁复,这里没有具体列出各个变量的各个构成维度
之间的影响关系。但是,在对这一模型进行结构方程验证时,将尽可能对
这些关系进行进一步检验,以便对研究命题有更确切和深入的解析。因
此,从下一章起,本文将首先对各个变量进行结构分析和量表设计,在此基
础上,对图 2 - 4 的假设模型进行实证检验。

第三章 大学创新团队心理契约
结构及内部关系实证

一、量表设计与预测试

1. 大学创新团队成员心理契约量表设计

前面的理论分析表明,大学创新团队成员心理契约包括"团队责任"和"成员责任"两方面内容,因此,"大学创新团队成员心理契约量表"也相应分为两部分:"团队责任"分量表和"成员责任"分量表。量表设计按以下步骤进行:

(1)收集量表题目。具体做法有,查阅文献资料、收集国内外相关量表(Rousseau, 1996, 2000; Millward & Hopkins, 1998; 李原, 2002; 朱学红, 2008),对研究参考的英文量表,均经过严格的双向翻译,以使题目既符合我国语言表达及文化习惯,又不会偏离原量表所表达的真实含义,以确保问卷测量项目语义的对等性;对大学创新团队负责人和成员进行深度访谈和开放式问卷调查,收集他们对团队责任和成员责任的建议。

(2)对收集到的题目进行归类整理,按出现频次进行排序,再借鉴已有量表进行修正,然后请从事相关研究的教授和博士研究生对整理结果进行评定,对有关题目提出修改意见,形成初试问卷的题项(见表3-1所示)。

(3)进行预测试。在本校选择部分团队随机进行预测试。预测试的目的是检验初始问卷中的题项的内容效度、结构效度和信度,进一步修改、筛选、删减题目,最终形成正式量表。

预测试量表和正式量表的题目表述均采用自陈方式,运用李克特五级量表评价选项,统计工具使用 SPSS13.0 和 LESREL8.7。

预测试量表中的团队责任和成员责任的题目内容及其来源如表 3 -1 和表 3 -2 所示。

表 3 - 1 大学创新团队成员心理契约的团队责任预测试题目及来源

题目	来源
提供学术交流平台和机会	深度访谈
及时提供有关信息	深度访谈
提供明确的总目标和分目标	深度访谈,参考修订
提供富有挑战性的工作	深度访谈
对我的工作绩效进行反馈	深度访谈
工作十分努力的成员会得到肯定	深度访谈,参考修订
给我工作自主权,提供良好的工作支持	深度访谈,参考修订
科研资源配备合理	深度访谈
提供进修和培训的机会	深度访谈
支持成员晋升	深度访谈
支持我达到最高水准的工作绩效	深度访谈,参考修订
能让我发挥技术和专长,学有所用	深度访谈,参考修订
团队支持我的富有创新性的探索	深度访谈,参考修订
团队支持我申报高水平研究项目	深度访谈
成果署名公正合理	深度访谈
关心成员的个人成长	深度访谈
关心团队成员健康	深度访谈
关怀成员的个人生活	深度访谈
十分尊重自己的成员	深度访谈,参考修订
真诚的对待自己的成员	深度访谈

注:题目来源中的"深度访谈"表示题目主要来源于深度访谈;"深度访谈,参考修订"表示题目在深度访谈的基础上,参考国内外相关量表进行了修改。

表3-2　大学创新团队成员心理契约的成员责任预测试题目及来源

题目	来源
维护团队形象,扩大所在团队外部影响	深度访谈,参考修订
维护团队良好的合作气氛	深度访谈
配合团队负责人的工作安排	深度访谈
与同事意见冲突时求同存异	深度访谈,参考修订
与其他成员合作以实现团队目标	深度访谈
不发表对团队工作不利的言论	深度访谈
把团队的成功视为自己的责任	深度访谈,参考修订
使自己对团队越来越有价值	深度访谈,参考修订
自觉帮助团队做额外的工作而不计较报酬	深度访谈,参考修订
不断超越自己现有的能力和水平	深度访谈,参考修订
积极为团队的发展献计献策	深度访谈
将自己的长远发展与团队发展联系在一起	深度访谈
保守团队的科研机密	深度访谈
接受和认同团队的精神理念与行为规范	深度访谈,参考修订
对团队分配的工作全身心投入	深度访谈
出色可靠地完成自己的工作	深度访谈,参考修订
遵守团队内部的相关规定	深度访谈

注:题目来源中的"深度访谈"表示题目主要来源于深度访谈;"深度访谈,参考修订"表示题目在深度访谈的基础上,参考国内外相关量表进行了修改。

2.大学创新团队成员心理契约预测试

大学创新团队成员心理契约的团队责任部分的预测试量表包括20个题目,成员责任部分的量表包括17个题目。根据理论分析,团队责任和成员责任两部分的题目均按照3个维度的假设进行整理和编制。团队责任的三个维度的测量题目分别为达成绩效9个、支持发展6个、关心生活5个,成员责任的三个维度的测量题目分别为团队维护6个、主动奉献6个、遵守规范5个。在问卷调查时为了减少对调查对象的主观干扰,各个维度混序排列,并设置了反向题目。反向题目主要用于甄别试卷的有效性,不做数据统计分析使用(见附录1)。

预测试选择大连理工大学部分团队随机发放纸制问卷150份,问卷调查周期为2周,收回问卷119份,有效问卷116份,有效回收率为77.3%。满足了调查研究中有效回收率的要求(刘佑铭等,2008)。预测试样本基本信息如表3-3所示:

表3-3 预试样本的人口特征信息(n=116)

人口统计变量	类别	人数	百分比
性别	男	82	70.69%
	女	34	29.31%
年龄	20~29岁	12	10.34%
	30~39岁	53	45.69%
	40~40岁	44	37.93%
	50岁以上	7	6.04%
教育程度	学士	5	4.31%
	硕士	29	25.00%
	博士	82	70.69%
职称	助教	6	5.17%
	讲师	56	48.28%
	副教授	23	19.83%
	教授	18	15.52%
	研究生	12	10.34%
	缺失	1	0.86%
团队角色	团队负责人	6	5.17%
	学术骨干	96	82.77%
	博士生	12	10.34%
	缺失	2	1.72%
在团队工作时间	1年以内	19	16.38%
	1~2年	38	32.76%
	2~3年	25	21.55%
	3~5年	20	17.24%
	5年以上	13	11.21%
	缺失	1	0.86%

预测试的检验方法主要有项目与总体相关系数分析、信度分析和内容效度检验。

(1) Item – to – total 项目与总体相关系数分析

因为预试的样本数量较少,不适合进行因素分析,因此本研究选择国外研究中较常使用的"Item – to – total 项目与总体相关系数"的方法来考察各个量表的结构效度。按照预先假设的各个维度下的题目安排,计算每个题目的"Item – to – total 项目与总体相关系数"。依据"Item – to – total 项目与总体相关系数"应该满足大于 0.35 的标准(Nunnally,1978),将系数小于 0.35 的 4 个题目删除,保留的题目表明它们能够较好地反映了各自维度的内容。检验结果如表 3 – 4 所示。

表 3 – 4 各量表的项目与总体相关系数检验(n = 116)

变量	维度	初始题项数目	Item – to – total 系数范围	删除题项
心理契约—团队责任	达成绩效	9	0.32 ~ 0.81	提供明确的总目标和分目标 给我工作自主权,提供良好的工作支持 支持我达到高水准的工作绩效
	支持发展	6	0.31 ~ 0.84	0
	关心生活	5	0.49 ~ 0.89	0
心理契约—成员责任	团队维护	6	0.31 ~ 0.89	0
	主动奉献	6	0.63 ~ 0.83	0
	遵守规范	5	0.70 ~ 0.81	配合团队负责人的工作安排

(2) 信度分析

本研究采用 Cronbach Alpha 系数检验量表的内部一致性。根据吴明隆(2001)的观点,预试量表分层面的信度系数在 0.50 ~ 0.60 之间可以接受使用,在 0.70 以上最好。在信度分析过程中,有 2 个题目的"Cronbach Alpha if item deleted"系数高于该维度 Cronbach Alpha 系数,因此将这 2 个题删除后,重新计算该维度的信度系数。检验结果如表 3 – 5 所示。

表 3 - 5　各量表的 Cronbach Alpha 系数($n = 116$)

变量	维度	删除题项	保留题项数目	Cronbach Alpha系数
心理契约—团队责任	达成绩效	0	6	0.82
	支持发展	0	6	0.85
	关心生活	关心成员的个人成长	4	0.79
心理契约—成员责任	团队维护	0	6	0.84
	主动奉献	自觉帮助团队做额外的工作而不计较报酬	5	0.81
	遵守规范	0	4	0.73

(3)内容效度检验

邀请管理学领域以及相关专业资深教授 6 人,对上述保留下的题目进一步进行了内容上的检验,以保证各维度的题目能够较好地反映出该维度的内涵,并对个别题目的修辞进一步修订。经过此步骤,保证了本量表具有较好的内容效度。

通过预测试,共删除了 6 道题目。其中团队责任删除了 4 个题目,保留了 16 题目;成员责任删除了 2 个题目,保留了 15 个题目。为甄别试卷的有效性,设置了反向题目,反向题目只用于甄别试卷的有效性,不做数据统计分析使用。最后生成了本研究所使用大学创新团队成员心理契约正式量表(见附录2)。

二、正式测试与统计分析

1. 问卷发放与样本信息

正式测试在全国 35 所 985 高校中选择了清华大学、北京大学、厦门大学、中国科技大学、南京大学、浙江大学、南开大学、西安交通大学、武汉大学、上海交通大学等 30 所进行随机调查。通过学校科学技术研究院了解了相关学校的大学创新团队信息，通过社会关系和公共网络信息平台收集了部分大学创新团队成员的 Email 地址。由于经费和时间所限，正式问卷发放采用了纸制问卷和电子问卷两种形式。在大连理工大学的 29 个大学创新团队主要采取了纸制问卷发放，发出纸制问卷 403 份，采取专人到研究室请老师现场填答和指定联系人回收的方法回收问卷。收回问卷 349 份。对其他 29 所高校创新团队的调查主要通过电子邮件的方式。通过学校科学技术研究院有关负责人和个人信箱发出电子问卷 529 份，收回问卷 213 份。共发出问卷 932 份，收回问卷 562 份，回收率为 60.3%，回收问卷中剔出填答不完全和明显乱答的问卷（即全部选择同一答案，或呈波浪形规律作答的问卷，或通过反向题检验出无效的问卷），保留有效问卷 514 份，有效回收率为 55.2%。问卷回收率不够高主要是由于电子版的问卷回收率较低，但满足了调查研究中有效回收率的要求（刘佑铭等，2008）。

正式调查样本信息如表 3 – 6 所示。

表 3 – 6　正式调查样本的人口特征信息（ $n = 514$ ）

人口统计变量	类别	人数	百分比
性别	男	370	71.98%
	女	144	28.02%
年龄	20 ~ 29 岁	58	11.28%
	30 ~ 39 岁	269	52.33%
	40 ~ 40 岁	144	28.02%
	50 岁以上	41	7.98%
	缺失	2	0.39%
教育程度	学士	28	5.45%
	硕士	159	30.93%
	博士	327	63.62%
职称	助教	47	9.14%
	讲师	195	37.93%
	副教授	142	27.63%

	教授	89	17.32%
	研究生	39	7.59%
	缺失	2	0.39%
团队角色	团队负责人	25	4.86%
	学术骨干	447	86.96%
	博士生	39	7.59%
	缺失	3	0.59%
在团队工作时间	1 年以内	41	7.98%
	1~2 年	142	27.63%
	2~3 年	98	19.07%
	3~5 年	119	23.15%
	5 年以上	113	21.98%
	缺失	1	0.19%

2. 心理契约的效度与信度分析

在前文的理论分析中,本文提出大学创新团队成员心理契约包括三个维度的研究假设。为验证这一假设,将全部样本随机分为均等的两个部分,一部分用于探索性因素分析,另一部分用于验证性因素分析。

(1)心理契约的团队责任的因素分析

①探索性因素分析

对样本一的数据进行 KMO 抽样适当性检验和 Bartlett 球形检验。样本数据的 KMO 为 0.893,Bartlett 球形检验的卡方值为 2666.199,在 $p < 0.001$ 水平下显著,表明数据适合进行因素分析。运用主成分分析法抽取特征值大于 1 的共同因素,并进行 Promax 斜交旋转。逐步剔出因素负荷小于 0.40(Yang B.,2005)或者有双因素负荷的题目共 1 个题目(工作十分努力的成员会得到肯定)。最终析出特征值大于 1 的公共因素 3 个,累积解释变异量达到 65.740%。因素负荷矩阵如表 3 - 7 所示。

表 3 - 7　心理契约的因素负荷矩阵 - 团队责任部分($n_1 = 257$)

题目	达成绩效	支持发展	关心生活
提供学术交流平台和机会	0.881		
及时提供有关信息	0.840		
提供富有挑战性的工作	0.705		
对我的工作绩效及时反馈	0.658		
科研资源配备合理	0.650		
提供进修和培训的机会	0.522		
支持成员晋升		0.850	
能让我发挥技术和专长,学有所用		0.837	
团队支持我的富有创新性的探索		0.653	
团队支持我申报高水平研究项目		0.643	
成果署名公正合理		0.511	
关心团队成员健康			0.813
关怀成员的个人生活			0.812
十分尊重自己的成员			0.701
真诚的对待自己的成员			0.572
特征值	11.361	1.732	1.288
解释变异量	51.432%	7.929%	6.379%

　　根据各维度题目含义分析,达成绩效维度代表的是大学创新团队成员从个人成就感满足的需要出发希望团队履行的责任;支持发展维度代表的是大学创新团队成员从个人成长发展需要出发希望团队履行的责任;关心生活维度代表的是大学创新团队成员从追求生活质量的需要出发希望团队履行的责任。

　　②验证性因素分析

　　对样本二的数据进行验证性因素分析,结果如图 3 - 1 所示(图中分别以 JX、FZ、SH 代表达成绩效、支持发展和关心生活三个维度)。

　　各拟合指标如下:

　　$\chi^2/df = 1.42$,GFI = 0.97,AGFI = 0.93,NNFI = 0.99,CFI = 0.99,RM-

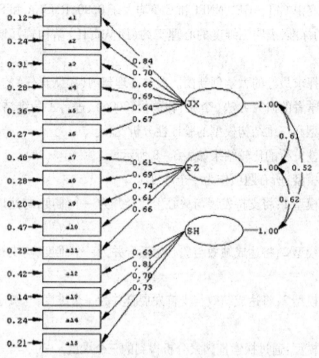

图3－1 心理契约－团队责任的验证性因素分析结果（$n_2 = 257$）

SEA $= 0.050$, SRMR $= 0.025$。

上述各验证指标的检验标准如下：如果 $\chi^2/df < 2$，可认为模型拟合较好；如果 $\chi^2/df < 5$，表明模型尚可接受。但是 χ^2 值与样本规模有关，当样本数量较大时，χ^2 检验不能很好地判断模型的拟合程度（李建宁，2004）。GFI、AGFI、CFI 和 NNFI 大于 0.90，认为模型拟合好，但是 GFI 和 AGFI 这两个指标也会受到样本数量的影响（Hu & Bentler，1995）。另外，RMSEA 和 SRMR 两个指标越接近 0 表明拟合越好，RMSEA 值的解释标准如下：0 代表完全拟合；< 0.05 代表接近拟合；$0.05 \sim 0.08$ 代表相当拟合；$0.08 \sim 0.10$ 代表一般拟合；> 0.10 代表不拟合（Maccallum，et al.，1996）。SRMR 的临界值是 0.08，即 SRMR < 0.08 表明模型较好地拟合了原始数据，大于 0.08 时，认为模型拟合不好（Hu & Bentler，1998）。

本研究中 GFI、AGFI、NNFI 和 CFI 均大于 0.90,RMSEA 和 SRMR 均小于 0.08 的标准,表明三维度的心理契约(团队责任)结构较好地拟合了原始数据。

为了探求最好的大学创新团队成员心理契约(团队责任)的结构,本文借鉴其他学者的研究方法(李原、郭德俊,2006),进行了一维结构模型、二维结构模型和三维结构模型的验证性分析比较。

验证性分析的比较结果如表 3 – 8 所示。

一维模型:所有题项作为一个维度

二维模型 1:将支持发展与关心生活合并为一个维度,与达成绩效组成两个维度

二维模型 2:将达成绩效与关心生活合并为一个维度,与支持发展组成两个维度

二维模型 3:将达成绩效与支持发展合并为一个维度,与关心生活组成两个维度

三维模型:通过探索性因素分析得到的三个维度

表 3 – 8　心理契约团队责任的三种结构模型比较($n_2 = 257$)

	χ^2/df	GFI	AGFI	NNFI	CFI	RMSEA	SRMR
一维模型	6.16	0.78	0.70	0.89	0.89	0.142	0.079
二维模型 1	6.03	0.78	0.71	0.90	0.90	0.140	0.078
二维模型 2	6.27	0.77	0.70	0.89	0.91	0.144	0.077
二维模型 3	6.26	0.78	0.70	0.89	0.91	0.143	0.078
三维模型	1.42	0.97	0.93	0.99	0.99	0.050	0.025

从表 3 – 8 看出,通过拟合指标的比较,三维模型明显优于一维模型和二维模型,而且各项指标均达到了各自的检验要求,表明三维心理契约模型更好的拟合了原始数据。

综合上述分析,证明大学创新团队成员心理契约团队责任的三维模型

最佳。

(2)心理契约的成员责任的因素分析

①探索性因素分析

对样本一的数据进行 KMO 抽样适当性检验和 Bartlett 球形检验。样本数据的 KMO 为 0.877,Bartlett 球形检验的卡方值为 2543.838,在 $p < 0.001$ 水平下显著,表明数据适合进行因素分析。运用主成分分析法抽取特征值大于 1 的共同因素,并进行 Promax 斜交旋转。逐步剔出因素负荷小于 0.40 或者有双因素负荷的题目共 2 个题目(把团队的成功视为自己的责任;出色可靠地完成团队分派给自己的工作)。最终析出特征值大于 1 的公共因素 3 个,累积解释变异量达到 71.253%。因素负荷矩阵如表 3 - 9 所示。

表3 - 9 心理契约的因素负荷矩阵—成员责任部分($n_1 = 257$)

题目	团队维护	主动奉献	遵守规范
维护团队形象,扩大所在团队的外部影响	0.901		
维护团队良好的合作气氛	0.879		
与同事意见冲突时求同存异	0.870		
与其他成员合作以实现团队目标	0.621		
不发表对团队工作不利的言论	0.515		
使自己对团队越来越有价值		0.838	
不断超越自己现有的能力和水平		0.723	
积极为团队的发展献计献策		0.722	
将自己的长远发展与团队发展联系在一起		0.604	
保守团队的科研机密			0.899
接受和认同团队的精神理念与行为规范			0.875
对团队分配的工作全身心投入			0.677
遵守团队内部的相关规定			0.465
特征值	6.856	1.321	1.138
解释变异量	52.779%	9.691%	8.783%

根据各题目含义分析，团队维护维度代表的是大学创新团队成员从维护团队外部形象和内部关系的需要出发认为自己对团队应该履行的责任；主动奉献维度代表的是大学创新团队成员从团队目标达成和继续发展的需要出发认为自己对团队应该履行的责任；遵守规范维度代表的是大学创新团队成员从保持团队运行秩序和保持个人团队成员身份的需要出发认为自己对团队应该履行的责任。

②验证性因素分析

对样本二的数据进行验证性因素分析。检验结果如图 3 - 2 所示（图中分别以 TW、FX、GF 代表团队维护、主动奉献和遵守规范三个维度）。

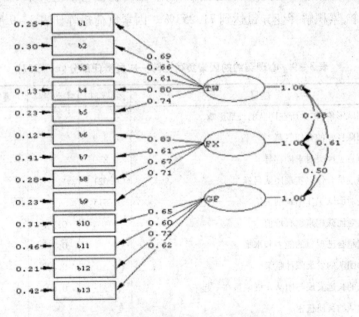

图 3 - 2　心理契约—成员责任的验证性因素分析结果（$n_2 = 257$）

各拟合指标如下：

$\chi^2/df = 2.24$，GFI = 0.96，AGFI = 0.91，NNFI = 0.99，CFI = 0.99，RMSEA = 0.070，SRMR = 0.021。GFI、AGFI、NNFI 和 CFI 均大于 0.90，RMSEA 和 SRMR 均小于 0.08 的标准，表明三维度的心理契约（成员责任）结构较

好地拟合了原始数据。

为了探求最好的大学创新团队成员心理契约(成员责任)的结构,本文借鉴其他学者的研究方法(李原、郭德俊,2006),进行了一维结构模型、二维结构模型和三维结构模型的验证性分析比较。

验证性分析的比较结果如表3-10所示。

一维模型:所有题项作为一个维度

二维模型1:将团队维护与遵守规范合并为一个维度,与主动奉献组成两个维度

二维模型2:将主动奉献与遵守规范合并为一个维度,与团队维护组成两个维度

二维模型3:将主动奉献与团队维护合并为一个维度,与遵守规范组成两个维度

三维模型:通过探索性因素分析得到的三个维度

表3-10　心理契约成员责任的三种结构模型比较($n_2 = 257$)

	χ^2/df	GFI	AGFI	NNFI	CFI	RMSEA	SRMR
一维模型	10.63	0.71	0.59	0.83	0.86	0.194	0.090
二维模型1	9.05	0.74	0.63	0.85	0.87	0.177	0.084
二维模型2	9.61	0.73	0.62	0.84	0.87	0.183	0.092
二维模型3	9.05	0.74	0.63	0.85	0.88	0.177	0.084
三维模型	2.24	0.96	0.91	0.99	0.99	0.070	0.021

通过拟合指标的比较,三维模型明显优于一维模型和二维模型,而且各项指标均达到了各自的检验要求,表明三维心理契约模型更好的拟合了原始数据。

综合上述分析,证明大学创新团队成员心理契约成员责任的三维结构模型最佳。

(3)信度分析

一般而言,信度系数达到 0.70 以上即符合心理测量学的要求。本次调查中的各维度的内部一致性 Cronbach'α 系数均高于 0.80,表明量表具有较好的内部一致性(见表 3 – 11)。

表 3 – 11　各维度的均值、标准差、相关系数和内部一致性系数($n = 514$)

	M	SD	1	2	3	4	5	6
1 达成绩效	4.275	0.619	(0.887)					
2. 支持发展	4.409	0.667	0.631**	(0.872)				
3. 关心生活	4.229	0.756	0.548**	0.630**	(0.924)			
4. 团队维护	4.593	0.555	0.574**	0.734**	0.591**	(0.882)		
5. 主动奉献	4.502	0.526	0.606**	0.557**	0.488**	0.597**	(0.858)	
6. 遵守规范	4.702	0.444	0.581**	0.706**	0.576**	0.649**	0.514**	(0.860)

注:双尾检验,所有的相关系数在 $p < 0.01$ 的水平上显著;括号中的数字代表信度系数。

至此,说明大学创新团队成员心理契约的三维度假设成立。

3. 大学创新团队成员心理契约的个体差异

(1)心理契约(团队责任)的个体差异分析

①心理契约(团队责任)的性别差异分析

运用独立样本 T 检验对大学创新团队心理契约(团队责任)进行性别差异检验,结果如表 3 – 12 所示。

表 3 – 12　心理契约(团队责任)的性别差异检验($n = 514$)

心理契约的团队责任	男	女	T
	M ± SD	M ± SD	
达成绩效	4.36 ± 0.57	4.06 ± 0.68	4.09**
支持发展	4.36 ± 0.72	4.53 ± 0.49	-2.562*
关心生活	4.20 ± 0.80	4.32 ± 0.63	-1.31

* * $p < 0.01$, * $p < 0.05$;没有显著差异的结果未报告。

检验结果表明:男性在达成绩效的感知方面显著高于女性,而女性在支持发展的感知方面显著高于男性;男性和女性在关心生活的感知方面没有显著的差异。从均值 M 来看,三个维度在 4.06~4.53 之间,说明目前团队成员对团队在三个维度责任的履行方面比较满意,但还没有达到非常满意。男性对达成绩效和支持发展两个维度的感知没有差别,而女性的感知差别较大。

②心理契约(团队责任)的年龄差异分析

运用 One－way ANOVA 检验方法对大学创新团队心理契约(团队责任)进行年龄差异检验,结果如表 3－13 所示。

表 3－13　心理契约(团队责任)的年龄差异检验($n = 514$)

心理契约的团队责任	年龄(I)	年龄(J)	Mean Difference (I－J)	Std. Error	Sig.
达成绩效	30~39 岁	20~29 岁	0.46 **	0.073	0.000
		40~49 岁	0.25 **	0.089	0.005
		50 岁以上	0.69 **	0.147	0.000
	40~49 岁	20~29 岁	0.20 *	0.087	0.019
		30~39 岁	－0.25 **	0.089	0.005
		50 岁以上	0.44 **	0.154	0.005
支持发展	20~29 岁	30~39 岁	－0.33 **	0.081	0.000
		40~49 岁	－0.45 **	0.096	0.000
关心生活	20~29 岁	30~39 岁	－0.36 **	0.093	0.000
		40~49 岁	－0.23 *	0.111	0.037
	50 岁以上	30~39 岁	－0.51 *	0.187	0.007

＊＊ $p < 0.01$, ＊ $p < 0.05$;没有显著差异的结果未报告。

检验结果表明:在达成绩效方面,30~39 岁的成员的感知度最高,明显高于其他年龄段,其次是 40~49 岁成员对达成绩效也有较高的感知度,要显著高于 20~29 岁和 50 岁以上的成员,这反映出现实中 30~49 岁成员的科研绩效总体比较突出;20~29 岁和 50 岁以上的成员在达成绩效方面的感知没有明显的区别；在支持发展方面，20～29岁的成员显著低于30～49岁的成员，但是和50岁以上的成员没有明显的区别，这反映出现实中30～49岁成员的在团队中得到了较好发展；在关心生活方面，20～29岁的成员显著低于30～49岁的成员，50岁以上的成员显著低于30～39岁的成员，说明30～49岁的成员总体上对团队在关心生活方面的责任履行满意度更高些。

③心理契约（团队责任）的职称差异分析

运用One-way ANOVA检验方法对大学创新团队心理契约（团队责任）进行职称差异检验，结果如表3-14所示。

检验结果表明：在达成绩效方面，教授的感知明显低于讲师和副教授，助教的感知也明显低于讲师和副教授，教授和助教没有明显的区别，说明教授和助教对团队在达成绩效方面的责任履行还不如讲师和副教授满意度高；在支持发展方面，助教和讲师的感知都显著低于副教授和教授，说明助教和讲师对团队在支持发展方面的责任履行不如副教授和教授满意度高；在关心生活方面，副教授的感知显著高于助教和教授，说明助教和教授对团队在关心生活方面的责任履行不如副教授满意度高。

表3-14 心理契约（团队责任）的职称差异检验（$n=514$）

心理契约的团队责任	职称（I）	职称（J）	Mean Difference（I-J）	Std. Error	Sig.
达成绩效	教授	讲师	-0.30 **	0.111	0.007
		副教授	-0.34 **	0.100	0.001
	助教	讲师	-0.26 *	0.131	0.050
		副教授	-0.28 *	0.123	0.022
支持发展	助教	副教授	-0.33 *	0.140	0.019
		教授	-0.33 *	0.141	0.020
	讲师	副教授	-0.30 *	0.124	0.018
		教授	-0.30 *	0.126	0.019
关心生活	副教授	助教	0.39 *	0.155	0.013
		教授	0.33 *	0.126	0.010

＊＊$p<0.01$，＊$p<0.05$；没有显著差异的结果未报告。

④心理契约（团队责任）的团队工作时间差异分析

运用 One - way ANOVA 检验方法对大学创新团队心理契约(团队责任)进行工作时间差异检验,结果如表3-15所示。

检验结果表明:在达成绩效方面,1~2年和2~3年的成员的感知都显著低于3年以上的成员,说明在团队工作1~3年以内成员对团队在达成绩效方面的责任履行不如3年以上成员的满意度高;在支持发展方面,5年以上的成员的感知显著优于3年以下的成员,说明5年以上的成员对团队在支持发展方面履行责任的满意度比3年以下的成员高;在关心生活方面,1~2年和2~3年的成员的感知都显著低于3年以上的成员,说明3年以下的成员对团队在关心生活方面履行责任的满意度比3年以上的成员低。

表3-15 心理契约(团队责任)的团队工作时间差异检验($n = 514$)

心理契约的团队责任	团队工作时间(I)	团队工作时间(J)	Mean Difference (I - J)	Std. Error	Sig.
达成绩效	1~2年	3~5年	-0.30**	0.102	0.005
		5年以上	-0.25*	0.101	0.020
	2~3年	3~5年	-0.30**	0.102	0.003
		5年以上	-0.25*	0.101	0.014
支持发展	5年以上	1年以内	0.35**	0.137	0.010
		1~2年	0.32**	0.102	0.002
		2~3年	0.25*	0.109	0.024
关心生活	1~2年	3~5年	-0.35**	0.115	0.002
		5年以上	-0.50**	0.113	0.000
	2~3年	3~5年	-0.30*	0.122	0.016
		5年以上	-0.45**	0.121	0.000

* * $p < 0.01$,* $p < 0.05$;没有显著差异的结果未报告。

(2)心理契约(成员责任)的个体差异分析

①心理契约(成员责任)的性别差异运用独立样本T检验方法对大学创新团队心理契约(成员责任)进行性别差异检验,结果如表3-16所示。

表 3 - 16　心理契约(成员责任)的性别差异检验($n = 514$)

心理契约的成员责任	男	女	T
	M ± SD	M ± SD	
团队维护	4.56 ± 0.59	4.68 ± 0.43	- 2.06 *
主动奉献	4.54 ± 0.52	4.40 ± 0.54	2.28 *
遵守规范	4.65 ± 0.47	4.83 ± 0.35	- 3.90 **

＊＊ $p < 0.01$, ＊ $p < 0.05$;没有显著差异的结果未报告。

检验结果表明:女性在团队维护和遵守规范方面显著高于男性;而男性在主动奉献方面显著高于女性。

②心理契约(成员责任)的年龄差异分析

运用 One - way ANOVA 检验方法对大学创新团队心理契约(成员责任)进行年龄差异检验,结果如表 3 - 17 所示。

表 3 - 17　心理契约(成员责任)的年龄差异检验($n = 514$)

心理契约的成员责任	年龄(I)	年龄(J)	Mean Difference (I - J)	Std. Error	Sig.
团队维护	20 ~ 29 岁	30 ~ 39 岁	- 0.43 **	0.065	0.000
		40 ~ 49 岁	- 0.38 **	0.078	0.000
主动奉献	50 岁以上	20 ~ 29 岁	- 0.31 *	0.126	0.016
		30 ~ 39 岁	- 0.60 **	0.127	0.000
		40 ~ 49 岁	- 0.30 *	0.133	0.027
遵守规范	20 ~ 29 岁	30 ~ 39 岁	- 0.23 **	0.054	0.000
		40 ~ 49 岁	- 0.15 *	0.065	0.023
	50 岁以上	30 ~ 39 岁	- 0.27 *	0.110	0.013

＊＊ $p < 0.01$, ＊ $p < 0.05$;没有显著差异的结果未报告。

检验结果表明:在团队维护方面,20 ~ 29 岁的成员显著低于 30 ~ 49 岁的成员,这可能是由于年龄大一些的成员具有更加丰富的组织工作经验,他们更加懂得维护自己所在的组织对个人成长的重要意义,而且也可能这些年长些的成员在团队中得到了较好的发展,所以他们会更主动地回馈团队;在主动奉献方面,50 岁以上的成员显著低于 50 岁以下的成员;在遵守规范方面,20~29 岁的成员和 50 岁以上的成员显著低于 30~49 岁的成员。总体来看,大学创新团队中 30~49 岁成员对成员责任的履行情况最好。这与他们正处于职业生涯的成长和发展期,年富力强、精力充沛、经验丰富,大多是团队中的学术骨干,在团队中获得了较好的成绩和发展机会等密切相关。

③心理契约(成员责任)的职称差异分析

运用 One - way ANOVA 检验方法对大学创新团队心理契约(成员责任)进行职称差异检验,结果如表 3 - 18 所示。

表 3 - 18　心理契约(成员责任)的职称差异检验($n = 514$)

心理契约的成员责任	职称(I)	职称(J)	Mean Difference (I - J)	Std. Error	Sig.
团队维护	助教	讲师	- 0.34 **	0.107	0.002
		副教授	- 0.44 **	0.100	0.000
		教授	- 0.42 **	0.101	0.000
遵守规范	助教	教授	- 0.28 **	0.100	0.005

＊＊$p < 0.01$,＊$p < 0.05$;没有显著差异的结果未报告。

检验结果表明:在团队维护方面,助教显著低于讲师、副教授和教授;在遵守规范方面,助教显著低于教授。总体看,随着职称的提高,团队成员对团队的感情会增加,对团队的声誉会更加爱护,对团队的文化和理念会更加认同。

④心理契约(成员责任)的团队工作时间差异分析

运用 One - way ANOVA 检验方法对大学创新团队心理契约(成员责任)进行工作年限差异检验,结果如表 3 - 19 所示。

表 3 - 19   心理契约(成员责任)的团队工作时间差异检验($n=514$)

心理契约的成员责任	团队工作时间(I)	团队工作时间(J)	Mean Difference (I - J)	Std. Error	Sig.
团队维护	1 年以内	1 ~ 2 年	- 0.22 *	0.106	0.042
		2 ~ 3 年	- 0.53 **	0.110	0.000
		3 ~ 5 年	- 0.43 **	0.109	0.000
		5 年以上	- 0.60 **	0.108	0.000
	1 ~ 2 年	2 ~ 3 年	- 0.31 **	0.084	0.000
		3 ~ 5 年	- 0.21 *	0.082	0.011
		5 年以上	- 0.38 **	0.081	0.000
遵守规范	5 年以上	1 年以内	0.29 **	0.089	0.001
		1 ~ 2 年	0.25 **	0.067	0.000

* * $p<0.01$, * $p<0.05$;没有显著差异的结果未报告。

检验结果表明:在团队维护方面,1 年以内的成员显著低于 1 年以上的成员,而 1 年以上的成员又显著低于 2 年以上的成员;在遵守规范方面,5 年以上的成员显著优于 2 年以下的成员。总体看,随着在团队工作年限的增加,团队成员对团队的感情也在加深,在团队维护和遵守规范方面履约更好。

由于团队角色中学术骨干占据绝对数量,团队负责人和博士生的数量很少,因此没有进行团队角色的相应比较。

4. 心理契约的团队责任和成员责任的内部关系

在理论分析中,本文曾提出假设二:在心理契约内部,"团队责任"对"成员责任"有正向影响;团队责任的三个维度可能会交叉影响到成员责任的三个维度。为验证这一假设,本文采用结构方程模型技术分析心理契约中团队责任对成员责任的影响关系,检验结果如图 3 - 3 和表 3 - 20 所示。所有的路径系数均在 $p<0.05$ 的水平上达到显著。

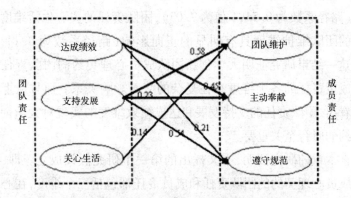

图3－3　团队责任对成员责任的影响路径分析($n=514$)

表3－20　心理契约各要素关系的结构方程模型检验结果($n=514$)

关系	估计值	T 值
达成绩效→主动奉献	0.45	7.03
达成绩效→遵守规范	0.21	3.68
支持发展→团队维护	0.58	10.74
支持发展→主动奉献	0.23	3.66
支持发展→遵守规范	0.54	9.51
关心生活→团队维护	0.14	2.36
$\chi^2/\mathrm{df}=3.41$	NNFI = 0.97	CFI = 0.98
GFI = 0.95	AGFI = 0.90	
SRMR = 0.045	RMSEA = 0.073	

上述检验指标均满足各自的要求,表明该模型具有较好的拟合程度。

由上述结构方程模型检验结果可见,大学创新团队成员心理契约的团队责任对成员责任存在明显的正向影响。其中团队责任的达成绩效维度对成员责任的主动奉献和遵守规范均有正向影响,且对成员责任的主动奉献维度影响较大(路径系数为0.45,T值为7.03);团队责任的支持发展维度对成员责任的三个维度均有正向影响,并且对成员责任的团队维护维度影响最大(路径系数为0.58,T值为10.74),对成员责任的遵守规范维度影响较大(路径系数为 0.54,T 值为 7.03);团队责任的关心生活维度只对成员责任的团队维护维度具有明显的正向影响(路径系数为 0.14,T 值为2.36)。这一结果研究证明大学创新团队成员心理契约的团队责任的各个维度对成员责任的各个维度存在复杂的交叉影响关系。而且从上述分析也可以看出,团队责任的支持发展和达成绩效维度的实现对大学创新团队心理契约的履行至关重要。

综合本章的研究证明,本文提出的第一个研究假设成立。即,大学创新团队成员心理契约的团队责任和成员责任都包括三个维度,在心理契约内部,团队责任对成员责任存在明显的正向影响,且团队责任的各个维度对成员责任的各个维度存在复杂的交叉影响关系。

第四章 大学创新团队知识共享测量要素与内部关系实证

一、量表设计与预测试

前面的理论分析表明,大学创新团队内部知识共享的测量要素包括知识共享意愿、共享行为、共享效果三个维度,而且知识共享意愿、共享行为、共享效果之间具有逻辑明确的影响关系。下面,本研究将对此进行实证。

1. 大学创新团队知识共享量表设计

知识共享的理论研究非常丰富,但是经验研究却十分缺乏,相应的知识共享量表也不多见。本文参考国内外学者已经开发的有关知识管理的相关量表并结合大学创新团队知识共享实际状况,运用专家访谈法和预试检验,进行大学创新团队内部知识共享量表设计。

大学创新团队内部知识共享的测量量表设计的基本步骤与心理契约量表设计的步骤基本相同,不同之处主要是参考资料、借鉴量表和评定专家有所不同。具体步骤如下:

(1)收集量表题目。具体做法是,查阅文献资料、收集国内外相关量表(Hooff & Ridder,2004;韩维贺等,2006;杨玉浩等,2008;王怀秋,2008),对研究参考的英文量表,经过严格的双向翻译;对大学创新团队负责人和成员进行深度访谈和开放式问卷调查;收集他们对团队知识共享测量的建议。

（2）对收集到的题目进行归类整理，按出现频次进行排序，再借鉴已有量表进行修正，然后请从事相关研究的教授和博士研究生对整理结果进行评定，对有关题目提出修改意见，形成初试问卷的题项（见表4-1所示）。

（3）进行预测试。在本校选择部分团队随机进行预测试。预测试的目的是检验初始问卷中的题项的内容效度、结构效度和信度，进一步修改、筛选、删减题目，最终形成正式量表。

预测试量表和正式量表的题目表述均采用自陈方式，运用李克特五级量表评价选项，统计工具使用 SPSS13.0 和 LESREL8.7。

预测试量表的题目内容及其来源如表4-1所示。

表4-1　大学创新团队知识共享预测试题目及来源

题目	来源
在团队中共享知识的人有更好的声望	深度访谈
共享我的知识会增加我与优秀成员合作的机会	深度访谈，参考修订
共享我的知识会增进我与团队成员的联系和友谊	深度访谈，参考修订
共享我的知识会帮助同事们解决问题	深度访谈
共享我的知识会促进团队科研目标的实现	深度访谈
善于将自己的经验、窍门整理清楚后与其他同事进行分享	深度访谈，参考修订
学到对科研有益的新知识后，我主动让更多人知道它	深度访谈，参考修订
为了实现新的构想，我会努力争取他人的帮助	深度访谈
我在工作中常尝试新思路、新程序或新方法	深度访谈，参考修订
团队内部能够及时传达和分享信息	深度访谈
当我向同事寻求帮助时，他们总会愿意跟我分享经验和窍门	深度访谈，参考修订
团队不断的培养出适应工作所需的技能方法或团队价值观等	深度访谈
团队中的讨论总能为大家带来收获，如澄清问题、或得到解决方案	深度访谈
团队近年产出了很多创新成果，实力不断增强	深度访谈
加入团队后我拓展了知识和经验	深度访谈
团队成员的专业知识和能力很好地互补	深度访谈
团队中有人失败，大家相互帮助吸取教训	深度访谈

注：题目来源中的"深度访谈"表示题目主要来源于深度访谈；"深度访谈、参考修订"表示题目在深度访谈的基础上，参考国内外相关量表进行了修改。

2. 大学创新团队知识共享预测试

大学创新团队内部知识共享的预测试量表包括 17 个题目。根据理论分析,所有题目按照 3 个维度的假设进行整理和编制。三个维度的题目数量分别为,知识共享意愿 5 个,知识共享行为 6 个,知识共享效果 6 个。在问卷调查时为了减少对调查对象的主观干扰,各个维度混序排列,并设置了反向题目。反向题目主要用于甄别试卷的有效性,不做数据统计分析使用(见附录 1)。

预测试选择本校部分团队随机发放纸制问卷 150 份,问卷调查周期为 2 周,收回问卷 119 份,有效问卷 116 份,有效回收率为 77.3%。满足了调查研究中有效回收率的要求(Nunnally J. C.,1978)。预测试样本基本信息同表 3 - 3(见第三章)。

预测试的检验方法如下:

(1)Item - to - total 项目与总体相关系数分析

因为预试的样本数量较少,不适合进行因素分析,因此本研究选择国外研究中较常使用的"Item - to - total 项目与总体相关系数"的方法来考察各个量表的结构效度。按照预先假设的各个维度下的题目安排,计算每个题目的"Item - to - total 项目与总体相关系数"。依据"Item - to - total 项目与总体相关系数"应该满足大于 0.35 的标准,分析后没有系数小于 0.35 的题目,所有题目表明它们能够较好地反映了各自维度的内容。检验结果如表 4 - 2 所示。

(2)信度分析

本研究采用 Cronbach Alpha 系数检验量表的内部一致性。根据吴明隆的观点,预试量表分层面的信度系数在 0.50 ~ 0.60 之间可以接受使用,在 0.70 以上最好(吴明隆,2001)。在信度分析过程中,有 1 个题目"团队中有人失败,大家相互帮助吸取教训"的"Cronbach Alpha if item deleted"系数高于该维度 Cronbach Alpha 系数,因此将这 1 个题删除后,重新计算该维度的信度系数。检验结果如表 4 - 3 所示。

表 4 - 2　量表的项目与总体相关系数检验(n = 116)

变量	维度	初始题项数目	Item - to - total 系数范围	删除题项
知识共享	共享意愿	5	0.64 ~ 0.85	0
	共享行为	6	0.71 ~ 0.84	0
	共享效果	6	0.67 ~ 0.87	0

表 4 - 3　各量表的 Cronbach Alpha 系数(n = 116)

变量	维度	删除题项	保留题项数目	Cronbach Alpha 系数
知识共享	共享意愿	0	5	0.75
	共享行为	0	6	0.80
	共享效果	团队中有人失败,大家相互帮助吸取教训	5	0.79

(3)内容效度检验

邀请知识管理领域以及相关专业资深教授 5 人,对上述保留下的题目进一步进行了内容上的检验,以保证各维度的题目能够较好地反映出该维度的内涵,并对个别题目的修辞进一步修订。经过此步骤,保证了本量表具有较好的内容效度。

通过预测试,共删除了 1 个题目,保留 16 个题目。为甄别试卷的有效性,设置了反向题目,反向题目不做数据统计分析使用。最终生成大学创新团队内部知识共享测量的正式量表(见附录 2)。

二、大学创新团队知识共享正式测试与统计分析

1. 问卷发放与样本信息

正式测试问卷的发放与回收见第三章第二节。

正式调查样本信息同表 3 - 6(见第三章)。

2. 知识共享测量量表的效度与信度

为证实知识共享维度的假设,将全部样本随机分为均等的两个部分,一部分(n1 = 257)用于探索性因素分析,另一部分(n2 = 257)用于验证性因素分析。

(1)因素分析

对样本一的数据进行 KMO 抽样适当性检验和 Bartlett 球形检验。样本数据的 KMO 为 0.896,Bartlett 球形检验的卡方值为 3017.694,在 p < 0.001 水平下显著,表明数据适合进行因素分析。运用主成分分析法抽取特征值大于 1 的共同因素,并进行 Promax 斜交旋转。逐步剔出因素负荷小于0.40或者有双因素负荷的题目共 2 个题目(团队成员的专业知识和能力很好地互补;团队内部能够及时传达和分享信息)。最终析出特征值大于 1 的公共因素 3 个,累积解释变异量达到 73.958%。因素负荷矩阵如表 4 - 4 所示。

表 4 - 4 知识共享的因素负荷矩阵($n_1 = 257$)

题目	共享效果	共享行为	共享意愿
团队不断的培养出适应工作所需的技能方法或团队价值观等	0.943		
团队中的讨论总能为大家带来收获,如澄清问题、或得到解决方案	0.843		
团队近年产出了很多创新成果,实力不断增强	0.825		
加入团队后我拓展了知识和经验	0.656		
团队成员善于将自己的经验、窍门整理清楚后与其他同事进行分享		0.893	
学到对科研有益的新知识后,我主动让更多人知道它		0.785	
为了实现新的构想,我会努力争取他人的帮助		0.605	
我在工作中常尝试新思路、新程序或新方法		0.572	
当我向同事寻求帮助时,他们总会愿意跟我分享经验和窍门		0.418	
在团队中共享知识的人有更好的威望			0.827
共享我的知识会增加我与优秀成员合作的机会			0.793
共享我的知识会增进我与团队成员的联系和友谊			0.718
共享我的知识会帮助同事们解决问题			0.578
共享我的知识会促进团队科研目标的实现			0.547
特征值	8.252	1.497	1.205
解释变异量	57.946	8.834	7.180

对样本二的数据进行验证性因素分析,结果如图 4 - 1 所示(图中 YY、XW、XG 分别代表共享意愿、共享行为和共享效果三个维度)。

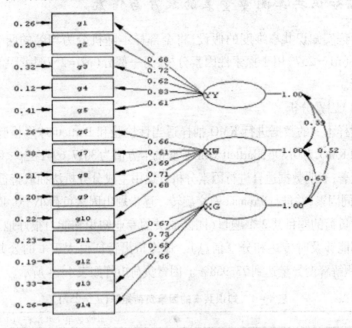

图 4 - 1　知识共享的验证性因素分析结果($n_2 = 257$)

各拟合指标如下:

$\chi^2/\mathrm{df} = 2.23$, GFI = 0.93, AGFI = 0.89, NNFI = 0.98, CFI = 0.98, RMSEA = 0.069, SRMR = 0.050。

GFI、NNFI 和 CFI 均大于 0.90, AGFI 接近 0.90, RMSEA 和 SRMR 均小于 0.08 的标准,表明三维度的知识共享结构较好地拟合了原始数据。

(2)信度分析

一般而言,信度系数达到 0.70 以上即符合心理测量学的要求。本次调查中的各维度的内部一致性 Cronbach'α 系数均高于 0.80,表明量表具有较好的内部一致性(见表 4 - 5)。

表4-5 各维度的均值、标准差、相关系数和内部一致性系数($n = 514$)

	M	SD	1	2	3
1. 共享意愿	4.521	0.545	(0.921)		
2. 共享行为	4.351	0.582	0.639**	(0.876)	
3. 共享效果	4.438	0.586	0.593**	0.647**	(0.907)

注:双尾检验,所有的相关系数在 $p < 0.01$ 的水平上显著;括号中的数字代表信度系数。

实证表明,大学创新团队内部知识共享测量要素包括知识共享意愿、知识共享行为、知识共享效果三个维度的假设成立;知识共享测量量表具有良好的效度和信度。

3. 知识共享的个体差异

运用知识共享量表调查所得的数据进行知识共享的个体差异分析。

(1)知识共享的性别差异分析

运用独立样本 T 检验对大学创新团队内部知识共享进行性别差异检验,结果如表4-6所示。

表4-6 知识共享的性别差异检验($n = 514$)

知识共享	男 M ± SD	女 M ± SD	T
共享意愿	4.48 ± 0.53	4.61 ± 0.56	-2.05*
共享行为	4.31 ± 0.59	4.45 ± 0.53	-2.04*
共享效果	4.43 ± 0.60	4.46 ± 0.55	-0.49

**$p < 0.01$,*$p < 0.05$;没有显著差异的结果未报告。

检验结果表明:女性在共享意愿和共享行为方面都显著高于男性,男性和女性在共享效果方面没有明显差异。从知识共享意愿和知识共享行为的评分均值来看,男性和女性的知识共享意愿得分均高于知识共享行为得分,说明知识共享意愿要转化为行为还需要外部力量的驱动。

（2）知识共享的年龄差异分析

运用 One - way ANOVA 检验方法对大学创新团队内部知识共享进行年龄差异检验,结果如表4 - 7 所示。

检验结果表明:在共享意愿方面,20 ~ 29 岁的成员显著低于30 ~ 49 岁的成员;在共享行为方面,20 ~ 29 岁的成员显著低于30 ~ 39 岁的成员。这两种结果的形成原因很可能是因为团队中的博士生成员大部分在20 ~ 29 岁的团队成员中,他们属于团队中的流动性成员,他们的成长发展与团队的联系极其可能是暂时性的,所以,他们对团队的归属感和责任感都相对较低,所以,他们在知识共享的主动意识和行为表现方面就不如教师成员积极。在共享效果方面,30 ~ 39 岁的成员明显优于20 ~ 29 岁的成员和50 岁以上的成员。这一结果一方面说明30 ~ 39 岁的成员的学习力要好于20 ~ 29 岁和50 岁以上的成员。

表4 - 7　知识共享的年龄差异检验($n = 514$)

	年龄(I)	年龄(J)	Mean Difference (I - J)	Std. Error	Sig.
共享意愿	20 ~ 29 岁	30 ~ 39 岁	- 0.26 **	0.067	0.000
		40 ~ 49 岁	- 0.27 **	0.080	0.001
共享行为	20 ~ 29 岁	30 ~ 39 岁	- 0.20 **	0.073	0.005
共享效果	30 ~ 39 岁	20 ~ 29 岁	0.21 **	0.073	0.006
		50 岁以上	0.40 **	0.148	0.008

$* * p < 0.01, * p < 0.05$;没有显著差异的结果未报告。

（3）知识共享的职称差异分析

运用 One - way ANOVA 检验方法对大学创新团队内部知识共享进行职称差异检验,结果如表4 - 8 所示。

表4-8　知识共享的职称差异检验(n=514)

	职称(I)	职称(J)	Mean Difference (I-J)	Std. Error	Sig.
共享意愿	助教	教授	-0.26 *	0.121	0.031
共享效果	教授	讲师	-0.25 *	0.111	0.026
		副教授	-0.31 **	0.100	0.003

* * $p < 0.01$, * $p < 0.05$;没有显著差异的结果未报告。

　　检验结果表明:在共享意愿方面,助教显著低于教授;在共享效果方面,教授显著低于讲师和副教授。助教群体主要是年轻成员,可能缺乏组织工作经验和组织认同感,另外,由于就业形势和与高校劳动人事关系的变化,使得年轻教师面临更加严峻的职业发展竞争,所以他们可能对组织责任怀有更高的期望,并且很可能因理想与现实的差距高于年长的教授而产生过强的自我保护和防备心理,进而对知识共享意愿产生不良影响。

　　此外,运用One-way ANOVA检验方法对大学创新团队内部知识共享进行工作时间差异检验发现,知识共享在团队工作时间上没有明显的差异。

4. 知识共享测量要素的内部关系

　　在理论分析中,本文曾提出假设:大学创新团队内部知识共享的三个维度具有逻辑明确的影响关系,即知识共享意愿会直接影响知识共享行为进而影响知识共享效果。为验证这一假设,本文采用结构方程模型技术分析知识共享测量要素中三个维度的相互关系,检验结果如图4-2和表4-9所示。所有的路径系数均在0.05的水平上达到显著。

图4-2　知识共享各要素的关系图(n=514)

表 4 - 9 知识共享各要素关系的结构方程模型检验结果($n = 514$)

关系	估计值	T 值
共享意愿→共享行为	0.86	17.22
共享行为→共享效果	0.84	17.06
$\chi^2/df = 3.83$	NNFI = 0.98	
CFI = 0.99	GFI = 0.97	AGFI = 0.95
SRMR = 0.032	RMSEA = 0.067	

上述检验指标均满足各自的标准要求，表明该模型具有较好的拟合程度。

检验结果表明，在知识共享意愿、知识共享行为和知识共享效果之间的确存在比较明确的逐层正向影响。

至此，本章实证研究证实了第二个研究假设。即，团队知识共享的测量要素包括知识共享意愿、知识共享行为、知识共享效果三个维度，知识共享意愿、知识共享行为和知识共享效果之间存在明确的逐层正向影响。

第五章 中介变量的结构分析与实证

根据理论分析,大学创新团队成员心理契约对知识共享影响的中介变量有组织承诺、团队人际信任和工作满意度三个因素。下面对中介变量进行结构分析。

一、大学创新团队成员组织承诺的结构

1. 理论分析与结构假设

通过组织承诺的文献调查发现,学术界对组织承诺的结构持不同的看法。最早由波特等开发的组织承诺量表,包括 15 个项目分别用来度量 3 类不同的组织承诺:认同、参与和忠诚(Porter, et al. , 1974)。该量表在过去 20 多年里得到了广泛的应用,但近年也遭到了许多学者的质疑,原因在于量表中一些结果变量发生了重叠,运用该量表进行探索分析的结果也有分歧。例如费里斯和阿兰亚(Ferris & Aranya, 1983)的因素分析结果表明组织承诺的结构是一维的,后来施里斯海姆和库克(Schriesheim & Cooke, 1988)运用 3 个样本对组织承诺量表的 15 个项目进行了探索分析,结果发现组织承诺至少应当由两部分组成。而安格尔和佩里(Angle & Perry, 1990)的因素分析结果却认为组织承诺应当包括三个组成成分。这些实证研究结果的分歧引起了人们对组织承诺量表多维性的进一步探讨。

1990 年艾伦和梅耶(Allen & Meyer)在前人研究的基础上进行了一次综合性研究,提出了组织承诺三因素理论模型。他们认为组织承诺存在三

个维度,即情感承诺(affective commitment,AC)、持续承诺(continuance commitment,CC)和规范承诺(normative commitment,NC)。

情感承诺,主要指员工对组织的感情依赖、认同和投入以及个人认同参与组织的强度。艾伦和梅耶(Allen & Meyer)认为情感承诺具有三个特征:第一,个体对组织目标和价值观强烈认同和接受;第二,个体自愿为组织利益作出牺牲和贡献;第三,个体对保持成为组织成员有强烈的愿望和自豪感。

持续承诺,主要反映员工对离开组织所带来的损失的认知,因而不得不继续留在组织中。持续承诺完全是一种员工对自身利益的考虑,基本不包含对组织的情感因素,建立在交换原则基础上,表现出很强的交易色彩。

规范承诺,主要反映员工对继续留在组织的义务感和责任态度。它是主要个体在社会化过程中内心产生的一种顺从规范的倾向。

艾伦和梅耶通过探索性和验证性因素分析都表明这三个维度的成立,三个维度成分与各种影响因素和结果变量的关系有所不同;三个维度成分的概念与相关概念(如工作满意度、工作价值观)在因素分析上有区别。此后的研究成果很多验证了组织承诺三维度的成立(Meyer,et al.,1993;Irving,et al.,1997;Ko,et al.,1997)。

Allen和Meyer(1990)还开发了一个包含24个项目的量表,对AC、NC、CC进行测量,每个维度包含八个问题。1993年,梅耶、艾伦和史密斯(Meyer,Allen & Smith)又对上述的量表进行了修订,把每个维度的项目减少到6个,并对一些项目的表述作了修改,组织成18个项目的组织承诺测量量表。

"不同国家因国情、制度和文化的不同,其职工的组织承诺既有共性部分,也存在差异性或特殊性。所以,不能照搬西方的理论模式和方法来指导中国的管理实践(凌文辁等,2000)。"20世纪90年代,我国学者开始对中国企业职工的组织承诺进行研究。有代表性的成果有:余凯成(1996)认为组织承诺有五个内容层面,由低到高分别为:功利性承诺、参与性承诺、亲属性承诺、目标性承诺和精神性承诺。他指出这五个层面不完全是连续渐进的过程,不是简单地从低层次到高层次的机械运动,而是既可能呈现跳跃性发展,也可能呈现几个内容层次的承诺共存于一个行为主体之中。凌文辁等(2000)通过探索性因素分析等方法,抽取2000人的样本进行分析,获得了中国背景下组织承诺的五因子模型,包括情感承诺、理想承诺、规范承诺、经济承诺和机会承诺。由此可见,国内外学者对于组织承诺的结构研究还有分歧。事实上,这也说明在不同的文化背景和微观环境下,不同研究对象的组织承诺的内容和结构有所不同是正常的。

根据第二章对大学创新团队及其成员的特点的分析,本文认为,大学创新团队成员的组织承诺是建立在成员对团队的肯定性的心理倾向基础上的一种心理上对组织的正向感觉,包括成员对于团队的忠诚度、认同感以及参与组织活动的积极程度,是"内化的行为规范"。这些内化的行为规范主要表现为成员对团队的感情依赖、认同和投入以及个人认同参与组织,进而自觉遵守团队规范,愿意继续留在团队中并履行责任和义务。按照较具权威的艾伦和梅耶(Allen,Meyer)的界定,大学创新团队成员的组织承诺至少包括情感承诺和规范承诺。那么,大学创新团队成员与团队之间是否存在利益交换关系呢,答案是肯定的,尽管这种利益不是纯粹的经济利益,更多的是精神利益的交换。例如,如果成员离开团队,很可能不如在团队环境中更有利于自身发展。所以,大学创新团队成员的组织承诺还应该包括持续承诺。由于本文所界定的持续承诺与艾伦和梅耶(Allen,Meyer)的界定的内涵有所不同,为了以示区别,本文将其命名为继续承诺。

鉴于此,本文认为,大学创新团队成员的组织承诺应该包括情感承诺、规范承诺和继续承诺三个维度。至于我国学者提出的精神承诺、理想承诺等从内容上分析可以归并到情感承诺和继续承诺之中。考虑到结构分类过细容易造成项目之间的重叠,为此,本文主要从三维度架构出发进行大学创新团队成员组织承诺量表设计。

2. 量表设计

组织承诺量表设计的具体步骤是:

（1）收集量表题目。具体做法有，查阅文献资料、收集国内外相关量表（Allen & Meyer，1990、1993；Mowday，Steers & Porter，1979；余凯成，1996；凌文辁等，2000）对研究参考的英文量表，均经过严格的双向翻译，以使题项既符合我国语言表达及文化习惯，又不会偏离原量表所表达的真实含义，以确保问卷测量项目语义的对等性；对大学创新团队负责人和成员进行深度访谈和开放式问卷调查，收集他们对团队成员组织承诺的建议。

（2）对收集到的题目进行归类整理，按出现频次进行排序，再借鉴已有量表进行修正，然后请从事相关研究的教授和博士研究生对整理结果进行评定，对有关题目提出修改意见，形成初试问卷的题项。

（3）进行预测试。在本校选择部分团队随机进行预测试。预测试的目的是检验初始问卷中的题项的内容效度、结构效度和信度，进一步修改、筛选、删减题目，最终形成正式量表。

预测试量表和正式量表的题目表述均采用自陈方式，运用李克特五级量表评价选项，统计工具使用 SPSS13.0 和 LESREL8.7。

预测试量表中的题目内容及其来源如表 5－1 所示。

3. 预测试

大学创新团队成员预测试量表包括 13 个题目。根据理论分析，按照 3 个维度的假设进行整理和编制。其中，继续承诺 3 个题目，规范承诺 5 个题目，情感承诺 5 个题目。在问卷调查时为了减少对调查对象的主观干扰，各个维度混序排列，并设置了反向题目。反向题目主要用于甄别试卷的有效性，不做数据统计分析使用（见附录 1）。

预测试选择本校部分团队随机发放纸制问卷 150 份，问卷调查周期为 2 周，收回问卷 119 份，有效问卷 116 份，有效回收率为 77.3%。满足了调查研究中有效回收率的要求。预测试样本基本信息同表 3－3（见第三章）。

表 5 - 1 大学创新团队成员组织承诺预测试题目及来源

题目	来源
我继续为该团队工作的一个很重要的原因是离职将会需要很大的个人牺牲,其他团队可能不能提供我现在所拥有的利益	深度访谈,参考修订
如果我决定现在离开这个团队,在我的生活中将会有很多的事情被打乱	深度访谈,参考修订
此刻,和团队保持在一起是很有必要的	深度访谈,参考修订
即使对我很有用,我也不认为现在离开团队是正确的	深度访谈,参考修订
我相信一个人必须对他所在的团队一直忠诚	深度访谈,参考修订
这个团队值得我对其忠诚	深度访谈,参考修订
我保持和这个团队在一起,事情会越来越好	深度访谈,参考修订
我现在不会离开我的团队,因为我对这里的人们有一种责任感	深度访谈,参考修订
非常乐意和他人讨论我所在的团队	深度访谈,参考修订
团队对我有很大的个人意义	深度访谈,参考修订
我发现我的价值观和团队的价值观非常相似	深度访谈,参考修订
非常乐意在该团队中工作,直至退休	深度访谈,参考修订
我对团队感情很深,在任何情况下都不愿意离开	深度访谈,参考修订

注:题目来源中的"深度访谈、参考修订"表示题目在深度访谈的基础上,参考国内外相关量表进行了修改。

预测试的检验方法如下:

(1)Item - to - total 项目与总体相关系数分析

因为预试的样本数量较少,不适合进行因素分析,因此本研究选择国外研究中较常使用的"Item - to - total 项目与总体相关系数"的方法来考察各个量表的结构效度。按照预先假设的各个维度下的题目安排,计算每个题目的"Item - to - total 项目与总体相关系数"。依据"Item - to - total 项目与总体相关系数"应该满足大于 0.35 的标准(Nunnally,1978),将系数小于 0.35 的题目删除,保留的题目表明它们能够较好地反映各自维度的内容。检验结果如表 5 - 2 所示。

(2)信度分析

本研究采用 Cronbach Alpha 系数检验量表的内部一致性。根据吴明隆的观点,预试量表分层面的信度系数在 0.50 ~ 0.60 之间可以接受使用,在

0.70 以上最好。检验结果如表 5 - 3 所示。

表 5 - 2　组织承诺量表的项目与总体相关系数检验(n = 116)

变量	维度	初始题项数目	Item - to - total 系数范围	删除题项
组织承诺	继续承诺	3	0.53 ~ 0.69	0
	规范承诺	5	0.31 ~ 0.76	我相信一个人必须对他所在的团队一直忠诚
	情感承诺	5	0.64 ~ 0.82	0

· 表 5 - 3　各维度的 Cronbach Alpha 系数(n = 116)

变量	维度	删除题项	保留题项数目	Cronbach Alpha 系数
组织承诺	继续承诺	0	3	0.73
	规范承诺	0	4	0.85
	情感承诺	0	5	0.82

由表 5 - 3 可见,各维度的 Cronbach Alpha 系数在均在 0.7 以上,说明量表具有较好的内部一致性。

(3)内容效度检验

邀请人力资源领域以及相关专业资深教授 3 人,对上述保留下的题目进一步进行了内容上的检验,以保证各维度的题目能够较好地反映出该维度的内涵,并对个别题目的修辞进一步修订。经过此步骤,保证了本量表具有较好的内容效度。

通过预测试,共删除了 1 个题目,保留 12 题。为甄别试卷的有效性,设置了反向题目,反向题目不做数据统计分析使用。最终形成本研究所使用的正式量表(见附录 2)。

4. 正式测试与结构检验

正式测试的问卷发放与回收情况见第三章第二节。

正式调查样本信息同表 3 - 6(见第三章)。

下面对大学创新团队成员组织承诺进行效度与信度分析。

（1）因素分析

将全部样本随机分为均等的两个部分，一部分（n1 = 257）用于探索性因素分析，另一部分（n2 = 257）用于验证性因素分析。

对样本一的数据进行 KMO 抽样适当性检验和 Bartlett 球形检验。样本数据的 KMO 为 0.870，Bartlett 球形检验的卡方值为 1325.641，在 $p < 0.001$ 水平下显著，表明数据适合进行因素分析。运用主成分分析法抽取特征值大于 1 的共同因素，并进行 Promax 斜交旋转。逐步剔出因素负荷小于 0.40 或者有双因素负荷的题目共 1 个题目（我对团队感情很深，在任何情况下都不愿意离开）。最终析出特征值大于 1 的公共因素 3 个，累积解释变异量达到 71.379%。各因素负荷矩阵如表 5 – 4 所示。

表 5 – 4　组织承诺的因素负荷矩阵（n_1 = 257）

	继续承诺	规范承诺	情感承诺
我继续为该团队工作的一个很重要的原因是离职将会造成很大的个人牺牲，其他团队可能不能提供我现在所拥有的利益	0.859		
如果我决定现在离开这个团队，在我的生活中将会有很多的事情被打乱	0.835		
此刻，和团队保持在一起是很有必要的	0.642		
即使对我很有用，我也不认为现在离开团队是正确的		0.745	
这个团队值得我对其忠诚		0.707	
我保持和这个团队在一起，事情会越来越好		0.704	
我现在不会离开我的团队，因为我对这里的人们有一种责任感		0.648	
非常乐意和他人讨论我所在的团队			0.952
这个团队对我有很大的个人意义			0.942
我发现我的价值观和团队的价值观非常相似			0.677
非常乐意在该团队中工作，直至退休			0.666
特征值	5.734	1.249	1.071
解释变异量	52.129%	11.350%	7.917%

对样本二的数据进行验证性因素分析,结果如图5-1所示(图中JX、GF、QG分别代表继续承诺、规范承诺、情感承诺三个维度)。

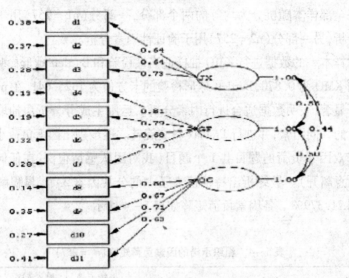

图5-1　组织承诺的验证性因素分析结果($n_2 = 257$)

各拟合指标如下:

$\chi^2/df = 1.22$, GFI $= 0.98$, AGFI $= 0.95$, NNFI $= 0.99$, CFI $= 0.99$, RMSEA $= 0.061$, SRMR $= 0.017$。

GFI、NNFI、CFI和AGFI均大于0.90,RMSEA和SRMR均小于0.08的标准,表明三维度的组织承诺结构较好地拟合了原始数据。

(2)信度分析

信度分析结果见表5-5。

一般而言,信度系数达到0.70以上即符合心理测量学的要求。本次调查中的各维度的内部一致性Cronbach'α系数均高于0.80,表明量表具有较好的内部一致性。

表 5-5　各维度的均值、标准差、相关系数和内部一致性系数($n = 514$)

	M	SD	1	2	3
1. 继续承诺	4.043	0.872	(0.732)		
2. 规范承诺	4.375	0.656	0.624**	(0.851)	
3. 情感承诺	4.331	0.701	0.449**	0.579**	(0.805)

注:双尾检验,所有的相关系数在 $p < 0.01$ 的水平上显著;括号中的数字代表信度系数。

二、大学创新团队团队人际信任的结构

1. 理论分析与结构假设

国内外学者关于组织内人际信任结构的研究以麦卡利斯特(McAllister)的两维度划分比较权威,国内学者的许多研究都是在这一成果的基础上进行的。

麦卡利斯特(McAllister,1995)在研究组织内人际信任时将其划分为认知信任和情感信任两类。认知信任就是信任方对被信任方能力和可靠性的认知判断。认知判断的依据来源于信任方依据观察和声誉累积的对被信任方的了解,这种了解有助于对被信任方履行职责进行预测。情感信任是信任方形成的与被信任方以情感为基础的信心。这种情感产生于被信任方显示出来的关心和关注的水平。被信任方的声誉也影响情感信任,但是它更注重与被信任方的交往经历。认知信任的形成与情感信任的形成是正相关的,并领先于情感信任的发展。当情感型信任建立时,说明信任双方已建立起情感纽带,标志着人际信任已发展到较高阶段。所以与情感信任相比认知信任被看成是更肤浅的和更不特殊的信任。那么,在大学创新团队这一特殊的工作环境中,团队成员大多比较熟识,相互之间的认知信任在组建团队的同时已经建立起来并且相对稳定,所以,影响其行为和绩效的更多的是在认知信任基础上建立起来的情感依赖和工作、能力依赖，本文初步将其定义为情感信任和工作信任，是较高阶段的团队人际信任。下面，本文从团队人际信任的二维度假设出发进行团队人际信任量表设计。

2. 量表设计

团队人际信任量表设计的具体步骤是：

（1）收集量表题目。具体做法有，查阅文献资料、收集国内外相关量表，主要参考 McAllister(1995)的量表。对研究参考的英文量表，均经过严格的双向翻译，以使题项既符合我国语言表达及文化习惯，又不会偏离原量表所表达的真实含义，以确保问卷测量题目语义的对等性；对大学创新团队负责人和成员进行深度访谈和开放式问卷调查，收集他们对团队人际信任的建议。

（2）对收集到的题目进行归类整理，按出现频次进行排序，再借鉴已有量表进行修正，然后请从事相关研究的教授和博士研究生对整理结果进行评定，对有关题目提出修改意见，形成初试问卷的题项。

（3）进行预测试。在本校选择部分团队随机进行预测试。预测试的目的是检验初始问卷中的题目的内容效度、结构效度和信度，进一步修改、筛选、删减题目，最终形成正式量表。

预测试量表和正式量表的题目表述均采用自陈方式，运用李克特五级量表评价选项，统计工具使用 SPSS13.0 和 LESREL8.7。

预测试量表中的题目内容及其来源如表 5－6 所示。

表 5－6　大学创新团队团队人际信任预测试题目及来源

题目	来源
遇到问题时，能够得到其他成员的建议和关心	深度访谈
团队成员倾向于在工作关系中投入大量的感情	深度访谈，参考修订
如果其中一员被调职或者离开团队，我们都会感觉到一种损失	深度访谈，参考修订

能够与其他成员自由地分享想法	深度访谈
能够与其他成员自由地谈论自己在工作中遇到的困难,并且知道他们愿意倾听	深度访谈,参考修订
团队成员关系比较平等	深度访谈
在团队中不会因为工作粗心而使得我的工作更加困难	深度访谈,参考修订
大部分的成员,即使不是亲密朋友,也会相互信任和尊重	深度访谈
我相信其他成员的工作能力	深度访谈
团队成员在工作中都表现出奉献精神和专业精神	深度访谈,参考修订

注:题目来源中的"深度访谈"表示题目主要来源于深度访谈;"深度访谈、参考修订"表示题目在深度访谈的基础上,参考国内外相关量表进行了修改。

3. 预测试

大学创新团队团队人际信任预测试量表包括 10 个题目。根据理论分析,按照 2 个维度的假设进行整理和编制。情感信任和工作信任两个维度的题目数量均为 5 个。在问卷调查时为了减少对调查对象的主观干扰,各个维度混序排列,并设置了反向题目。反向题目主要用于甄别试卷的有效性,不做数据统计分析使用(见附录 1)。

预测试选择本校部分团队随机发放纸制问卷 150 份,问卷调查周期为 2 周,收回问卷 119 份,有效问卷 116 份,有效回收率为 77.3%。满足了调查研究中有效回收率的要求。预测试样本基本信息同表 3 – 3(见第三章)。

预测试的检验方法如下:

(1)Item – to – total 项目与总体相关系数分析

采用 Item – to – total 的方法来考察各个量表的结构效度。本项检验没有删除题目,所有题目表明它们能够较好地反映了各自维度的内容。检验结果如表 5 – 7 所示。

表5-7　团队人际信任量表的项目与总体相关系数检验(n =116)

变量	维度	初始题项数目	Item – to – total 系数范围	删除题项
团队人际信任	情感信任	5	0.75 ~ 0.81	0
	工作信任	5	0.53 ~ 0.81	0

（2）信度分析

本研究采用 Cronbach Alpha 系数检验量表的内部一致性。在信度分析过程中,有 1 个题目的"Cronbach Alpha if item deleted"系数高于该维度 Cronbach Alpha 系数,因此将这个题目删除后,重新计算该维度的信度系数。检验结果如表 5-8 所示。

表5-8　各量表的 Cronbach Alpha 系数（ n =116）

变量	维度	删除题项	保留题项数目	Cronbach Alpha 系数
团队人际信任	情感信任	0	5	0.86
	工作信任	在团队中不会因为工作粗心而使得我的工作更加困难	4	0.87

（3）内容效度检验

邀请人力资源领域以及相关专业资深教授 3 人,对上述保留下的题目进一步进行了内容上的检验,以保证各维度的题目能够较好地反映出该维度的内涵,并对个别题目的修辞进一步修订。经过此步骤,保证了本量表具有较好的内容效度。

通过预测试,共删除了 1 个题目,保留 9 个题目。为甄别试卷的有效性,设置了反向题目,反向题目不做数据统计分析使用。最终形成大学创新团队成员工作满意度的正式量表(见附录2)。

4. 正式测试与结构检验

正式测试的问卷发放和回收情况见第三章第二节。

正式调查样本信息同表 3-6(见第三章)。

（1）因素分析

对样本一的数据进行KMO抽样适当性检验和Bartlett球形检验。样本数据的KMO为0.909，Bartlett球形检验的卡方值为1644.141，在$p < 0.001$水平下显著，表明数据适合进行因素分析。运用主成分分析法抽取特征值大于1的共同因素，并进行Promax斜交旋转。因素分析过程中没有出现因素负荷小于0.40或者有双因素负荷的题目。最终析出特征值大于1的公共因素2个，累积解释变异量达到71.958%。根据各题目含义，分别将二个因素命名为情感信任和工作信任。因素负荷矩阵如表5-9所示。

表5-9 团队人际信任的因素负荷矩阵（$n_1 = 257$）

题目	情感信任	工作信任
遇到问题时，能够得到其他成员的建议和关心	0.918	
团队成员倾向于在工作关系中投入大量的感情	0.897	
如果其中一员被调职或者离开团队，我们都会感觉到一种损失	0.836	
能够与其他成员自由地分享想法	0.768	
能够与其他成员自由地谈论自己在工作中遇到的困难，并且知道他们愿意倾听	0.743	
团队成员关系比较平等		0.889
即使不是亲密朋友，大部分的成员也会相互信任和尊重		0.748
我相信其他成员的工作能力		0.724
团队成员在工作中都表现出奉献精神和专业精神		0.517
特征值	5.705	1.072
解释变异量	63.385%	8.573%

对样本二的数据进行验证性因素分析，结果如图5-2所示（图中QG、GZ分别代表情感信任、工作信任两个维度）。

各拟合指标如下：

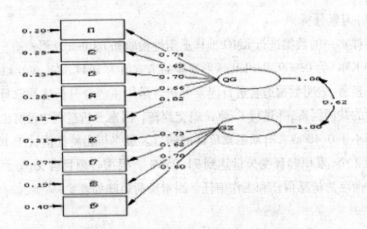

图 5-2　团队人际信任的验证性因素分析结果($n_2 = 257$)

$\chi^2/\mathrm{df} = 1.89$, GFI $= 0.95$, AGFI $= 0.91$, NNFI $= 0.98$, CFI $= 0.99$, RMSEA $= 0.065$, SRMR $= 0.019$。GFI、NNFI、CFI 和 AGFI 均大于 0.90, RMSEA 和 SRMR 均小于 0.08 的标准,表明二维度的团队人际信任结构较好地拟合了原始数据。

(2)信度分析

信度分析结果见表 5-10。

表 5-10　各维度的均值、标准差、相关系数和内部一致性系数($n = 514$)

	M	SD	1	2
1. 情感信任	4.472	0.597	(0.900)	
2. 工作信任	4.474	0.568	0.695**	(0.844)

注:双尾检验,所有的相关系数在 $p < 0.01$ 的水平上显著;括号中的数字代表信度系数。

表 5-10 表明,各维度的 Cronbach' α 系数均高于 0.80,表明量表具有较好的内部一致性。

三、大学创新团队成员工作满意度的结构

1.理论分析与结构假设

目前对工作满意度维度的划分存在着两种认识:单维和多维(Pinder,1998)。单维就是将工作满意度看作一个整体的水平,不作各个维度的区分。这种方法简单明了,包容性广。但是,单维测量方法只能得到员工的相对满意度水平,无法对组织存在的具体问题进行分析和改进。多维测量是将工作满意度划分为多个维度进行调查,与单维测量方法相比,操作复杂些,但能获得更精确的评价和诊断结果,有利于组织管理者诊断问题和提出对策,进而提高员工的工作满意度。

国外常用的量表主要有四种:

(1)明尼苏达工作满意度调查表(Minnesota Satisfaction Questionnaire,简称 MSQ)。分为长式量表(21 个分量表)和短式量表(3 个分量表)(Wiess,et al. ,1967)。短式量表包括内在满意度、外在满意度和一般满意度 3 个分量表,其主要维度是:能力使用、成就、活动、提升、权威、公司政策和实施、报酬、同事、创造性、独立性、道德价值、赏识、责任、稳定性、社会服务、社会地位、监督一人际关系、监督一技术、变化性和工作条件。长式量表包括 100 个题目,可测量工作人员对 20 个工作方面的满意度及一般满意度。

(2)工作描述指数(Job Descriptive Index,简称 JDI)。包括 5 个部分:工作、升迁、报酬、管理者及同事。每一部分由 9 个或 18 个项目组成,每一个项目都有具体分值,将员工所选择的描述其工作的各个项目的分值加起来,就可以得到员工对工作各个方面的满意度。

(3)彼得需求满意度调查表(Porter Need Satisfaction Questionnaire,简称NSQ),该量表主要是针对管理人员开发的一种调查表。需求满意度调查的

提问集中在管理工作的具体问题上。

（4）工作满意度量表（Job Satisfaction Survey，简称JSS。包含9个维度，36项指标，用于评定员工对工作的态度（Paul，1997）。JSS的9个维度分别是报酬、晋升、督导、额外受益、绩效奖金、工作条件、同事关系、工作特点和交流。

国内学者也根据中国国情对工作满意度量表进行了开发和编制。吴宗怡、徐联仓（1998）对MSQ量表进行了修订与使用，卢嘉等（2001）提出了工作满意度的五因素模型，研制出了我国的企业员工工作满意度量表。冯伯麟（1996）对教师工作满意度构成提出五个维度：自我实现、工作强度、工资收入、领导关系和同事关系等。

借鉴以上学者观点，结合我国文化特点以及大学创新团队及其成员特征，本文认为大学创新团队成员工作满意度是他们在团队合作创新环境下的一种心理状态或者情感反应，这种心理状态和情感反应是以个体的高层次需求得到满足的感知为基础的。因此，大学创新团队成员更容易从工作本身和团队环境中体验到满意感。鉴于此，本文仍然遵循简化维度避免重叠和有利于分析的思路，假设大学创新团队成员工作满意度包括对工作回报的满意度（简称工作回报）、对工作群体的满意度（简称工作群体）和对团队管理的满意度（简称团队管理）三个维度，并从这三个维度出发进行了问卷设计。

2. 量表设计

工作满意度量表设计的具体步骤是：

（1）收集量表题目。具体做法有，查阅文献资料、收集国内外相关量表（明尼苏达满意度量表MSQ、中科院心理研究所根据中国实际编制的满意度量表（吴宗怡，徐联仓，1998）），对研究参考的英文量表，均经过严格的双向翻译，以确保问卷测量项目语义的对等性；对大学创新团队负责人和成员进行深度访谈和开放式问卷调查，收集他们对团队责任和成员责任的建议。

（2）对收集到的题目进行归类整理，按出现频次进行排序，再借鉴已有量表进行修正，然后请从事相关研究的老师和博士研究生对整理结果进行评定，对有关题目提出修改意见，形成初试问卷的题目。

（3）进行预测试。在本校选择部分团队随机进行预测试。预测试的目的是检验初始问卷中的题项的内容效度、结构效度和信度，进一步修改、筛选、删减题目，最终形成正式量表。

预测试量表和正式量表的题目表述均采用自陈方式，运用李克特五级量表评价选项，统计工具使用 SPSS13.0 和 LESREL8.7。

预测试量表中的题目内容及其来源如表 5 – 11 所示。

表 5 – 11　大学创新团队成员工作满意度预测试题目及来源

题目	来源
我对社会地位感到满意	深度访谈，参考修订
感到被团队尊重与关怀	深度访谈，参考修订
个人能力及特长得到了发挥	深度访谈
感到工作有成就感	深度访谈，参考修订
我对工作能力提升感到满意	深度访谈
对同事之间的人际关系状况感到满意	深度访谈
对同事之间的工作配合与协作感到满意	深度访谈
对周围同事的工作责任感及能动性感到满意	深度访谈，参考修订
对自己及周围同事的工作效率、质量感到满意	深度访谈，参考修订
目前团队成员的士气与心态令人满意	深度访谈
团队提供报纸、图书杂志供大家学习和了解新信息	深度访谈，参考修订
对团队文体、娱乐活动的安排感到满意	深度访谈，参考修订
当前工作的资源配备适宜	深度访谈，参考修订
团队内部的加班制度合理	深度访谈，参考修订
对团队的制度建设、实施感到满意	深度访谈
团队制订的赏罚制度合理、公正	深度访谈，参考修订
工作环境安全	深度访谈，参考修订

工作环境整洁、舒适	深度访谈
对团队管理工作的有效性感到满意	深度访谈,参考修订
对团队的管理创新及改进工作感到满意	深度访谈

注:题目来源中的"深度访谈"表示题目主要来源于深度访谈;"深度访谈、参考修订"表示题目在深度访谈的基础上,参考国内外相关量表进行了修改。

3. 预测试

大学创新团队成员预测试量表包括 20 个题目。根据理论分析,按照 3 个维度的假设进行整理和编制。3 个维度的题目数量分别是,工作回报满意 5 个、工作群体满意 5 个、团队管理满意 10 个。在问卷调查时为了减少对调查对象的主观干扰,各个维度混序排列,并设置了反向题目。反向题目主要用于甄别试卷的有效性,不做数据统计分析使用(见附录1)。

预测试选择本校部分团队随机发放纸制问卷 150 份,问卷调查周期为 2 周,收回问卷 119 份,有效问卷 116 份,有效回收率为 77.3%。满足了调查研究中有效回收率的要求。预测试样本基本信息同表 3 - 3(见第三章)。

预测试的检验方法如下:

(1)Item – to – total 项目与总体相关系数分析

采用 Item – to – total 的方法来考察各个量表的结构效度。共删除 3 个系数小于 0.35 的题目,保留的题目表明它们能够较好地反映了各自维度的内容。检验结果如表 5 – 12 所示。

表 5 – 12　工作满意度量表的项目与总体相关系数检验($n = 116$)

变量	维度	初始题项数	Item – to – total 系数范围	删除题项
工作满意度	工作回报	5	0.64 ~ 0.85	0
	工作群体	5	0.70 ~ 0.83	0
	团队管理	10	0.21 ~ 0.82	工作环境安全; 工作环境整洁、舒适; 对团队的管理创新及改进工作感到满意;

（2）信度分析

本研究采用 Cronbach Alpha 系数检验量表的内部一致性。在信度分析过程中，没有"Cronbach Alpha if item deleted"系数高于该维度 Cronbach Alpha 系数的题目。检验结果如表5-13所示。

表5-13 各量表的 Cronbach Alpha 系数($n=116$)

变量	维度	删除题项	保留题项数目	Cronbach Alpha 系数
工作满意度	工作回报	0	5	0.81
	工作群体	0	5	0.84
	团队管理	0	7	0.85

（3）内容效度检验

邀请人力资源领域以及相关专业资深教授3人，对上述保留下的题目进一步进行了内容上的检验，以保证各维度的题目能够较好地反映出该维度的内涵，并对个别题目的修辞进一步修订。经过此步骤，保证了本量表具有较好的内容效度。

通过预测试，共删除了3个题目，保留17个题目。为甄别试卷的有效性，设置了反向题目，反向题目不做数据统计分析使用。最终形成大学创新团队成员工作满意度的正式量表（见附录2）。

4. 正式测试与结构检验

正式测试的问卷发放和回收情况见第三章第二节。

正式调查样本信息同表3-6（见第三章）。

（1）因素分析

对样本一的数据进行 KMO 抽样适当性检验和 Bartlett 球形检验。样本数据的 KMO 为0.914，Bartlett 球形检验的卡方值为3451.378，在 $p<0.001$ 水平下显著，表明数据适合进行因素分析。运用主成分分析法抽取特征值大于1的共同因素，并进行 Promax 斜交旋转。逐步剔出因素负荷小于0.40

或者有双因素负荷的题目共 1 个题目(对团队的制度建设、实施感到满意)。最终析出特征值大于 1 的公共因素 3 个,累积解释变异量达到 71.557%。根据各题目含义,分别将三个因素命名为工作回报满意度、工作群体满意度和团队管理满意度。因素负荷矩阵如表 5 – 14 所示。

表 5 – 14　工作满意度的因素负荷矩阵($n_1 = 257$)

题目	工作回报	工作群体	团队管理
我对社会地位感到满意	0.883		
感到被团队尊重与关怀	0.810		
个人能力及特长得到了发挥	0.796		
感到工作有成就感	0.774		
我对工作能力提升感到满意	0.729		
对同事之间的人际关系状况感到满意		0.984	
对同事之间的工作配合与协作感到满意		0.884	
对周围同事的工作责任感及能动性感到满意		0.672	
对自己及周围同事的工作质量、效率感到满意		0.595	
目前团队成员的士气与心态令人满意		0.560	
团队提供报纸、图书杂志供大家学习和了解新信息			0.842
对团队文体、娱乐活动的安排感到满意			0.762
当前工作的资源配备适宜			0.624
团队内部的加班制度合理			0.597
团队制订的赏罚制度合理、公正			0.568
对团队管理工作的有效性感到满意			0.555
特征值	11.633	1.673	1.145
解释变异量	58.524%	7.671%	5.362%

对样本二的数据进行验证性因素分析,结果如图 5 – 3 所示(图中 HB、QT、TG 分别代表工作回报满意度、工作群体满意度和团队管理满意度)。

各拟合指标如下:

$\chi^2/df = 2.67$, GFI $= 0.94$, AGFI $= 0.90$, NNFI $= 0.97$, CFI $= 0.98$, RM-

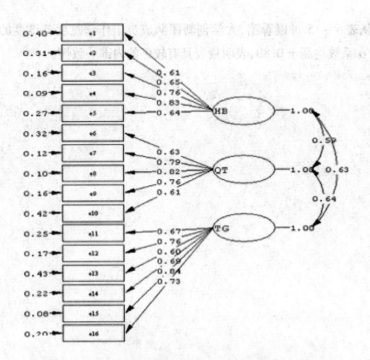

图 5 - 3　工作满意度的验证性因素分析结果（$n_2 = 257$）

SEA = 0.073,SRMR = 0.058。GFI、NNFI、CFI 和 AGFI 均大于 0.90, RM-SEA 和 SRMR 均小于 0.08 的标准,表明三维度的工作满意度结构较好地拟合了原始数据。

（2）信度分析·

信度分析结果见表 5 - 15。

表 5 - 15　各维度的均值、标准差、相关系数和内部一致性系数（$n = 514$）

	M	SD	1	2	3
1. 工作回报	4.302	0.650	(0.904)		
2. 工作群体	4.423	0.663	0.640 **	(0.917)	
3. 团队管理	4.204	0.678	0.661 **	0.668 **	(0.893)

注:双尾检验,所有的相关系数在 $p < 0.01$ 的水平上显著;括号中的数字代表信度系数。

从表 5 - 15 可以看出,大学创新团队成员工作满意度各维度的 Cronbach'α 系数均高于 0.80,表明量表具有较好的内部一致性。

第六章 验证模型与管理建议

一、整合模型检验

本文的研究命题是,大学创新团队成员心理契约对知识共享有正向影响。在这个命题中,包含以下假设:

H3:大学创新团队成员心理契约的团队责任对知识共享存在直接正向影响;

H4:大学创新团队成员心理契约的成员责任对知识共享存在直接正向影响;

H5:大学创新团队成员心理契约的团队责任对组织承诺有正向影响;

H6:大学创新团队成员心理契约的成员责任对组织承诺有正向影响;

H7:大学创新团队成员心理契约的团队责任对团队人际信任有正向影响;

H8:大学创新团队成员心理契约的成员责任对团队人际信任有正向影响;

H9:大学创新团队成员心理契约的团队责任对工作满意度有正向影响;

H10:大学创新团队成员心理契约的成员责任对工作满意度有正向影响;

H11:大学创新团队成员组织承诺对内部知识共享有正向影响;

H12:大学创新团队团队人际信任对内部知识共享有正向影响;

H13：大学创新团队成员工作满意度对内部知识共享有正向影响；

下面进行相关分析、回归分析和整合模型分析。

1. 相关分析

本文将大学创新团队心理契约作为自变量，将组织承诺、团队人际信任、工作满意度作为中介变量，把团队内部知识共享作为因变量，进行各个变量各个维度的相关分析，结果如表6-1所示。

表6-1　各主要变量的相关分析($n=514$)

	变量	M	SD	1	2	3	4	5	6	7	8	9	10	11	12	13	14	15	16	17
团队责任	1. 达成绩效	4.275	0.619	1.00																
	2. 支持发展	4.409	0.667	0.63	1.00															
	3. 关心生活	4.229	0.756	0.55	0.63	1.00														
成员责任	4. 团队维护	4.593	0.555	0.57	0.73	0.59	1.00													
	5. 主动奉献	4.502	0.526	0.61	0.56	0.49	0.60	1.00												
	6. 遵守规范	4.702	0.444	0.58	0.71	0.58	0.65	0.51	1.00											
组织承诺	7. 继续承诺	4.043	0.872	0.39	0.51	0.51	0.46	0.38	0.38	1.00										
	8. 规范承诺	4.375	0.656	0.64	0.74	0.73	0.64	0.54	0.65	0.62	1.00									
	9. 情感承诺	4.331	0.701	0.66	0.72	0.58	0.67	0.65	0.53	0.45	0.58	1.00								
团队人际信任	10. 情感信任	4.472	0.597	0.53	0.71	0.54	0.66	0.51	0.63	0.50	0.68	0.67	1.00							
	11. 工作信任	4.474	0.568	0.53	0.70	0.62	0.70	0.64	0.59	0.54	0.73	0.70	0.70	1.00						
工作满意度	12. 工作回报	4.302	0.650	0.64	0.65	0.68	0.58	0.65	0.57	0.55	0.76	0.73	0.64	0.77	1.00					
	13. 工作群体	4.423	0.663	0.50	0.57	0.60	0.53	0.47	0.50	0.58	0.69	0.61	0.70	0.74	0.64	1.00				
	14. 团队管理	4.204	0.678	0.60	0.66	0.62	0.53	0.48	0.46	0.56	0.78	0.69	0.72	0.74	0.66	0.67	1.00			
知识共享	15. 共享意愿	4.521	0.545	0.48	0.67	0.43	0.62	0.60	0.60	0.39	0.62	0.50	0.75	0.76	0.63	0.62	0.59	1.00		
	16. 共享行为	4.351	0.582	0.50	0.63	0.47	0.59	0.60	0.58	0.49	0.62	0.62	0.66	0.68	0.58	0.63	0.64	0.64	1.00	
	17. 共享效果	4.438	0.586	0.65	0.72	0.61	0.66	0.66	0.54	0.59	0.67	0.73	0.75	0.75	0.68	0.76	0.74	0.59	0.65	1.00

注：所有的相关系数在$p<0.01$的水平上达到显著。

2. 回归分析

因为假设 5 至假设 13 只涉及一个因变量,因此采用回归分析的方法进行检验。

分别通过回归分析进一步探讨心理契约中的成员责任和团队责任对组织承诺、团队人际信任和工作满意度的影响,并选取调整后的多元决定系数($AdjR^2$)来表示自变量对因变量的预测力,选择方差膨胀因子 VIF 表示方程的多重共线性问题(VIF 小于 10,代表不存在严重的多重共线性)。$AdjR^2$ 的值越大,表示自变量对因变量的预测力越大。分析结果如表 6-2、表 6-3 和表 6-4 所示。

表 6-2　心理契约对组织承诺的回归分析($n=514$)

自变量	标准化回归系数 β 值	T 值	VIF	F 值	Adj R^2
成员责任	0.557	11.018 **	2.216	264.159	0.608
团队责任	0.273	5.390 **	2.216		

** $p < 0.01$。

由表 6-2 可知,成员责任对组织承诺有显著的正向影响,团队责任对组织承诺也有显著的正向影响,两个变量共同解释了组织承诺变异量的 60.8%,VIF 值小于 10,不存在明显的多重共线性问题。H5 和 H6 得到证实。

表 6-3　心理契约对团队人际信任的回归分析($n=514$)

自变量	标准化回归系数 β 值	T 值	VIF	F 值	Adj R^2
成员责任	0.438	8.801 **	2.216	278.816	0.620
团队责任	0.308	7.202 **	2.216		

** $p < 0.01$。

由表 6-3 可知,成员责任对团队人际信任有显著的正向影响,团队责任对团队人际信任也有显著的正向影响,两个变量共同解释了团队人际信任变异量的62.0%,VIF值小于10,不存在明显的多重共线性问题。H7和H8得到证实。

表6-4 心理契约对工作满意度的回归分析($n=514$)

自变量	标准化回归系数β值	T值	VIF	F值	Adj R²
团队责任	0.667	13.582**	2.216	290.928	0.619
成员责任	0.113	1.331	2.216		

$**p<0.01$。

由表6-4可知,团队责任对工作满意度有显著的正向影响,成员责任对工作满意度没有显著的正向影响,两个变量共同解释了工作满意度变异量的61.9%,VIF值小于10,不存在明显的多重共线性问题。H9得到证实,H10未得到检验。H10的检验结果表明,成员责任对满意度的影响未在0.05的水平上达到显著。说明大学创新团队成员的工作满意度主要来源于团队责任的履行,与成员责任关系不大。

分别通过回归分析进一步探讨组织承诺、团队人际信任和工作满意度对团队内部知识共享的影响,并选取调整后的多元决定系数(AdjR²)来表示自变量对因变量的预测力。结果如表6-5所示。

表6-5 三个中介变量对知识共享的回归分析($n=514$)

自变量	标准化回归系数β值	T值	VIF	F值	Adj R²
团队人际信任	0.580	11.738	3.328	317.034	0.736
工作满意度	0.315	6.368	4.339		
组织承诺	0.200	4.583	3.211		

由上表可知,团队人际信任、工作满意度和组织承诺对知识共享均有显著的正向影响,三个变量共同解释了知识共享变异量的73.6%,VIF值

小于 10,不存在明显的多重共线性问题。H11、H12、H13 得到证实。

3. 整合模型分析

基于上述研究的成果,检验大学创新团队成员的心理契约对知识共享的理论模型。首先在假设没有中介变量的情况下分析心理契约对知识共享的直接影响。因为心理契约中的团队责任会影响成员责任,因此采用结构方程模型技术进行分析。检验结果如图 6-1 和表 6-6 所示。

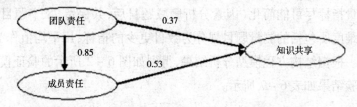

图 6-1 心理契约对知识共享的影响($n = 514$)

注:所有的路径系数均在 $p < 0.05$ 的水平上达到显著

表 6-6 结构方程模型检验结果($n = 514$)

关系	估计值	T 值
团队责任→成员责任	0.85	16.28
团队责任→知识共享	0.37	4.11
成员责任→知识共享	0.53	5.84
$\chi^2/df = 4.68$	NNFI = 0.95	CFI = 0.96
GFI = 0.92	AGFI = 0.89	
SRMR = 0.058	RMSEA = 0.074	

由上图可知,在假设不存在中介变量的情况下,团队责任和成员责任均对知识共享有显著的正向影响。但是,仔细分析会发现,这种情况在现实中可能会出现在团队成员进入团队之初的极其短暂的时段内,新成员只是凭借对团队目标等的初步认知而建立了初步的心理契约,进而表现出很强的知识共享意愿。由于心理契约的建立和维系是一个动态的活动过程,

因此,随着团队成员进入团队时间的增加,其心理契约必然发生变化并对其与团队之间的关系产生影响,即对其组织承诺、团队人际信任、工作满意度产生影响。因此,从一般的情况看,中介变量是存在的。那么,在存在中介变量的情况下,这种正向影响是怎样的呢?

依据前期的理论研究构建的理论模型图 2 - 4,采用结构方程模型技术,对该模型进行检验。为了增强参数估计的稳定性,按照国外学者的建议(Mavondo & Mark,2000;Kishton & Widaman,1994),将各研究变量所包含的测量指标尽可能简化(因素分析删减题目后,共保留 78 个题目)。分别将各维度所包括的测量题目划分为数目更少的指标,用平均值作为相应的取值。根据结构方程模型分析结果,得到如图 6 - 2 所示的验证模型,具体的检验结果如表 6 - 7 所示。

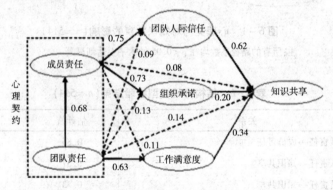

图 6 - 2　本研究的检验模型($n = 514$)

在图 6 - 2 的验证模型中,为了清晰表达各个变量之间的关系,用实线代表在 $p < 0.05$ 的水平上达到显著影响的路径,用虚线代表路径系数在 $p < 0.05$ 的水平上未达到显著的路径。

检验结果表明,在存在中介变量的情况下,心理契约的团队责任和成员责任对知识共享的直接影响并不显著;心理契约中的成员责任对组织承诺和团队人际信任有显著的正向影响,对工作满意度没有显著的正向影响,H6、H8 得到证实,H10 未得到检验;心理契约中的团队责任对工作满意有显著的正向影响,组织承诺和团队人际信任未产生显著的直接影响,但是团队责任通过影响成员责任对组织承诺和团队人际信任产生间接影响,因此,H5、H7 和 H9 得到证实。团队人际信任、组织承诺和工作满意度对知识共享有显著的正向影响,H11、H12、H13 得到证实。这说明,在存在中介变量的情况下,大学团队成员心理契约主要是通过影响一系列中介变量进而对知识共享产生影响的。

表6-7 结构方程模型检验结果($n = 514$)

关系	估计值	T值
团队责任→成员责任	0.68	15.48
团队责任→组织承诺	0.09	1.12
团队责任→团队人际信任	0.13	1.74
团队责任→工作满意	0.63	15.52
成员责任→组织承诺	0.73	15.67
成员责任→团队人际信任	0.75	16.86
成员责任→工作满意	0.11	1.43
组织承诺→知识共享	0.20	2.28
团队人际信任→知识共享	0.62	6.30
工作满意→知识共享	0.34	5.78
团队责任→知识共享	0.14	1.82
成员责任→知识共享	0.08	0.89
$\chi^2/df = 4.82$	NNFI = 0.96	CFI = 0.97
GFI = 0.93	AGFI = 0.90	
SRMR = 0.058	RMSEA = 0.079	

表6-7 中,各个检验指标均满足各自的要求,表明图6-2 的验证模型具有较好的拟合程度。

上述检验表明,大学创新团队成员心理契约通过组织承诺、团队人际信任、工作满意度等三个中介变量对知识共享产生正向影响。心理契约对知识共享的影响分为团队责任和成员责任两条路径。其中团队责任对知识共享的影响也分两条路径,一条路径是团队责任通过工作满意度影响知识共享;另一条路径是团队责任影响成员责任,成员责任再通过团队人际信任和组织承诺影响知识共享。成员责任则通过团队人际信任和组织承诺影响知识共享。从中介变量对知识共享的影响来看,团队人际信任的影响(0.62)最显著,其次是工作满意度(0.34),再次是组织承诺(0.20)。

心理契约对知识共享的综合影响效果分析如下(不考虑不显著的路径):

心理契约的成员责任对知识共享的影响效果:$0.75 \times 0.62 + 0.73 \times 0.20 = 0.465 + 0.146 = 0.611$

心理契约的团队责任对知识共享的影响效果:$0.63 \times 0.34 + 0.68 \times 0.611 = 0.214 + 0.415 = 0.629$

由计算结果可知,心理契约中团队责任对知识共享的影响效果强于成员责任对知识共享的影响。

二、心理契约对知识共享影响的路径

根据检验模型具体分析心理契约的团队责任和成员责任对知识共享的影响路径。因为本部分涉及较多的变量,考虑到样本数量以及检验的准确性的问题,分别针对成员责任和团队责任对知识共享的影响路径进行结构方程模型分析。

1. 成员责任对知识共享的影响路径

成员责任对知识共享影响路径分为两条,一条是成员责任通过团队人际信任影响知识共享,另一条路径是成员责任通过团队人际信任影响知识共享。下面分别检验。

(1)成员责任通过团队人际信任影响知识共享的路径

检验结果如图6-3和表6-8所示。

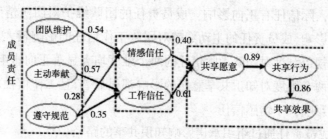

图6-3　成员责任通过团队人际信任

对知识共享的影响路径分析(n=514)

注:所有的路径系数均在p<0.05的水平上达到显著。

表6-8　成员责任通过团队人际信任对知识共享影响的结构方程模型检验结果(n=514)

关系	估计值	T值
团队维护→情感信任	0.54	3.82
主动奉献→工作信任	0.57	7.31
遵守规范→情感信任	0.28	1.97
遵守规范→工作信任	0.35	4.60
情感信任→共享意愿	0.40	7.55
工作信任→共享意愿	0.61	10.89
共享意愿→共享行为	0.89	18.94
共享行为→共享效果	0.86	17.58
$\chi^2/df=4.83$	NNFI=0.94	CFI=0.96
GFI=0.90	AGFI=0.86	
SRMR=0.069	RMSEA=0.080	

上述检验指标中,虽然AGFI略低于0.90的标准,但是接近0.90,表明该模型仍具有较好的拟合程度。

　　检验结果表明,大学创新团队成员心理契约的成员责任的三个维度分别对团队人际信任有正向影响。成员责任的团队维护对团队情感信任有明显正向影响,成员责任的主动奉献对团队工作信任的影响较大。成员责任的遵守规范维度对团队人际信任的两个维度均有显著正向影响,团队人际信任的两个维度对知识共享意愿的影响都很显著,且工作信任对知识共享意愿的影响大于情感信任。

　　(2)成员责任通过组织承诺影响知识共享的路径

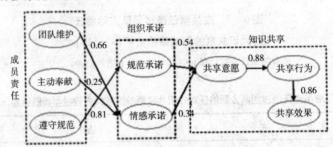

图6-4　成员责任通过组织承诺对知识共享的影响路径分析(n=514)

注:所有的路径系数均在 p<0.05 的水平上达到显著。

表6-9　成员责任通过组织承诺对知识共享影响的结构方程模型检验结果(n=514)

关系	估计值	T值
团队维护→情感承诺	0.66	5.48
主动奉献→情感承诺	0.25	2.05
遵守规范→规范承诺	0.81	16.75
规范承诺→共享意愿	0.54	7.53
情感承诺→共享意愿	0.34	4.84
共享意愿→共享行为	0.88	18.58
共享行为→共享效果	0.86	17.99
$\chi^2/df=4.98$	NNFI=0.94	CFI=0.95
GFI=0.90	AGFI=0.86	
SRMR=0.073	RMSEA=0.081	

上述检验指标中,虽然 AGFI 略低于 0.90 的标准,但是接近 0.90,表明该模型仍具有较好的拟合程度。

检验结果表明,大学创新团队成员心理契约的成员责任的三个维度对团队成员组织承诺有正向影响。成员责任的团队维护和主动奉献两个维度对团队情感承诺有明显正向影响,且团队维护的影响强于主动奉献;成员责任的遵守规范对规范承诺有明显的正向影响。成员责任的三个维度对组织承诺的继续承诺的影响不明显。组织承诺的规范承诺和情感承诺对知识共享意愿有明显影响,且规范承诺的影响高于情感承诺。

2. 团队责任对知识共享的影响路径

团队责任对知识共享影响路径可以分为:团队责任通过影响工作满意进而影响知识共享,以及团队责任通过影响成员责任进而影响知识共享。

本文第三章中已经分析过团队责任的三个维度对成员责任的三个维度产生影响(见图 3-3),图 6-3 中又分析了成员责任通过影响组织承诺和团队人际信任进而影响知识共享,由此可知,团队责任中的不同维度可以通过影响成员责任中的不同维度进而间接对组织承诺和团队人际信任产生影响,最终影响知识共享。因为这一路径涉及两个中介变量,即使再细分为两条路径涉及的变量关系也很多,且图 3-3 和图 6-3 可以表明这些变量之间的关系,因此,考虑检验结果的可靠性,本文不再进行这一路径的分析。

下面分析团队责任通过工作满意度对知识共享的影响路径。该路径的检验结果分别如图 6-5、表 6-10 所示。

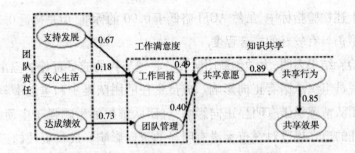

图6-5　团队责任通过工作满意度对知识共享的影响路径分析($n=514$)

注:所有的路径系数均在 $p<0.05$ 的水平上达到显著。

表6-10　团队责任通过工作满意度对知识共享影响结构方程模型检验结果($n=514$)

关系	估计值	T 值
支持发展→工作回报	0.67	6.86
关心生活→工作回报	0.18	2.00
达成绩效→团队管理	0.73	12.41
工作回报→共享意愿	0.49	8.62
团队管理→共享意愿	0.40	7.40
共享意愿→共享行为	0.89	18.02
共享行为→共享效果	0.85	17.40
$\chi^2/\mathrm{df}=4.93$	NNFI = 0.94	CFI = 0.95
GFI = 0.91	AGFI = 0.87	
SRMR = 0.063	RMSEA = 0.079	

　　上述检验指标中,虽然 AGFI 略低于 0.90 的标准,但是接近 0.90,表明
该模型仍具有较好的拟合程度。

　　检验结果表明,大学创新团队成员心理契约的团队责任的三个维度分
别对工作满意度的工作回报满意度和团队管理满意度有明显正向影响,对
工作满意度的工作群体满意度影响不明显。其中团队责任的支持发展和
关心生活两个维度对工作回报满意度有明显正向影响,而且支持发展对工
作回报满意度的影响明显高于关心生活;达成绩效维度对团队管理满意度

的影响最强。工作满意度的工作回报满意度和团队管理满意度两个维度均对知识共享意愿有正向影响,进而影响知识共享行为和效果。其中工作回报满意度的影响稍强些。

三、管理建议

大学创新团队成员心理契约的形成是一个动态的过程,大学创新团队知识共享也是一种动态创造性活动过程。研究证明,心理契约对知识共享的影响是确切的,且心理契约的团队责任是首位的,对成员责任有正向影响,对团队内部知识共享的影响强于成员责任。因此,在大学创新团队建设和发展的过程中,应该重点关注团队责任的履行情况,采取积极措施,加强团队内部管理,构建和维系团队成员心理契约,保证团队责任的履行,促成成员责任的达成,以提高团队成员的组织承诺、人际信任和工作满意度,强化团队成员知识共享的意愿,提高团队知识共享的效果。进而促进大学创新团队的健康快速发展,不断产出重大的科技创新成果,推进创新型国家建设。为此,针对团队内部管理提出以下建议。

1. 建立团队的共同愿景

"共同愿景是人们心中一股令人深受感召的力量,它满足人们能够归属于一项重要的任务、事业或使命的内心渴望。"(彼得·圣吉,1999)。大学创新团队的共同愿景应该是团队成员的个人发展目标与团队目标的有机结合而形成的团队成员能够预期的在不久的将来能够真正实现的共同目标,是团队中成员内心所具有的共同的行为意愿(芮明杰,2005)。在创新团队中建立起美好的共同愿景,能带给创新团队强大的内驱力,激发创新团队及其成员的创造力,增强创新团队的凝聚力,使团队成员与团队形成真正的利益共同体。本文研究表明,大学创新团队成员心理契约是建立在合作关系的背景下,以团队目标达成为承诺基础的。因此,在团队成立之初,团队发起人就应该向有意加入团队的人员讲清楚团队的近期和远期的发展目标或者组织大家共同讨论,对团队发展形成一致的意见。同时,要充分了解个人的愿望和想法,并将其纳入到团队责任的视角来考虑。对于个人合理的愿望,要想办法帮助成员实现;对于个人不切实际的想法,要有理有据地说服对方。另外,还要特别注意团队的科研成果目标一定要与人才培养目标紧密地结合起来,不仅要重视学术骨干的个人发展,也应重视其他成员的成长和发展,特别是以博士生为代表的学生群体,他们是团队中不可或缺的重要生力军。

愿景不仅能使人欢欣鼓舞,还能使组织跳出庸俗,迸发出智慧的火花(Senge,1997)。制定具有挑战性、高于一般成员能力的愿景,可以考验团队成员的自身能力,给予成员自我发挥的空间,而且能让成员感受到团队对自己的重视,从而产生报效团队的积极的心态和行为。共同愿景能够把团队成员紧紧的聚集在一起,形成坚实的统一战线,激发成员巨大的潜能,在日常的工作学习中,不断的吸收消化对方的思想见解,最终能够碰撞出知识创新的火花,从而在共享知识之后创造出新知识。

总之,团队成立之初是团队成员心理契约形成的关键时期,需要发起人和成员双方就相互的目标和利益进行深入的沟通,从而构建出把成员个人目标与团队整体目标结合在一起的共同愿景,引导团队成员明确的奋斗方向,为团队创造长足的发展动力。

2. 塑造强劲的团队文化

著名伯克曼实验室的 CEO 鲍勃·伯克曼认为,鼓励知识共享的文化在成功的知识管理中所起的作用占据 90%。共同愿景是大学创新团队建设的基础,团队文化则是团队长期稳步发展的精神和灵魂。团队文化是指团队建设和发展过程中逐渐形成的共同价值观、发展理念、工作传统、科研作风、人际关系等的总称,是共同愿景的具体体现。团队文化对团队成员作用的强弱不同,只有强劲的团队文化才能充分发挥导向、激励、凝聚、规范的作用,决定团队的发展方向,推动科研创新团队心理契约的构建和维系。

第一，要着力培养团队成员的共同价值观。团队成员之间最能激发彼此之间交流愿望的最有效的措施就是拥有共同的价值观(陈春花、杨映珊，2004)。团队目标是否有意义，取决于它与团队成员价值观的吻合程度。大学创新团队是一种基于合作的科研创新组织，人才是其中最关键的要素，因此，团队的共同价值观应该以"以人为本"为根基。以人为本的最终目的是促进人的全面发展。因此，领导者应把人视为团队发展的第一资本，尽可能的提高团队成员的积极性，在团队内部形成"尊重人、依靠人、发展人"的团队文化氛围。科研创新团队不仅要实现人尽其能、才尽其用，更重要的是不断的、高效的开发团队成员的能力与潜力，使成员的能力和潜力得到超长的发挥和发掘，这无形中就会增强团队成员努力工作的信念与热情，激发团队与团队成员共同承担心理契约中对应的"责任"。

第二，树立正确的发展理念。每个团队成员都希望自身能够得到充分的发展，实现自我价值，这是他们的个性特征所决定的。但是，现实中常常存在个体发展与团队发展、短期发展与长远发展、有限发展与充分发展的矛盾。要努力使成员意识到，只有团队整体发展了，才会给个人带来广阔的发展空间和无限的发展机会。

第三，倡导合作、奉献的工作传统和务实、创新的科研作风。以"有利于合作"作为工作分工的基本原则；对工作中肯吃苦、乐奉献的成员要给予公开表奖；允许成员在充分论证前提下的大胆尝试，对创新中的失败持宽容态度。

第四，构建相互尊重、信任的团队人际关系。大学创新团队成员作为高层次人才，有更加强烈的社会交往和尊重的需求。团队中每一个成员都有自尊心，期望得到他人的尊重。在科研创新团队内部，尊重的含义包括：团队负责人与成员之间的理解和尊重，成员彼此之间的理解和尊重。团队领导层应该率先垂范，努力营造一种互相尊重的环境，使成员能够尊重彼此的见解和意见，尊重对方的技能，敬重对方为团队所作出的一切贡献。

团队中的尊重和信任是互生的，而且都有双向性。信任是组织生命中产生奇迹的因素，是一种减少摩擦的润滑油，是组合不同部件的粘合剂，是促进行动的催化剂。虽然在人类认识世界的实践过程中，存在着许多合作的障碍，但合作只有在相互信任的基础之上才能产生（尼考拉斯·莱斯切尔，1999）。知识共享发生在知识持有者和知识接受者之间的合作过程中，缺少彼此的信任，知识是不会发生转移的。本文分析得出，团队人际信任对知识共享的影响最显著，其中情感信任和工作信任的影响都非常显著。因此，团队负责人或学术带头人要充分的信任基层科研人员，让科研人员充分的发挥出自己的潜能，做到"用人不疑"。同时，团队成员也要信任团队领导，相信他们会高瞻远瞩，规划好团队的未来，也为自己的发展创造更多的条件。有了相互信任和尊重的团队氛围，团队成员会感受到更多的心理安全，在这种心态下，团队成员会乐于与他人合作。特别是在知识共享过程中，成员可以抛开一切的思想包袱，与其他成员分享自己的经验。

第五，鼓励终身学习的风气。高层次人才对知识的获取是连续不断的，这也是科研团队成员进行知识创新的原动力。知识是创新团队日常工作的元素，而知识共享本身就是一种学习的过程。个体隐性知识、显性知识，团队隐性知识、显性知识之间进行的各种转换，都离不开个体、团队的学习。离开学习，知识共享只是一句空话。为此，团队的管理层应当创造一种宽松的学习氛围，大力倡导终身学习的风气，制定完善的学习计划，举办经常性的学习文化活动，促进团队成员间不断交流学习。成员通过彼此之间各种方式的学习和经验交流，产生知识的碰撞，创新知识。

第六，努力加速成员社会化程度。团队成员社会化是指团队成员适应一份新工作或团队中的新角色，并适应团队环境与团队文化的一个过程。团队成员适应新环境的速度会影响到团队成员角色内、角色外的行为（王庆艳、石金涛，2006），社会化过程的快慢，对团队成员个体在团队中的发展有很深的影响。应该利用正式的和非正式的各种活动，促进不同年龄、不同科研经验、不同教育背景的人相互交流、相互影响、相互尊重、相互信任。重点要抓住两个关键点，即团队负责人与成员的交流和新成员与老成员的交流。

3. 建立科学的激励机制

研究表明,对于心理契约结构维度的认知更有利于组织更好地构建基于心理契约的激励机制(王黎萤、陈劲,2008)。本文研究证实,大学创新团队心理契约的团队责任会影响成员责任,团队责任对知识共享的影响要大于成员责任对知识共享的影响,并且团队责任的达成绩效和支持发展两个维度对知识共享的影响效果十分显著。因此,应重点从这两个结构维度的内容出发开展激励,以充分发挥激励的作用。

一是工作激励。知识型员工更加重视能够促进他们不断发展、有挑战性的工作,与成长、自主和成就相比,金钱的边际价值已经退居相对次要地位(朱晓妹、王重鸣,2005)。根据麦克利兰的成就激励理论,首先,对科研团队成员的工作内容进行激励。高校科研团队成员具有较高的知识水平,对科研工作的技术性、创新性都有很高的挑战。因此科研团队可让团队成员参与重大课题的研究,使其参与到具有挑战性的工作当中,实现其对更高价值的追求,从而达到激励的作用。其次,应明确团队成员自主承担的工作和相应的责任。再次,应对团队成员的工作成果及时进行反馈、评价和表奖。

二是成果激励。大学创新团队成员主要进行科研学术创新活动,产出的创新成果是他们价值的最直接体现。大量数据表明,高层次人才追求的是对其价值的证明(Argyris,1960),所以,他们十分注重科研方面的成果,更期待团队能够为他们产出科研创新成果而提供良好的科研环境和充分的保障。因此,在团队管理中,应注意为合理配备他们科研资源,及时提供有关信息,提供国际国内学术交流机会。

三是培训激励。大学创新团队成员作为知识型人才,普遍具有强烈的求知欲望。美国教育学家克罗韦尔指出:"教育面临的最大挑战,不是技术,不是资源,而是去发现新的思维方式,去建立新的观念。"因此,为科研团队提供学习培训是十分必要的,这样既可以满足团队成员的自身追求,也有助于科研创新。同时,良好的学习培训可以增强团队成员对组织的忠诚度,防止人才外流。团队可以定期组织成员参加本学科权威专家举办的培训课程,拓展成员的专业视野;也可为团队成员提供出国交流、参与项目合作等学习机会,拓展成员的国际视野和经验。

四是发展激励。大学创新团队成员依靠自身具备的丰厚的知识储备,有能力接受新的工作新的挑战,具有很强的竞争优势,因此,他们更注重个人的发展。对他们心理契约的分析表明,他们认为团队有支持他们发展的责任。因此,团队应该用人所长,支持成员申报高水平项目和开展富有创新性的探索,帮助团队成员制定职业发展规划,为科研团队成员提供良好的发展平台和广阔的个人发展空间。

五是生活质量激励。科研创新的劳动常常是无形的、连续的,需要团队成员耗费大量的精力和心血,一些颇有建树的学者由于疲劳过度而英年早逝的例子并不鲜见,引起高校教师对生活质量越来越重视。因此,来自于组织的人文关怀也会对团队成员起到很大的激励作用。应该从爱护团队成员的视角出发,关注他们工作与生活的平衡,关心成员的健康。比如可以安排成员定期体检,在成员遇到困难,特别是家庭困难的时候,给予适当的帮助,或是在办公室放置一些雨伞,供成员使用等。总之。在充满人文关怀的环境工作,一定会增加成员回报团队的责任。

4. 推行民主、公正的内部管理

研究证明,大学创新团队成员对团队管理的满意程度,直接影响到成员在团队内进行知识共享的意愿。当团队成员不能感受到组织良好的管理机制时,对组织的期望产生落差,容易产生心理契约的违背。心理契约只有在公平公正、互惠互利的条件下才能得以建立和维系。一些研究发现,如果员工能够感到自己的组织推行了良好的人力资源管理活动,则更可能认为组织履行了心理契约中的责任(李原,2006)。因此,在日常的领导管理过程中,团队领导层要将公平、公正作为领导管理的基本原则。报酬分配是否公平、是否合理对员工积极性的影响大于报酬数量的影响。在大学创新团队中,利益分配主要体现为科研经费配置和成果署名方面,对此应该力求公平。由于对公平的感知是主观的,为使成员主观的感知能够尽可能地与客观事实相符,实行民主的管理方式非常重要。如在重大决策和敏感型决策时,组织成员开展讨论,充分征求大家的意见,并授权给团队成员完成相关工作,这实际是在让成员进行自主管理,就会减少成员对公平判断的错误性。而且,参与重大课题的科研与决策的过程是给予团队成员的最大信任和尊重。另外,大学创新团队成员是在合作的基础上产出的创新成果,应该按照贡献的大小对成果进行公正的署名。这样不仅可以满足团队成员希望得到认可和尊重的需要,还有利于成员对公平的正确感知。

随着国家对大学科研创新团队的重视程度不断增加,对优秀人才的竞争非常激烈,如何留住优秀人才是每个团队面临的一项艰巨任务。增强民主化管理,强化参与式管理,能够增加成员对组织的归属感,使人的重要性得到最大程度的体现。当人的重要性得到认可,就会激起成员内心工作的热情,从而提高工作效率,取得良好的工作绩效。如,在做决策的时候,团队充分征集成员的意见,不仅可以使制定出的方案更加完善,而且在执行过程中也会获得成员的更大支持。

根据对心理契约和知识共享差异化分析的结果,发现在管理过程中还应特别注意对年轻成员和新成员的尊重和爱护。在心理上与学术骨干同等看待,注意给他们创造发挥专长的机会,关心他们的成长和生活,善于倾听他们的意见和建议等。

5. 建立通畅的沟通机制

良好的组织沟通是十分必要的。没有沟通,团队与成员就难以明确双方的目标和利益追求,就难以明确双方的责任和义务,共同愿景、共同价值观、心理契约的构建只能是一句空话,组织目标就不能实现。

从科学分层的角度看,大学创新团队内部是具有复杂的学术等级结构的。没有沟通,团队就不会存在。只有通过人与人之间的思想的传递才能使信息和观点得到交流。这种心理情感上的相互作用是客观存在的,高校科研团队就应注重营造相互尊重的科研氛围,使团队成员之间可以进行良好的沟通,如,举办一些生日聚会、野外郊游等活动,重视人际关系的激励作用。

知识的共享必定是通过某种沟通渠道、平台产生的。知识拥有者通过开放、有效地沟通,将自己所掌握的知识传递给其他成员,经过知识的多重转换,产生新的知识。团队只有为其成员提供内部有效的沟通,才能将分散在团队成员头脑中的零散的知识进行整合,从而发挥集体的智慧与优势,提高团队的创新能力,共同实现组织的目标。构建开放式沟通机制,在提高知识转换效率的同时,还能增加成员之间的联系,培养和谐的人际关系,从而一定程度上克服了知识共享的心理障碍。

尤其是当团队的目标实现出现困难和外部环境变化时,成员的内心期望与现实可能产生落差,易于引起团队成员心中的猜疑。因此,这时团队负责人应更主动与团队成员进行交流和沟通,以削弱或消除团队成员的相关猜测。因此,高校科研团队可以不定期的进行聚会,如野外素质拓展活动、学术交流活动等等,使团队成员之间能够进行良好的沟通,增强团队的凝聚力和活力,让团队成员拥有自我表达的权力和机会,逐步建立起团队成员的归属感和荣誉感,促进高校科研团队心理契约的构建和维系。

另外,除了正式沟通外,还要注意非正式沟通。在非正式关系网络中,隐性知识更容易被分享(Tsai,2002)。因此,设置便于成员讨论的工作环境,比如举办经验交流会、午餐会、茶会、年会、沙龙等活动,充分利用会谈室、休息室、咖啡屋等设施,让成员能够在轻松的环境下进行知识的分享。还可以在网络平台上建设团队数据库和论坛区,在论坛中,团队内部的成员可以分享自己的经验、对问题的看法,或是吸收他人的工作技巧、窍门等,增加知识的转化频率。

总之,只有通过充分有效的沟通,才能将在科学研究上相互联系的科研成员组织到一个团体,最大程度的发挥个人的潜能,实现内部通力协作,产生集聚效应。

此外,应该加强科研团队成员人际关系技能的培养和培训。

6. 建立隐性知识保护与知识共享互动机制

本研究提出的大学创新团队知识共享更重要的是隐性知识的共享。对于大学创新团队这种知识密集型组织，成员尤为看重知识产权的价值以及由此而带来的声誉和地位。因此，应该对成员拿出来与他人分享的隐性知识予以保护，以促进知识共享。

隐性知识保护机制是对内部成员所拥有的可以显性化并且能够分享的那部分知识进行保护的方法和手段。当隐性知识的拥有者将自己所拥有的某种隐性知识加以总结并在团队内与其他成员共享而产生成果时，团队可采取建立团队内部的知识所有权制度加以鼓励。内部知识所有权可与科研经费、成果署名等挂钩。隐性知识保护机制的特点是一方面只有通过隐性知识共享，保护机制才起作用，另一方面只有在团队成员之间的知识具有一定程度的复杂和差异性时，隐性知识保护机制的作用才会由于共享之后易于产生创新成果而更加明显。这时，隐性知识保护与知识共享二者之间属于一种互动的关系。具体表现在：一方面知识共享对隐性知识保护机制有促进作用，隐性知识是高校科研团队创新的源头，这一源头必须首先通过人与人之间的知识共享而表现出来，之后才能谈到对其的保护，所以隐性知识保护机制作用的发挥必须以知识共享作为先决条件。而且高校科研团队内部在知识共享的过程中会随着内外环境等因素的变化而不断地产生新的思想和知识，这必然会对隐性知识保护机制的相关内容、措施等各方面有所丰富和完善。另一方面隐性知识保护机制对知识共享有重要意义，隐性知识保护机制，不仅可以有效地对团队个人的学术成果和科研诀窍进行保护，有效激励个人发展、抑制人才和知识的流失，还可以有效克服来自高校科研团队成员心理上的知识共享障碍，更重要的是能够从制度上保障和促进知识共享，降低知识共享的成本。从隐性知识保护的角度对团队成员进行激励十分重要，企业关于知识产权等的经验可以借鉴，具体可以采用成果署名、知识专利、增发奖酬（科研经费）、职务晋升等激励措施。

第七章 研究结论与展望

一、研究结论

近年来,在国家政策的导向和支持下,大学创新团队发展迅速,已经成为大学最有生机和活力的科技创新生长点和高层次创新型人才成长的沃土。在国家科技创新体系中发挥着不可或缺的重要作用。但是,目前关于大学创新团队的研究还不足,大学创新团队建设和发展过程中还有许多问题亟待理论的指导。本文从人力资源管理与知识管理相结合的视角,把大学创新团队成员的心理契约和大学创新团队的知识共享这两个在大学创新团队理论体系中亟待研究的问题联系起来,探索心理契约对知识共享的影响规律。本文经过理论研究和实证研究,得出以下主要结论。

(1)以合作互动关系作为组织环境背景,研究了大学创新团队成员心理契约的内容和结构,基于社会交换理论和公平理论,揭示了心理契约的团队责任和成员责任的内部关系。

本文从狭义的心理契约定义出发,结合大学创新团队的特点,对大学创新团队成员心理契约的概念进行了界定。指出大学创新团队成员心理契约是在团队合作微观环境下的成员对"团队对成员的责任"(团队责任)和"成员对团队的责任"(成员责任)的主观感知。基于社会交换理论和公平理论,对团队责任和成员责任的结构维度和内部关系进行了理论分析,并进行了实证检验。实证研究表明,大学创新团队成员心理契约的团队责任包括三个维度,分别是达成绩效、支持发展和关心生活;大学创新团队成员心理契约的成员责任也由三个维度构成,分别是团队维护、主动奉献和遵守规范。

在大学创新团队成员心理契约中,团队责任的履行是首位的,它会影响到成员责任的履行,进而影响到大学创新团队成员心理契约的建立和维系。实证研究表明,在大学创新团队成员心理契约内部,"团队责任"对"成员责任"有正向影响,其中团队责任的三个维度交叉影响到成员责任的三个维度,团队责任的支持发展和达成绩效维度对成员责任的影响非常显著。

对大学创新团队成员心理契约进行个体差异检验的结果表明,性别、年龄、职称和在团队工作年限等不同的个体对心理契约的团队责任和成员责任在各个维度上的感知有程度不同的差别。

(2)分析和总结学者们以往对知识共享含义的理解,结合大学创新团队的特点,对大学创新团队知识共享的概念进行界定,从系统的观点出发,分析了大学创新团队内部知识共享的过程。

本文提出的大学创新团队知识共享专指大学创新团队内部知识共享,是创新团队成员在知识创新目标的指引下,将彼此所具有的潜在知识(他人不了解的显性知识和隐性知识)通过沟通和交流,彼此学习和领悟,丰富成员个体的知识,促进知识的再创造并且形成团队的新知识的活动过程。

由于大学创新团队及其成员的特征和所拥有知识的复杂性,其知识共享的过程是一个复杂的系统过程。该系统输入的原知识,包括个人显性知识、个人隐性知识、团队显性知识和团队隐性知识四部分,这些知识经过知识共享一般过程的16种模式转换之后,输出为在目前和以后的实际科研活动中可以得到应用的新知识,实现科技创新。

在这个系统过程中,还包括知识共享主体的活动过程。知识共享主体活动过程是这一系统过程中的显性因素。由于知识共享不可能自发地进行,所以,知识共享的起点是成员有了知识共享的意愿,再由意愿引发行为,进而达到一定的效果。知识共享意愿和知识共享行为是推动知识转化的外部动力。

（3）借鉴以往相关研究成果和测量量表，从知识共享主体动态活动的视角，开发了知识共享测量量表，对大学创新团队内部知识共享进行了个体差异检验。

大学创新团队知识共享的主体活动过程可以抽象为知识共享意愿→共享行为→共享效果的动态活动过程。经过理论分析和访谈，本文提出，从知识共享主体活动出发对知识共享这一复杂的动态活动过程进行测量是可行的。研究认为，应该从知识共享意愿、知识共享行为、知识共享效果三个维度来考察大学创新团队内部的知识共享。借鉴已有相关量表，结合深度访谈，本文设计了基于三个维度的知识共享测量量表，验证了量表的信度和效度。实证分析表明，在三个维度中，知识共享意愿是首位的，它直接影响知识共享行为，进而影响知识共享效果。

对大学创新团队内部知识共享进行个体差异检验的结果表明，性别、年龄、职称等个体差异对知识共享的不同维度有程度不同的影响，在团队的工作年限对知识共享的影响不显著。

（4）从个体与组织关系的视角分析，选择了组织承诺、团队人际信任、工作满意度三个中介变量，对三个中介变量的结构进行了理论分析和实证检验。

分析已有研究的结论，从个体与组织关系的视角，总结了影响知识共享的主要因素，从保证概念边界清晰和增加实证检验可靠性考虑，选择组织承诺、团队人际信任、工作满意度三个因素作为心理契约对知识共享影响的中介变量。

借鉴现有研究成果，结合大学创新团队的特点，分别对大学创新团队的组织承诺、团队人际信任、工作满意度的结构进行了理论分析；结合访谈，借鉴已有量表，设计了中介变量的测量量表并进行了实证检验。实证分析表明，大学创新团队成员的组织承诺包括情感承诺、规范承诺和继续承诺三个维度；大学创新团队团队人际信任包括情感信任和工作信任两个维度；大学创新团队成员工作满意度包括对工作回报的满意度、对工作群体的满意度和对团队管理的满意度三个维度。检验证明三个中介变量的测量量表具有较好的效度和信度。

（5）分析了心理契约对三个中介变量的影响以及三个中介变量对知识共享的影响，构建了本文的理论假设模型并进行了实证检验。

在借鉴已有研究成果的基础上，结合大学创新团队特点，对大学创新团队成员心理契约的团队责任和成员责任对知识共享的直接影响和间接影响进行了分析和推论，提出了本文研究的一系列假设，构建了心理契约对知识共享影响的理论模型。

对提出的理论模型分别进行了相关分析、回归分析和结构方程模型检验。

将大学创新团队心理契约作为自变量，将组织承诺、团队人际信任、工作满意度作为中介变量，把团队内部知识共享作为因变量，进行各个变量各个维度的相关分析，结果表明所有的相关系数均在 $p < 0.01$ 的水平上达到显著。证明各个变量的各个维度存在相关关系。

依据理论假设，分别进行了心理契约对组织承诺、团队人际信任、工作满意度三个中介变量影响和三个中介变量对知识共享影响的回归分析。分析结果表明，心理契约的团队责任和成员责任对组织承诺都有显著的正向影响；心理契约的团队责任和成员责任对团队人际信任都有显著的正向影响；心理契约的团队责任对工作满意度有显著的正向影响，但成员责任对工作满意度的影响不显著。说明团队成员工作满意度主要来源于团队责任的履行。回归分析还表明，组织承诺、团队人际信任、工作满意度对知识共享都有显著的正向影响。

采用结构方程模型技术，对理论假设模型进行检验的结果表明，大学创新团队成员心理契约对知识共享存在正向影响。在假设没有中介变量的情况下，团队责任和成员责任均对知识共享有显著的正向影响。在存在中介变量的情况下，心理契约的团队责任和成员责任对知识共享的直接影响都不显著，主要是通过中介变量对知识共享产生间接影响。其中成员责任通过团队人际信任和组织承诺影响知识共享；团队责任对知识共享的影响分两条路径，一条路径是团队责任通过工作满意度影响知识共享；另一条路径是团队责任影响成员责任，成员责任再通过团人际信任和组织承诺影响知识共享。经过计算，心理契约的成员责任对知识共享的影响效果为 0.611，心理契约的团队责任对知识共享的影响效果为 0.629，说明心理契约中团队责任对知识共享的影响效果强于成员责任对知识共享的影响。

（6）运用结构方程模型，详细分析了心理契约的团队责任和成员责任对知识共享的影响路径。

团队责任通过工作满意度对知识共享影响的路径表明，心理契约的团队责任的三个维度分别对工作满意度的工作回报满意度和团队管理满意度有明显正向影响，对工作群体满意度影响不明显。其中团队责任的支持发展对工作回报满意度的影响明显高于关心生活；达成绩效维度对团队管理满意度的影响最强。工作满意度的工作回报满意度和团队管理满意度两个维度均对知识共享意愿有正向影响，其中工作回报满意度的影响更强。

成员责任通过组织承诺对知识共享影响的路径检验表明，心理契约的成员责任的团队维护和主动奉献两个维度对组织承诺的情感承诺有正向影响；成员责任的遵守规范对规范承诺有明显的正向影响。成员责任的三个维度对组织承诺的继续承诺的影响不明显。组织承诺的规范承诺和情感承诺对知识共享意愿有明显影响。

成员责任通过团队人际信任对知识共享影响的路径检验表明，心理契约的成员责任的三个维度分别对团队人际信任有正向影响。成员责任的团队维护对团队情感信任有明显正向影响，成员责任的主动奉献对团队工作信任的影响较大。团队人际信任的两个维度对知识共享意愿的影响都很显著，且工作信任的影响大于情感信任。

（7）根据实证分析得出的结论，结合大学创新团队的特点，提出了构建和维系大学创新团队心理契约，促进大学创新团队知识共享的管理建议。

研究表明，大学创新团队成员心理契约对知识共享的影响是确切的，且团队责任的履行是首位的。因此，应采取建立团队的共同愿景，塑造强劲的团队文化，建立科学的激励机制，推行民主、公正的内部管理，建立通畅的沟通机制,建立隐性知识保护与知识共享互动机制等积极的管理对策,建立和维系大学创新团队成员心理契约,促进团队内部的知识共享。

二、研究的创新点

(1)从知识转化的内在过程和知识共享外部实现机制相结合的视角,构建了大学创新团队知识共享系统过程模型,揭示了大学创新团队内部知识共享的一般规律。

大学创新团队知识共享是一个复杂的活动过程。本文将大学创新团队内部知识共享作为一个系统过程来考察,分析了大学创新团队内部知识共享的知识场的特点,从知识共享的知识转化内在过程和外在机制相结合的视角,对大学创新团队内部个体与个体、个体与组织两个层面的知识共享过程进行一般规律的探索。首先,对大学创新团队内部知识共享的"知识场"进行了分析,发现大学创新团队的知识场的主要特点是强度高、变化快,过程复杂。其次,对大学创新团队知识共享系统过程模型进行了构建和解析,阐释了大学创新团队知识共享的一般规律。知识共享是一个系统过程,在这个系统过程中,包括知识转换(客体活动)过程和人与人之间的互动(主体活动)过程,知识共享系统过程模型中的各种知识转换的内在过程和外在主体活动方式分为 16 种模式,知识共享主体的知识共享意愿和知识共享行为是推动知识转化的外部动力。这是大学创新团队知识共享的一般过程。事实上,在大学创新团队内部个体与个体之间、个体与团队之间存在着非常复杂的相互知识共享过程,实际的知识共享过程,是若干种知识共享模式同时存在、相互影响、交互渗透的过程。

(2)从知识共享主体动态活动的视角,开发了知识共享测量量表。

对知识共享的测量一直是理论和实践中的一个难点。本文研究认为,从知识转换的客体活动视角来测量知识共享是行不通的,因为知识特别是隐性知识本身难以定量考察。因此,本文从系统的观点出发,将知识共享的客体活动与主体活动结合起来,通过可以感知和观察到的知识共享系统过程中的显性因素——主体活动来测量隐藏于系统中难以观测的复杂的知识共享过程。分析认为,知识共享主体活动的起点应该是知识共享意愿,进而引发行为,产生效果。应该从知识共享意愿、知识共享行为、知识共享效果三个维度来考察大学创新团队内部的知识共享。但是,这一主体活动过程的每一个步骤相对前一个步骤都具有一定的滞后性,因此,在进行知识共享测量题目设计时,应该选择相对稳定的时期值而不是时点值进行测量。本文设计了基于三个维度的知识共享测量量表,验证了量表的效度和信度。证明开发的知识共享测量量表可以实际运用。本研究使复杂问题简明化,更易于实际操作。

(3)构建了大学创新团队成员心理契约对团队内部知识共享影响的理论模型并进行了实证检验,总结了大学创新团队成员心理契约对团队内部知识共享影响的作用机理。

首先,基于以往学者的研究,结合大学创新团队特点,本文分析认为,影响知识共享的主体因素、客体因素、环境因素等的共同作用结果最终会体现在个体与组织关系中,因此,大学创新团队成员与团队的关系对其知识共享的影响更大、更直接。

其次,从个体与组织关系的视角对中介变量进行筛选,选择了组织承诺、团队人际信任、工作满意度三个中介变量。分别对成员心理契约对中介变量的影响和中介变量对知识共享的影响进行了理论分析,构建了理论假设模型。

第三,对成员心理契约、组织承诺、团队人际信任、工作满意度和知识共享分别进行了结构检验和量表设计与开发。

最后,运用相关分析、回归分析、结构方程模型检验等技术对理论假设模型进行了检验。

研究证明,在假设中介变量不存在的情况下,大学创新团队成员心理契约对团队内部的知识共享具有直接正向影响。在一般情况下,大学创新团队成员心理契约主要通过组织承诺、团队人际信任、工作满意度等三个中介变量对团队内部的知识共享产生正向影响,其中心理契约的团队责任对知识共享的影响强于成员责任。

三、研究的局限性与研究展望

在本文的研究过程中,还存在一些不足有待于今后进一步完善。同时,也发现了一些新的研究问题有待于在以后的研究中进行深入探讨。

(1)中介变量的选择有限。在中介变量的选择过程中,为了保持各个变量的边界清晰,同时,为了避免整合模型进行结构方程分析时涉及的变量和因子过多,影响结论的可靠性,本文研究大学创新团队成员心理契约对知识共享的影响时,只选择了组织承诺、工作满意度、团队人际信任三个因素作为中介变量。对中介变量的取舍只做了理论分析,没有通过实证的检验。从个体与组织关系的视角来看,组织公民行为、工作参与等因素也有可能成为中介变量,有待于今后补充这些方面的实证研究。

(2)调研存在局限性。由于受时间,经费等客观因素的限制,本文的调查的范围还局限于 985 高校。主要在大连理工大学开展了实地调研,对外地大学创新团队的调研主要采取了电子邮件的形式,回收的有效问卷大连理工大学占大半,使得问卷结构不尽合理。这些对问卷的代表性、有效性和回收率产生了一定影响。另外,由于受到有效样本数量的限制,降低了对所有变量的各个维度的整合模型的影响路径进行结构方程检验的可靠性,所以,本文只是分别做了成员责任和团队责任的各个维度分别通过中介变量的各个维度对知识共享的各个维度的影响路径检验。以上这些问题,有待于以后的研究中加以改进。

(3)本文假设在大学创新团队成员心理契约存在的条件下,从正面研究了心理契约对知识共享的影响。由于心理契约和知识共享均具有动态性,很可能会出现心理契约违背的现象。那么,心理契约违背会不会对知识共享产生影响,会产生怎样的影响？因此,今后还应该从相反的方面研究心理契约违背对知识共享的影响,以更全面准确的把握心理契约与知识共享之间的互动规律。

(4)为了方便实证研究,本文依照狭义的心理契约定义,单方面研究了成员心理契约对知识共享的影响。按照广义心理契约的定义,还存在对应于成员心理契约的组织心理契约。成员心理契约的感知主体是成员个体,而组织心理契约的感知主体是组织的物化代表。由于感知主体不同,成员心理契约与组织心理契约之间很可能存在差异。如何判定组织心理契约及其与成员心理契约产生的差异对知识共享的影响,是非常值得以后继续研究的一个问题。

参考文献

1. Adler P. S. (2002). Market hierarchy and trust The Knowledge Economy and the Future of Capitalism [A]. In C W CHOO. NBONTIS (Eds), The strategic management of intellectual capital and organizational knowledge [C]. New York: Oxford University Press.

2. Alavi M. (2000). "Managing Organizational Knowledge" in Framing the Domains of IT Management Research Glimpsing the Future through the Past [M]. R. W. Zmud(ed), Pinnaflex Educational Resources Cincinnati OH.

3. Alexandre A. (2008). Learning and Knowledge Sharing in Virtual Communities of Practice: Motivators, Barriers, and Enablers [J]. Advances in Developing Human Resources, (4), 541 – 554.

4. Allen N. J. & Meyer J. P. (1990). The Measurement and Antecedents of Affective, Continuance and Normative Commitment [J]. Journal of Occupational Psychology, 63, 1 – 18.

5. Anderson N. & Schalk R. (1998). The Psychological Contract in Retrospect and Prospect [J]. Journal of Organizational Behavior, 19(5), 637 – 647.

6. Antal A. B., Richebé N. A. (2009). Passion for Giving, a Passion for Sharing: Understanding Knowledge Sharing as Gift Exchange in Academia [J]. Journal of Management Inquiry, (1), 78 – 95.

7. Argote L.. (1999). Organizational Learning: Creating, Retaining and Transferring Knowledge [M]. Norwell: Kluwer.

8. Argyris C. . (1960). Understanding Organizational Behavior[M]. London：Tavistock Publications.

9. Bartol K. M. . & Srivastava. (2002). Encouraging Knowledge Sharing：the Role of Organizational Reward Systems[J]. Journal of Leadership and Organization Studies,9(1),64 – 761.

10. Becker H. S. . (1960). Notes on the Concept of Commitment[J]. American Journal of sociology,66,32 – 40.

11. Berry & Lilly M. . (1997). Psychology at Work[M]. San Francisco：McGraw Hill Companies.

12. Blum M. L. & Naylor J. C. (1968). Industrial Psychology：Its Theoretical and Social Foundations[M]. New York：Harper & Row.

13. Bostrom B. P. . (1989). Successful Application of Communication Techniques to Improve the Systems Development Process[J]. Information & Management,16 (5),275 – 279.

14. Brayfield A. H. & Crockett W. H. . (1955). Employee Attitudes and Employee performance[J]. Psychological Bulletin,(52),396 – 424.

15. Brown S. P. & Leigh T. W. . (1996). A New Look at Psychological Climate and its Relationship to Job Involvement, Effort, and Performance[J]. Journal of Applied Psychology,81(4),358 – 368.

16. Campbell J. P. ,et al. (1970). Managerial Behavior Performance and Effectiveness[M]. New York：McGraw – Hill.

17. Choi S. Y. ,Kang Y. S. ,Lee H. . (2008). The Effects of Socio – technical Enablers on Knowledge Sharing：an Exploratory Examination[J]. Journal of Information Science,2008(5),742 – 754.

18. Chiu C. ,Hsu M. & Wang E. . (2006). Understanding Knowledge Sharing in Virtual Communities：An Integration of Social Capital and Social Cognitive Theories[J]. Decision Support System,42(3),1872 – 1888.

19. Chowdhury S. . (2005). The Role of Affect – and Cognition – based Trust in

Complex Knowledge Sharing[J]. Journal of Managerial Issues,7(3),310 – 326.

20. Colquitt J. A.. (2001). On the Dimensionality of Organizational Justice: A Construct Validation of a Measure[J]. Journal of Applied Psychology,(86), 386 – 400.

21. Connelly C. & Kelloway E.. (2004). Predictors of Employees´Perceptions of Knowledge Sharing Cultures[J]. Leadership and Organization Development Journal ,24(5 /6),294 – 301.

22. Cynthia D. F.. (2003). Why do Lay People Believe that Satisfaction and Performance are Correlated? Possible Sources of a Commonsense Theory [J]. Journul of Organizational Behavior,24,753 – 777.

23. Davenport T. H.. (1994). Saving Its Soul: Human – centered Information Management[J]. Harvard Business Review:119 – 131.

24. Davenport T. H. & Prusak L.. (1998). Working knowledge: How organiza-tions manage what they know[M]. Cambridge,MA:Harvard Business School Press.

25. David Constant,Kiesler Sara & Lee Sproull. (1994). What´s Mine Is Ours, or Is It? A Study of Attitudes about Information Sharing [J]. Information Systems Research,5(4),400 – 421.

26. Dell C. S. & Grayson C. J.. (1998). If We Know What We Know: the Transfer of Internal Knowledge and Best Practice. New York Free Press.

27. Dunahee M. J. & Wangler L. A.. (1974). The Psychological Contract: a Conceptual Structure for Management/Employee Relations [J]. Personel Journal,53,518 – 526.

28. Dwyer F. R. & Schur R. P.. (1987). Developing Buyer – seller Relation-ships[J]. Journal of Marketing,51(4),11 – 27.

29. Ferris K. & Aranya N.. (1983) A Comparison of Two Organizational Com-mitment Scales[J]. Personnel Psychology,36,87 – 98.

30. Ford D.. (2001). "Trust and Knowledge Management: The Key to Success. Queen's KBE Centre for Knowledge – Based Enter Prises Working Paper, 1 – 8.

31. Garavelli A. C. , Gorgoglione M. & Scozzi B.. (2002). Managing Knowledge Transfer by Konwlegde Technologies[J]. Technovation Journal, 22 (5) , 269 – 279.

32. Gartner. (1998). Group Knowledge Management Scenario. Conference Presentation Stamford, CN.

33. Gee W. B. & Young G. K.. (2002). Break the Myths of Rewards, An Exploratory Study of Attitudes about Knowledge Sharing[J]. Information Resources Management Journal, 15(2), 14 – 21.

34. Gilbert M. & Cordey – Hayes M.. (1996). Understanding the Process of Knowledge Transfer to Achieve Successful Technological Innovation [J]. Technovation , 16(6) , 301 – 312.

35. Guest E. D.. (1998). On Meaning, Metaphor and Psychological Contract: A Response to Rousseau[J]. Journal of Organizational Behavior, 19, 673 – 677.

36. Hayek F. A.. (1948). Individualism and Economic Order[M]. Chicago: University of Chicago Press.

37. Hedlund Gunnar. (1994). A Model of Knowledge Management and the N – Form Corporation[J]. Strategy Management Journal, (15) , 73 – 90.

38. Hendriks. (1999). Why Sharing Knowledge? The Influence of ICT on the Motivation for Knowledge Sharing [J]. Knowledge and Process Management, 6(2), 91 – 100.

39. Herriot P.. (1997). The Content of the Psychological Contract[J]. British Journal of Managemengt, (8) , 151 – 162.

40. Herriot P. & Pemberton C.. (1995). Contracting Careers[J]. Human Relations, 49, 757 – 790.

41. Hidding G. J. & Catterall S. M.. (1998). Anatomy of a Learning Organization: Turning Knowledge into Capital at Anderson [J]. Knowledge and Process Management,5(1),3 – 13.

42. Hiltrop N.. (1995). The Psychological Contract in Retrospect and Prospect [J]. Journal of organizational behavior,19,637 – 647.

43. Hinds P. J. & Pfeffer J.. (2001). Why Organizations don,t "Know What They Know": Cognitive and Motivational Factors Affecting the Transfer of Expertise[C]. Stanford, CA: Stanford University.

44. Hippel E.. (1998). Economics of Product Development by Users:The Impact of "Sticky" Local Information[J]. Management Science,5,629 – 644.

45. Hochwarter,Wayne A., Witt L. A., et al. (2000). Michele Perceptions of Organizational Politics as a Moderator of the Relationship Between Conscientiousness and Job Performance[J]. Journal of Applied Psychology,5(3), 472 – 478.

46. Holsapple C. W. & Singh M.. (2001). The Knowledge Chain Model: Activties for Competitiveness[J]. Expert Systems with Applications,20,77 – 98.

47. Holtshouse D.. (1998). Knowledge Research Issues[J]. California Management Review,40(3),277 – 280.

48. Hooff B. V. & Ridder J. A.. (2004). Knowledge Sharing in Context: the Influence of Organizational Commitment, Communication Climate and CMC Use on Knowledge Sharing [J]. Journal of Knowledge Management,8(6), 117 – 130.

49. Hooff B. V. & Weenen F. L.. (2004). Committed to Share: Commitment and CMC Use as Antecedents of Knowledge Sharing[J]. Knowledge and Process Management,11(1),13 – 24.

50. Hoppock R.. (1935). Job Satisfaction [M]. New York: Harper&Brother Publishers.

51. Hu L. & Bentler P. M.. (1995). Evaluating Model Fit. In: Hoyle R H ed. Structural Equation Modeling Concepts, Issues, and Applications[M]. Thousand Oaks, CA: Sage.

52. Hu L. & Bentler P. M.. (1998). Fit Indices in Covariance Structure Modeling: Sensitivity to under Parameterized Model Misspecification[J]. Psychological Methods, (3), 424 – 453.

53. Huber G.. (1991). Organizational learning: The Contributing Processes and the Literatures[J]. Organization Science, 2(1), 88 – 115.

54. Irving P. G., Coleman D. F. & Cooper C. L.. (1997). Further Assessments of a Three – component Model of Occupational Commitment: Generalize Ability and Differences Across Occupations[J], Journal of Applied Psychology, 82(3), 444 – 452.

55. Jones S.. (2002). Employee Rights, Employee Responsibilities and Knowledge Sharing in Intelligent Organization[J]. Employee Responsibilities and Right Journal, 14(2 – 3), 69 – 78.

56. Judge T. A., Thoresen C. J., Bono J. E. & Patton G. K.. (2001). The Job Satisfaction – job Performance Relationship: A Qualitative and Quantitative Review[J]. Psychological Bulletin, 127(3), 376 – 407.

57. Kanter R. M.. (1968). Commitment and Social Organization: A Study of Commitment Mechanisms in Utopian Communities[J]. American Sociological Review, 33(4), 499 – 517.

58. Kathryn M. B. & Abhishek S.. (2002). Encouraging Knowledge Sharing: the Role of Organizational Reward Systems[J]. Journal of Leadership and Organizational Studies, 9(1), 64 – 76.

59. Kickul J. & Lester S. W.. (2001). Broken Promises: Equity Sensitivity as a Moderator Between Psychological Contract Breach and Employee Attitudes and Behavior[J]. Journal of Business and Psychology, 16, 191 – 217.

60. King A. & Zeithaml C.. (2003). Measuring Organizational Knowledge: a

Conceptual and Methodological Framework[J]. Strategic Management Journal,24,763 - 772.

61. King W. & Marks P.. (2005). Motivating Knowledge Sharing Through a Knowledge Management System[J]. The International Journal of Management Science,36(1),131 - 146.

62. Kishton J. M. & Widaman K. F.. (1994). Unidimensional Versus Domain Representative Parceling of Questionnaire Items: An Empirical Example [J]. Educational & Psychological Measurement,54(3),757 - 765.

63. Kochikar V. P. & Suresh J. K.. (2004). Towards a Knowledge - sharing Organization:Some Challenges Faced on the Infosys journey[R]. India: Infosys Technologies Limited.

64. Ko J. W. ,Price J. L. & Mueller C. W.. (1997). Assessment of Myer and Allen's Three - Component model of organizational commitment in South Korea[J]. Journal of Applied Psychology,82(6),961 -973.

65. Kotter J. P.. (1973). The Psychological Contract[J]. California Management Review,15(3),91 -99.

66. Kwan M. & Cheung P.. (2006). The Knowledge Transfer Process: From Field Studies to Technology Development [J]. Journal of Database Management, (17),16 -32.

67. Larry & Stella. (1991). Performance Management, Job Satisfaction and Organizational commitment[J], British Journal of Management,7(2),169 - 179.

68. Lee C. & Tinsley C. H.. (1999). Examining Degree of Balance and Level of Obligation in the Employment Relationship: A Social Exchange Approach [J]. Journal of Organizational Behavior, (19),731 -744.

69. Levinson H. ,Price C. R. ,Munden K. J. ,et al. (1962). Management and Mental Health[M]. Cambridge: Harvard University Press.

70. Lin H. F. & Lee G. G.. (2004). Perceptions of Seniormanagers toward

Knowledge – sharing Behavior[J]. Management Decision,42,108 – 125.

71. Locke E. A.. (1976). The Nature and Causes of Job Satisfaction. ln M. D. Dunnette (Ed), The Handbook of Industrial and Organizational Psychology [M]. Chicago, II: Rand McNally.

72. Maccallum R. C., Browne M. & Sugawara H.. (1996). Power Analysis and Determination of Sample Size for Covariance Structure Modeling[J]. Psychological Methods,1,130 – 149.

73. Macneil. (1985). Relational contract: What We Do and We do not Know [J]. Wisconsinsin Law Revives,(3),482 – 524.

74. Makela K. ,Kalla H. K. & Piekkari R.. (2006). Interpersonal Similarity as a Driver of Knowledge Sharing within Multinational Corporations[J]. International Business Review,11,1 – 22.

75. Mavondo F. T. & Mark A. F.. (2000). Market Orientation: Measure Invariance: Consumer and Business Marketers[J]. Australian Journal of Management,25(2),223 – 244.

76. Mayer R. C. ,Davis J. H. & Schoolman F. D.. (1995). An Integrative Model of Organizational Trust[J]. Academy Management Review,20(3),709 – 734.

77. Mcallister D. J.. (1995). Affect and Cognition – based Trust as Foundations for Interpersonal Cooperation in Organization [J]. Academy of Management Journal,38,24 – 59.

78. Meyer J. P. ,Allen N. J. & Smith C. A.. (1993). Commitment To Organizations and Occupations: Extension and Test of a Three – component Conceptualization[J]. Journal of Applied Psychology,78,538 – 551.

79. Millward L. J. & Hopkins L. J.. (1998). Psychological Contracts, Organizational and Job Commitment. Journal of Applied Social Psychology,28(16), 1530 – 1556.

80. Morris J. H. & Sherman J. D.. (1981). Generalizability of an Organization-

al Commitment Model[J]. Academy of Management Journal,24,512 – 526.

81. Morrison E. W. & Robinson S. L. . (1997). When Employees Feel betrayed: a Model of How Psychological Contract Violation Developed[J]. Academy of Management Review,(22),226 – 256.

82. Mowday R. T. ,Porter L. W. & Steers R. M. . (1982). Employee – organization Linkage: The Psychology of Commitment, Absenteeism, and Turnover [M]. New York: Academic Press.

83. Nahapiet J. & Ghoshal S. . (1998). Social Capital, Intellectual Capital, and the Organizational Advantage [J]. The Academy of Management Review,23(2),242 – 266.

84. Nonaka. & Akeuchih. . (1995). The Knowledge – creating Company[M]. New York: Oxford University Press.

85. Nunnally J. C. . (1978). Psychometric Theory [M]. New York: McGraw Hill.

86. O'Reilly C. A. & Chatman J. . (1986). Organizational Commitment and Psychological Attachment;The Effects of Compliance, Identification, and Internalization on Prosocial Behavior[J]. Journal of Applied Psychology,71,492 – 499.

87. Paul E. (1997). Spector,Job Satisfaction: Application, Assessment, Cause and Consequences [M]. Thousand Oaks, Calif. : Sage Publications.

88. Pinder C. C. . (1998). Work Motivation in Organizational Behavior[M]. Upper Saddle River,NJ: Prentice Hall.

89. Porter & Mowday. (1974). Organizational Commitment, Job Satisfaction, and Turnover among Psysichiatric Technicians[J]. Journal of Applied Psychology,59,603 – 609.

90. Porter L. W. ,PEARCE J L,TRIPOLI A M, et al. (1998). Differential Perceptions of Employers' Inducements: Implications for Psychological Contracts [J]. Journal of Organizational Behavior,19,769 – 782.

91. Portor L. W. & Steers R. M. . (1974). Organizational Commitment, Job Satisfaction, and Turnover among Psychiatric Technicians[J]. Journal of Applied Psychology, (59), 603 - 609.

92. Powell W. W. , Koput W. & Smithdoerr I. . (1996). Inter Organizational Collaboration and the Locus of Innovation Networks of Learning in Biotechnology[J]. Administrative Science Quarterly, 41(1), 116 - 146.

93. Prescott C. & Ensign. (1997). Innovation in the Multinational Firm with Globally Dispersed R&D: Technological Knowledge Utilization and Accumulation [J]. The Journal of High Technology Management Research, 10(2), 217 - 232.

94. Quinn J. , Brain J. , Anderson P. , et al. (1996). Leveraging Intellect[J]. Academy of Management Executive, 10(3), 7 - 26.

95. Quinn J. B. , Erson P. & Finkelstein S. . (1996). Managing Professional Intellect Making the Most of the Best[J]. Harvard Business Review, (2), 71 - 80.

96. Reichers A. E. . (1987). An Interactionist Perspective on Newcomer Socialization Rates[J]. Academy of Management Review, (12), 278 - 287.

97. Renise, Rousseau, Sim, et al. (1998). Not so Different After All: a Across - Discipline View of Trust[J]. Academy of Management Review, 23 (3), 393 - 404.

98. Richard T. M. , Richard M. S. & Lyman W. P. . (1979). The Measurement of Organizational Commitment[J]. Journal of Vocational Behavior, (14), 224 - 247.

99. Robinson S. L. . (1996). Trust and Breach of the Psychological Contract [J]. Administrative Science Quarterly, 41, 574 - 599.

100. Robinson S. , Kraatz & Rousseau D. . (1994). Changing Obligations and Psychological Contract: A Longitudinal Study[J]. Academy of Management Journal, (37), 137 - 152.

100. Robinson S. L. & Morrison E. W.. (1995). Psychological Contracts and OCB:The Effect of Unfulfilled Obligations on Civic Virtue Behavior[J]. Journal of Organizational Behavior,16,289 - 298.

102. Robinson S. L. & Rousseau D. M.. (1994). Violating the Psychological Contract: Not the Exception But the Norm[J]. Journal of Organizational Behavior,15,245 - 259.

103. Robbins S. P.. (1998). Organizational Behavior:Concepts, Controversies, Applications[M]. Upper Saddle River, NJ:Prentice Hal L.

104. Rogers C. R.. (1989). Some Thoughts Regarding the Current Presuppositions of the Behavioral Science [M]. The Carl Rogers Reader. Boston: Houghton Mifflin.

105. Rousseau D. M.. (1995). Psychological Contract in Organizations: Understanding Written and Unwritten Agreements[M]. Thousand Oaks:Sage.

106. Rousseau D. M.. (2000). Perceived Legitimacy and Unilateral Contract Changes[J]. Journal of Organizational Behavior,(4),25 - 29.

107. Rousseau D. M.. (1990). New Hire Perceptions of Their Own and Their Employer's Obligations: A Study of Psychological Contracts [J]. Journal of Organizational Behavior,11,389 - 400.

108. Rousseau D. M.. (1989). Psychological and Implied Contracts in Organizations[J], Employee Responsibilities and Rights Journal, (2),121 - 139.

109. Rousseau D. M. & Tijorimala S. A.. (1999). What's a Good Reason to Change? Motivated Reasoning and Social Accounts in Promoting Organizational Change[J]. Journal of Applied Psychology,84(4),514 - 528.

110. Sandra J.. (2002). Employee Rights, Employee Responsibilities and Knowledge Sharing in Intelligent Organization[J]. Employee Responsibilities and Right Journal,14,2 - 3.

111. Schein E. H.. (1980). Organizational psychology (3rd ed) [M]. New

Jersey: Prentice – Hall.

112. Schleicher D. J., Watt J. D. & Greguras G. J.. (2004). Reexamining the Job Satisfiction – performance Relationship: The Complexity of Attitudes[J]. Journal of Applied Psychology,89(1),165 – 177.

113. Schriesheim C. A. & Cooke D. K.. (1988). The Use of Structural Modeling in Organizational Change and Development Research[J]. Journal of Organizational Change Management,1(1),29 – 42.

114. Schultz D. P.. (1982). Psychology and Industry Today[M]. New York: Macmillan.

115. Senge P.. (1997). Sharing Knowledge [J]. Executive Excellence, 14 (11),17 – 18.

116. Shapiro J. C. & Kessler L.. (2000). Consequences of the Psychological Contract for the Employment Relationship: A Large Scale Survey [J]. Journal of Management Studies,37(7),903 – 930.

117. Sheldon A. & Marian R.. (1987). The Role of Procedural and Distributive Justice in Organizational Behavior[J]. Social Justice Research,1(2), 177 – 198.

118. Sitkn S. B., Rousseau D. M., Burtrs R. S., et al. (1998). Edi – tots of special topic forum on trust in and between organizations[J]. Academy of Management Review,23(3).

119. Smith C., Kendall L. M. & Hulin C. L.. (1969). The Measurement of Satisfaction in Work and Retirement[M]. Chicago: Rand McNally.

120. Standing C. & Benson S.. (2000). Irradiating Intranet Knowledge: The role of the Interface[J]. Journal of Knowledge Management,4(3),244 – 251.

121. Sun P. Y. & Scott J. L.. (2005). An Iinvestigation of Barriers to Knowledge Transfer[J]. Journal of Knowledge Management,9(2),75 – 90.

122. Sveiby K.. (1997). The New Organization Wealth[M]. San Francisco:

Barrett Koehler.

123. Tan M.. (1994). Establishing Mutual Understanding in Systems Design: An Empirical Study [J]. Journal of Management Information Systems, 10 (4), 159 – 182.

124. Taylor W. A. & WRIGHT G H. (2004). Organizational Readiness for Successful Knowledge Sharing: Challenges for Public Sector Managers [J]. Information Resources Management Journal, 17(2), 22 – 37.

125. Thomas H. D. C. & Anderson N.. (1998). Changes in Newcomers' Psychological Contracts during Organizational Socialization: A Study of Recruits Entering the British Army [J]. Journal of Organizational Behavior, 19, 745 – 767.

126. Tsai W.. (2000). Social Capital, Strategic Relatedness and the Formation of Intra Organizational Linkages [J]. Strategic Management Journal, (21), 925 – 939.

127. Tsai W.. (2002). Social Structure of "Coopetition" within a Multiunit Organization: Coordination, Competition, and Intra Organizational Knowledge Sharing [J]. Organization Sciece, 13(2), 178 – 190.

128. Tsui A. S., Pearce J. L. & Porter L. W. (1997). Alternative Approaches to the Employee Organization Relationship: Does Investment in Employees Pay off? [J]. Academy of Management Journal, 40(5), 1089 – 1121.

129. Usman Raja & Gary Johns. (2004). The Impact of Personality on Psychological Contracts [J]. Academy of Management Journal, 47(3), 350 – 367.

130. Wade – Benzoni K. A. & Rousseau D. M.. (1997). Psychological Contract in the Faculty – doctoral Student Relationship. Working Paper.

131. Wiener Y.. (1982). Commitment in Organizations: A Normative View [J]. Academy of Management Review, (7), 418 – 428.

132. Wiess D J, DAWIS RV, ENGLAND B W, et al. (1967). Lofquist, Manual for the Minnesota Satisfaction Questionnaire [M]. Minneapolis Industri-

al Center: Univ. of Minnesota.

133. William H. T. & Daniel C. F.. (1999). A Discrepancy Model of Psychological Contract Violations[J]. Human Resource Management Review, 9 (3),367 -386.

134. William H. T. & Daniel C. F.. (1998). Psychological Contract Violations during Corporate Restructuring[J]. Human Resource Management, 37(1),71 -83.

135. William H. T., Mark C. & Lesterjames M. B.. (2003). The Impact of Psychological Contract Fulfillment on the Performance of In - Role and Organizational Citizenship Behaviors[J]. Journal of Management,29(2),187 -206.

136. William H., Turnley & Daniel C. F.. (2000). Re - examining the Effects of Psychological Contract Violations: Unmet Expectations and Job Dissatisfaction as Mediators[J]. Journal of Organizational Behavior, 21 (1),25 -42.

137. Wright T. A., Bonett D. G. & Sweeney D. A.. (1993). Mental Health and Workperformance: Results of a Longitudinal Field Study[J]. Journal of Occupational and Organizational Psychology,(66),277 -284.

138. Yang B.. (2005). Factor Analysis. In R. A. Swanson & E. F. Holton (eds.), Research in Organizations: Foundations and Methods of Inquiry [M]. San Francisco: Berrett - Koehler Publishers.

139. Zarraga C. & Bonache J.. (2003) Assessing the Team Environment for Knowledge Sharing: An Empirical Analysis[J]. The International Journal of Human Resource Management,14(7),1227 -1245.

140. 比尔·盖茨. (1999). 未来时速:数字神经系统与商务新思维[M]. 北京:北京大学出版社.

141. 彼得·圣吉. (1999). 第五项修炼[M]. 北京:三联书店.

142. 曹威麟,陈文江. (2007). 心理契约研究述评[J]. 管理学报,4(5),682

－687,694.

143. 常运琼,张炜,曹永峰.(2010).基于生命周期理论的地方高校科研团队管理研究[J].科技管理研究,(7):165－167.

144. 陈春花,杨映珊.(2004).科研团队运作管理[M].北京科学出版社.

145. 陈加洲,方俐洛,凌文轮.(2001a).心理契约的测量与评定[J].心理学动态,(3),253－257.

146. 陈加洲,凌文轮,方俐洛.(2001b).组织中的心理契约[J].管理科学学报,4(2),74－78.

147. 陈加洲,凌文轮,方俐洛.(2003).心理契约的内容、维度和类型[J].心理科学进展,(1),437－445.

148. 陈敏,时勘.(2001).工作满意度评价及其在企业诊断中的应用[J].中外管理导报,(10),56－59.

149. 程勉中.(2005).论高等学校的创新团队建设[J].研究与发展管理,17(6),116－122.

150. 初浩楠,廖建桥.(2008).认知和情感信任对知识共享影响的实证研究[J].科技管理研究,(9),238－240.

151. 从海涛,唐元虎.(2007).隐性知识转移、共享的激励机制研究[J].科研管理,(1),34－35.

152. 邓建友,周晓东.(2005).企业文化对知识分享的影响分析[J].科学学与科学技术管理,(9),82－85.

153. 冯伯麟.(1996).教师工作满意及其影响因素的研究[J].教育研究,(2),42－49.

154. 富立友.(2005).基于知识共享的组织文化研究[D].上海:复旦大学.

155. 龚会.(2006).心理契约及其与工作满意度的关系初探.社会心理科学,21(2),69－73.

156. 宫丽华.(2010).地方高校科研创新团队建设的制约因素分析[J].东岳论丛,31(7),64－67.

157. 关培兰,张爱武.(2005).研发人员心理契约的结构、内容和感知现状

[J].武汉大学学报(哲学社会科学版),59(3),366-371.

158.高新亚,邹珊刚.(2000).知识测度的思考[J].自然辩证法研究,16(2),54-57.

159.哈里斯.(2005).构建创新团队——培养与整合高绩效创新团队的战略及方法[M].北京:经济管理出版社.

160.哈维·霍恩斯坦.(2003).获得员工忠诚的3R原则[M].北京:清华大学出版社.

161.韩维贺,李浩,仲秋雁.(2006).知识管理过程测量工具研究:量表开发、提炼和检验[J].中国管理科学,(5),128-136.

162.何铮,蔡兵,顾新.(2008).高校创新团队建设的现状分析与对策[J].科技管理研究,(4),87-89.

163.洪艺敏.(2003).大学的知识管理[J].厦门大学学报(哲学社会科学版),(1),115-121.

164.胡安安,徐瑛,凌鸿.(2007).组织内知识共享的信任模型研究[J].上海管理科学,(1),32-36.

165.胡君辰,杨永康.(2002).组织行为学[M].上海:复旦大学出版社.

166.胡平,刘俊.(2007).心理契约发展与教师职业生涯管理[J].清华大学教育研究,(4),91-97.

167.胡婉丽,汤书昆.(2004).基于研发过程的知识创造和知识转移[J].科学学与科学技术管理,(1),20-23.

168.惠调艳.(2006).研发人员工作满意度与绩效关系实证研究[J].科学学与科学技术管理,(50),145-148,156.

169.简世德,邹树梁.(2005).大学隐形知识共享的主要障碍及疏导策略[J].现代大学教育,(5),98-101.

170.姜文.(2007).知识分享的障碍因素及其对策分析[J].科技管理研究,(3),200-203.

171.蒋跃进.(2002).基于团队的知识共享和知识形成机理研究[J].运筹与管理,(10),151-154.

172. 蒋跃进,梁樑,余雁.(2004).基于团队的知识分享和知识形成机理研究[J].运筹与管理,(5),151-154.

173. 蒋云尔.(2002).论高等学校中的知识管理[J].江苏高教,(4),66-68.

174. 焦锦森,夏新平.(2005).基于知识分享的组织学习有效方式研究[J].河南社会科学,5(3),74-76.

175. 焦燕莉,赵涛.(2008).基于心理契约的高校教师管理策略探讨[J].中国农机化,(3),98-100.

176. 李建宁.(2004).结构方程模型导论[M].合肥:安徽大学出版社.

177. 李军.(2007).基于知识共享的大学组织结构变革[J].高等工程教育研究,(3),74-76,114.

178. 李宁,严进.(2007).组织信任氛围对任务绩效的作用途径[J].心理学报,(60),1111-1121.

179. 李尚群.(2008).创新团队论[D].上海:华中科技大学.

180. 李涛,谢伟,徐彦武.(2004).基于信息技术的组织内知识分享动机研究[J].情报学报,6(3),275-287.

181. 李原.(2006).企业员工的心理契约-概念、理论及实证研究[M].上海:复旦大学出版社.

182. 李原.(2002).员工心理契约的结构和相关因素的研究[D].北京:首都师范大学.

183. 李原,郭德俊.(2006).员工心理契约的结构及其内部关系研究[J].社会学研,(5),151-168,245.

184. 李原,郭德俊.(2002).组织中的心理契约[J].心理科学进展,(10),83-90.

185. 李志宏,朱桃,赖文娣.(2010).高校创新型科研团队隐性知识共享意愿研究[J].科学学研究,28(4),581-590.

186. 李志鹏.(2006).组织支持、心理契约、组织承诺和工作满意度关系研究——从国有商业银行员工留职视角的分析[D].杭州:浙江大学.

187. 梁艳. (2006). 国有企业员工工作满意度与工作绩效关系研究[D]. 成都:西南交通大学.

188. 廖冰,杨秀苔. (2003). 心理契约构建与知识型员工管理[J]. 中国人力资源开发,(8),29-31.

189. 林东清. (2005). 知识管理理论与实践[M]. 北京:电子工业出版社.

190. 凌文辁,张治灿,方俐洛. (2000). 中国职工组织承诺的结构模型研究[J]. 管理科学学报,3(2),76-81.

191. 刘牧. (2006). 心理契约理论与我国高校高水平青年教师培养[J]. 现代教育科学,(1),146-149.

192. 刘耀中. (2006). 基于人力资源管理的大学教师心理契约结构研究[J]. 西北师大学,(6),22-24.

193. 刘佑铭,江克夷,周军. (2008). 营销渠道成员间知识共享体系构建及程度测量——以电信行业为例[J]. 东北大学学报(社会科学版),10(6),489-494.

194. 刘云. (2005). 员工满意度和员工绩效关系实证研究[J]. 重庆工学院学报,19(4),59-62.

195. 刘则渊,韩震. (2003). 知识活动系统与大学知识管理[J]. 大连理工大学学报(社会科学版),24(2),31-35.

196. 柳洲,陈士俊. (2006). 我国科技创新团队建设的问题与对策[J]. 科学管理研究,24(2),92-95.

197. 卢嘉,时堪,杨继锋. (2001). 工作满意度的评价结构和方法[J]. 中国人力资源开发,(1),15-17.

198. 罗志勇. (2003). 知识共享机制研究. 北京:北京图书馆出版社.

199. 马丽波. (2008). 心理契约组织信任与行为之关系[J]. 大连海事大学学报(社会科学),7(6),75-79.

200. 尼考拉斯·莱斯切尔. (1999). 认识经济论[M]. 南昌:江西教育出版社,36-41.

201. 潘素娴. (2006). 大学教师心理契约及其破裂研究[D]. 广东:暨南大

学.

202. 彭川宇. (2008). 知识员工心理契约与其态度行为关系研究[D]. 成都:西南交通大学.

203. 彭泗清. (1999). 信任的建立机制:关系运作与法制手段[J]. 社会学研究,(2),53-66.

204. 乔恩·R&卡曾巴赫. (1999). 团队的智慧[M]. 北京:经济科学出版社.

205. 乔纳森·科尔&斯蒂芬·科尔. (1989). 科学界的社会分层[M]. 赵佳苓等译. 北京:华夏出版社.

206. 芮国强,邱鸣. (2001). 大学知识管理中的观念创新[J]. 江苏高教,(5),25-28.

207. 芮明杰. (2005). 管理学:现代的观点[M]. 上海:人民出版社.

208. 单铭磊. (2007). 大学青年教师心理契约问题研究[J]. 山东省青年管理干部学院学报,(1),29-32.

209. 沈建新. (2004). 高等院校科技创新团队建设研究[J]. 南京航空航天大学学报(社会科学版),6(4),78-81,86.

210. 斯蒂芬·罗宾斯. (1997). 管理学[M]. 北京:中国人民大学出版社.

211. 斯蒂芬·罗宾斯. (2002). 组织行为学[M]. 北京:清华大学出版社.

212. 孙慧中. (2007). 网络组织中知识分享的正负效应[J]. 科学学与科学技术管理,(3),177-178.

213. 苏娜,陈士俊. (2009). 基于自组织理论的科研团队成长机制研究[J]. 科技管理研究,(2),231-233.

214. 唐炎华,石金涛. (2006). 国外知识转移研究综述[J]. 情报科学,24(1),153-160.

215. 陶裕春,解英明. (2008). 高校科研团队知识共享影响因素分析[J]. 科技进步与对策,25(12),5-8.

216. 汪应洛,李勖. (2002). 知识的转移特性研究[J]. 系统工程理论与实践,(10),9-10.

217. 王冰,顾远飞.(2002).簇群的知识共享机制和信任机制[J].外国经济与管理,24(5),2-7.

218. 王冠.(2010).试论高校创新型科研团队建设的制度创新[J].教育研究,(6),73-76.

219. 王怀秋.(2008).团队信任、团队知识共享与团队绩效关系研究[D].杭州:浙江工商大学.

220. 王黎萤,陈劲.(2008).知识型员工心理契约结构和激励机制[J].经济管理,(1),17-21.

221. 王梅.(2007).我国知识型员工工作满意度与心理契约关系实证研究[D].成都:西南财经大学.

222. 王念滨.(2001).基于本体论的知识集成方法及系统实现技术[D].哈尔滨:哈尔滨工业大学.

223. 王庆艳,石金涛.(2006).有效员工社会化的影响因素实证研究[J].管理科学,(12),21-32.

224. 王士红,彭纪生.(2009).学习型组织对于知识共享以及创新的影响研究[J].科学管理研究,27(2),63-67.

225. 王怡然,陈士俊,张海燕,等.(2007).高校科技创新团队的若干理论问题研究[J].科技进步与对策,(8),194-197.

226. 王要武,蔡德章.(2007).基于成员合作的组织有效性建模分析[J].四川大学学报(哲学社会科学版),(5),115-119.

227. 王涌涛,王前,邹媛春.(2010).信任、内部竞争与团队程序性知识共享[J].科学学研究,28(11),1717-1721.

228. 王重鸣.(2001).管理心理学[M].北京:人民教育出版社.

229. 魏峰,张文贤.(2004).国外心理契约理论研究的新进展[J].外国经济与管理,(2),12-16,27.

230. 魏江,王艳.(2004).企业内部知识共享模式研究[J].技术经济与管理研究,(1),68-69.

231. 文鹏,廖建桥.(2008).国外知识共享动机研究述评[J].科学学与科学技术管理,(11),92-96.

232. 吴明隆.(2001).SPSS统计应用实务[M].北京:中国铁道出版社.

233. 吴宗怡,徐联仓.(1998).满意度测量问卷之研制[D].北京:中国科学院心理研究所.

234. 肖旭荟.(2006).心理契约对员工绩效的影响研究[D].长沙:湖南大学.

235. 谢荷锋.(2007).企业员工知识分享中的信任问题实证研究[D].杭州:浙江大学.

236. 熊德勇,和金生.(2004).SECI过程与知识发酵模型[J].研究与发展管理,(2),14-19.

237. 徐高明.(2002).知识共享与创新:高校知识管理的核心[J].江西社会科学,(5),186-188.

238. 闫芬,陈国权.(2002).实施大规模定制中组织知识共享研究[J].管理工程学报,(3),39-44.

239. 严浩仁,贾生华.(2002).试论知识特性与企业知识分享机制[J].研究与发展管理,6(3),16-19.

240. 杨溢.(2003).企业内知识共享与知识创新的实现[J].情报科学,(10),1107-1109.

241. 杨玉浩,龙君伟.(2008).企业员工知识分享行为的结构与测量[J].心理学报,40(3),350-357.

242. 杨振华,施琴芬.(2007).高校隐性知识共享的促进因素与障碍因素分析[J].科技进步与对策,24(1),80-83.

243. 应力,钱省三.(2001).企业内部知识市场的知识交易方式与机制研究[J].上海理工大学学报,23(2),167-170.

244. 余光胜,刘卫,唐郁.(2006).知识属性、情境依赖与默会知识共享条件研究[J].研究与发展管理,18(6),23-29.

245. 余凯成.(1996).关于我国企业职工组织归属感研究[J].中国行为学会学术通讯,(2),1-36.

246. 余利明.(2003)企业知识管理能力问题的研究[D].上海：复旦大学.

247. 郁义鸿.(2002).知识管理与高校竞争力[J].研究与发展管理,14(2),1-4,10.

248. 原长弘,李敬姿,姚缘谊.(2010).高校科研团队知识共享激励：一个理论分析[J].系统管理学报,(2),122-128.

249. 翟雪梅,李长玲.(2006).德尔菲法及其在再创建知识分享型企业中的应用[J].现代情报,9(9),185-190.

250. 曾明,秦璐.(2003).工作满意度研究综述[J].教育学院学报(哲学社会科学版),22(1),101-104.

251. 战培志,廖文和.(2005).企业知识管理中的知识分享建模技术[J].华南理工大学学报(自然科学版),(7),61-66.

252. 张成考,聂茂林.(2004).虚拟团队的知识创新与互动性研究[J].软科学,(5),75-78.

253. 张海燕,等.(2006).基于生命周期理论的高校科研团队影响因素探析[J].科技管理研究,(12),149-152.

254. 张庆普,韩晓玲.(2006).基于行为经济学分析的企业内员工知识共享决策研究[J].经济理论与经济管理,(6),12-16.

255. 张庆普,李志超.(2003).企业隐性知识流动与转化[J].中国软科学,(1),88-92.

256. 张淑华,方华.(2005).企业组织氛围与组织隐性知识共享之关系研究[J].心理科学,28(2),383-387.

257. 张爽,乔坤,汪克夷.(2008).知识共享及其影响因素的实证研究[J].理论与探索,31(4),502-506.

258. 张卫良.(2005).论大学"创新团队"的合规律性建设[J].教育部科学技术委员会专家建议,(11),1-20.

259. 张相林.(2008).长江学者和创新团队发展计划存在的问题与对策探析[J].中国人力资源开发,(2),95-99.

260. 张晓丰,崔伟奇,吕营等.(2005).创建中国高校科技创新体系的对策研究[J].研究与发展管理,17(4),104-105,107-108.

261. 张兴贵,贾玉玺.(2009).西方关于工作满意感与工作绩效关系的研究述评[J].广东外语外贸大学学报,20(2),13-17.

262. 张召刚.(2006).企业知识管理系统中知识分享的激励与约束机制研究[D].合肥:合肥工业大学.

263. 赵慧军.(2006).员工的信任结构与知识共享[J].经济管理,(24),35-40.

264. 赵涛,曾金平.(2005).企业隐性知识流动态扩展模型分析[J].科学学研究,(4),536-539.

265. 赵文平,王安民,徐国华.(2004).组织内部知识共享的机理与对策研究[J].情报科学,(5),517-519.

266. 钟耕深,赵前.(2005).团队组织中知识共享的风险障碍与对策[J].山东社会科学,(7),116-119.

267. 朱明伟,李昊.(2008).组织人力资源管理系统与心理契约匹配关系研究[J].科技管理研究,(2),170-172.

268. 朱晓妹,王重鸣.(2005).中国背景下知识型员工的心理契约结构研究[J].科学学研究,(2),118-122.

269. 朱学红.(2008).研究型大学创新团队心理契约研究[D].长沙:中南大学.

270. 朱学红,胡艳,黄健柏,杨涛.(2006).科技创新团队心理契约的违背与重建[J].预测,(6),14-21.

附录 A　大学创新团队成员心理契约、
知识共享调查问卷(预测试)

尊敬的大学创新团队成员:

您好! 感谢您在百忙之中抽出时间填答本问卷。本问卷旨在了解大学创新团队心理契约、知识共享等方面的状况,获取相应的研究数据用于博士学位论文研究。本调查采用匿名的方式,您的回答会得到严格保密,请您不要有任何顾虑。

电子版问卷请在相应的选项上涂红。回复至 wangll@ dlut. edu. cn。

衷心地感谢您的支持!

大连理工大学管理学院博士生　王丽丽

第一部分　基本情况

请您在合适选项的□内打"√"。

性　　　别:□男　　　□女

年　　　龄:□20~24 岁　□25~29 岁　□30~34 岁　□35~40 岁
　　　　　　□40~45 岁　□455~0 岁　□50 岁以上

职　　　称:□助教　□讲师　□副教授　□教授

政治面貌:□党员　□团员　□群众　□其他_____

学　　　位:□学士　□硕士　□博士　□其他_____

您在团队中属于:□团队负责人　□学术骨干　□博士生　□硕士生
□其他_____

您在该团队的工作时间:□1 年以内　□1~2 年　□2~3 年　□3~5

年　□5 年以上

第二部分　大学创新团队成员心理契约调查

(一)团队责任

请您判断:您的团队实际上或者您相信团队能够履行下列责任和义务的程度,请在相应的选项上打√。

1.非常不同意　2.不太同意　3.一般　4.比较同意　5.完全同意

序号	题目(20)	选项				
1	科研资源配备合理	1	2	3	4	5
2	及时提供有关信息	1	2	3	4	5
3	提供明确的总目标和分目标	1	2	3	4	5
4	提供富有挑战性的工作	1	2	3	4	5
5	团队成果署名不公正(R)	1	2	3	4	5
6	提供学术交流平台和机会	1	2	3	4	5
7	工作十分努力的成员会得到肯定	1	2	3	4	5
8	给我工作自主权,提供良好的工作支持	1	2	3	4	5
9	对我的工作绩效进行反馈	1	2	3	4	5
10	提供进修和培训的机会	1	2	3	4	5
11	真诚的对待自己的成员	1	2	3	4	5
12	团队没有绩效反馈(R)	1	2	3	4	5
13	支持我达到最高水准的工作绩效	1	2	3	4	5
14	能让我发挥技术和专长,学有所用	1	2	3	4	5
15	团队支持我的富有创新性的探索	1	2	3	4	5
16	团队支持我申报高水平研究项目	1	2	3	4	5
17	成果署名公正合理	1	2	3	4	5
18	关心成员的个人成长	1	2	3	4	5
19	关心团队成员健康	1	2	3	4	5

20	关怀成员的个人生活	1	2	3	4	5
21	十分尊重自己的成员	1	2	3	4	5
22	支持成员晋升	1	2	3	4	5

(二)成员责任

请您判断:您已经或者相信自己能够履行下列责任和义务的程度,请在相应的选项上打√。

1.非常不同意　2.不太同意　3.一般　4.比较同意　5.完全同意

序号	题目(17)	选项				
1	将自己的长远发展与团队发展联系在一起	1	2	3	4	5
2	维护团队良好的合作气氛	1	2	3	4	5
3	配合团队负责人的工作安排	1	2	3	4	5
4	遵守团队内部的相关规定	1	2	3	4	5
5	与其他成员合作以实现团队目标	1	2	3	4	5
6	团队成员没有合作(R)	1	2	3	4	5
7	保守团队的科研机密	1	2	3	4	5
8	把团队的成功视为自己的责任	1	2	3	4	5
9	使自己对团队越来越有价值	1	2	3	4	5
10	自觉帮助团队做额外的工作而不计较报酬	1	2	3	4	5
11	不断超越自己现有的能力和水平	1	2	3	4	5
12	积极为团队的发展献计献策	1	2	3	4	5
13	维护团队形象,扩大所在团队的外部影响	1	2	3	4	5
14	与同事意见冲突时求同存异	1	2	3	4	5
15	接受和认同团队的精神理念与行为规范	1	2	3	4	5
16	对团队分配的工作全身心投入	1	2	3	4	5
17	团队的发展与我无关(R)	1	2	3	4	5
18	出色可靠地完成自己的工作	1	2	3	4	5
19	不发表对团队工作不利的言论	1	2	3	4	5

第三部分 大学创新团队内部知识共享调查

请您根据自己和团队的实际情况判断,在相应的选项上打√。

1.非常不同意 2.不太同意 3.一般 4.比较同意 5.完全同意

序号	题目	选项				
1	团队近年产出了很多创新成果,实力不断增强	1	2	3	4	5
2	共享我的知识会增加我与优秀成员合作的机会	1	2	3	4	5
3	善于将自己的经验、窍门整理清楚后与其他同事进行分享	1	2	3	4	5
4	共享我的知识会帮助同事们解决问题	1	2	3	4	5
5	共享我的知识会促进团队科研目标的实现	1	2	3	4	5
6	共享我的知识会增进我与团队成员的联系和友谊	1	2	3	4	5
7	学到对科研有益的新知识后,我主动让更多人知道它	1	2	3	4	5
8	团队不断的培养出适应工作所需的技能方法或团队价值观等	1	2	3	4	5
9	我在工作中经常尝试新思路、新程序或新方法	1	2	3	4	5
10	团队内部能够及时传达和分享信息	1	2	3	4	5
11	我在工作中的窍门不会让他人知道(R)	1	2	3	4	5
12	当我向同事寻求帮助时,他们总会愿意跟我分享经验和窍门	1	2	3	4	5
13	当我向其他成员请教时,总是遭到拒绝(R)	1	2	3	4	5
14	为了实现新的构想,我会努力争取他人的帮助	1	2	3	4	5
15	团队中的讨论总能为大家带来收获,如澄清问题、或得到解决方案	1	2	3	4	5
16	在团队中共享知识的人有更好的声望	1	2	3	4	5
17	加入团队后我拓展了知识和经验	1	2	3	4	5
18	团队成员的专业知识和能力很好地互补	1	2	3	4	5
19	团队中有人失败,大家相互帮助吸取教训	1	2	3	4	5

第四部分　大学创新团队成员组织承诺调查

请您结合自己和团队的实际情况作出判断,在相应的选项上打√。

1.非常不同意　2.不太同意　3.一般　4.比较同意　5.完全同意

序号	题目	选项				
1	我继续为该团队工作的一个重要原因是离职将会需要很大的个人牺牲,其他团队可能不能提供我现在所拥有的利益	1	2	3	4	5
2	非常乐意和他人讨论我所在的团队	1	2	3	4	5
3	此刻,和团队保持在一起是很有必要的	1	2	3	4	5
4	即使对我很有用,我也不认为现在离开团队是正确的	1	2	3	4	5
5	我相信一个人必须对他所在的团队一直忠诚	1	2	3	4	5
6	团队对我有很大的个人意义	1	2	3	4	5
7	非常乐意在该团队中工作,直至退休	1	2	3	4	5
8	我现在不会离开我的团队,因为我对这里的人们有一种责任感	1	2	3	4	5
9	如果我决定现在离开这个团队,在我的生活中将会有很多的事情被打乱	1	2	3	4	5
10	这个团队没有值得我留恋的(R)	1	2	3	4	5
11	这个团队值得我对其忠诚	1	2	3	4	5
12	我发现我的价值观和团队的价值观非常相似	1	2	3	4	5
13	我对团队感情很深,在任何情况下都不愿意离开	1	2	3	4	5
14	我保持和这个团队在一起,事情会越来越好	1	2	3	4	5

第五部分　大学创新团队团队人际信任调查

请您结合自己和团队的实际情况作出判断,在相应的选项上打√。

1.非常不同意　2.不太同意　3.一般　4.比较同意　5.完全同意

序号	题目	选项				
1	能够与其他成员自由地分享想法	1	2	3	4	5
2	遇到问题时,能够得到其他成员的建议和关心	1	2	3	4	5
3	如果其中一员被调职或者离开团队,我们都会感觉到一种损失	1	2	3	4	5
4	团队成员倾向于在工作关系中投入大量的感情	1	2	3	4	5
5	能够与其他成员自由地谈论自己在工作中遇到的困难,并且知道他们愿意倾听	1	2	3	4	5
6	我相信其他成员的工作能力	1	2	3	4	5
7	团队成员互相防范(R)	1	2	3	4	5
8	在团队中不会因为工作粗心而使得我的工作更加困难	1	2	3	4	5
9	大部分的成员,即使不是亲密朋友,也会相互信任和尊重	1	2	3	4	5
10	团队成员关系比较平等	1	2	3	4	5
11	团队成员在工作中都表现出奉献精神和专业精神	1	2	3	4	5

第六部分　大学创新团队成员工作满意度调查

请您结合自己和团队的实际情况作出判断,在相应的选项上打√。

1.非常不同意　2.不太同意　3.一般　4.比较同意　5.完全同意

序号	题目	选项				
1	我对社会地位感到满意	1	2	3	4	5
2	感到被团队尊重与关怀	1	2	3	4	5
3	个人能力及特长得到了发挥	1	2	3	4	5
4	感到工作有成就感	1	2	3	4	5
5	对自己及周围同事的工作质量、效率感到满意	1	2	3	4	5
6	团队资源配置不合理(R)	1	2	3	4	5
7	对同事之间的人际关系状况感到满意	1	2	3	4	5
8	对同事之间的工作配合与协作感到满意	1	2	3	4	5

9	对周围同事的工作责任感及能动性感到满意	1	2	3	4	5
10	我对工作能力提升感到满意	1	2	3	4	5
11	目前团队成员的士气与心态令人满意	1	2	3	4	5
12	团队提供报纸、图书杂志供大家学习和了解新信息	1	2	3	4	5
13	当前工作的资源配备适宜	1	2	3	4	5
14	对团队文体、娱乐活动的安排感到满意	1	2	3	4	5
15	团队内没有娱乐活动（R）	1	2	3	4	5
16	团队内部的加班制度合理	1	2	3	4	5
17	对团队的制度建设、实施感到满意	1	2	3	4	5
18	团队制订的赏罚制度合理、公正	1	2	3	4	5
19	工作环境安全	1	2	3	4	5
20	工作环境整洁、舒适	1	2	3	4	5
21	对团队管理工作的有效性感到满意	1	2	3	4	5
22	对团队的管理创新及改进工作感到满意	1	2	3	4	5

问卷结束。再次感谢您填答此问卷！

附录 B 大学创新团队成员心理契约、知识共享调查问卷(正式测试)

尊敬的大学创新团队成员:

您好! 感谢您在百忙之中抽出时间填答本问卷。本问卷旨在了解大学创新团队心理契约、知识共享等方面的状况,获取相应的研究数据用于博士学位论文研究。本调查采用匿名的方式,您的回答会得到严格保密,请您不要有任何顾虑。

电子版问卷请在相应的选项上涂红。回复至 wangll@ dlut. edu. cn。衷心地感谢您的支持!

大连理工大学管理学院博士生 王丽丽

第一部分 基本情况

请您在合适选项的□内打"√"。

性　　别:□男　　　□女

年　　龄:□20~24 岁　□25~29 岁　□30~34 岁　□35~40 岁
　　　　　□40~45 岁　□45~50 岁　□50 岁以上

职　　称:□助教　　□讲师　　□副教授　　□教授

政治面貌:□党员　　□团员　　□群众　　□其他_____

学　　位:□学士　　□硕士　　□博士　　□其他_____

您在团队中属于:□团队负责人　□学术骨干　□博士生　□硕士生
　　　　　　　　□其他_____

您在该团队的工作时间:□1 年以内　□1～2 年　□2～3 年　□3～5 年　□5 年以上

第二部分　大学创新团队心理契约调查

(一)团队责任

请您判断:您的团队实际上或者您相信团队能够履行下列责任和义务的程度,请在相应的选项上打√。

1.非常不同意　2.不太同意　3.一般　4.比较同意　5.完全同意

序号	题目(20)	选项				
1	科研资源配备合理	1	2	3	4	5
2	及时提供有关信息	1	2	3	4	5
3	提供富有挑战性的工作	1	2	3	4	5
4	团队成果署名不公正(R)	1	2	3	4	5
5	提供学术交流平台和机会	1	2	3	4	5
6	工作十分努力的成员会得到肯定	1	2	3	4	5
7	对我的工作绩效及时反馈	1	2	3	4	5
8	提供进修和培训的机会	1	2	3	4	5
9	真诚的对待自己的成员	1	2	3	4	5
10	团队没有绩效反馈(R)	1	2	3	4	5
11	能让我发挥技术和专长,学有所用	1	2	3	4	5
12	团队支持我的富有创新性的探索	1	2	3	4	5
13	团队支持我申报高水平研究项目	1	2	3	4	5
14	成果署名公正合理	1	2	3	4	5
15	关心团队成员健康	1	2	3	4	5
16	关怀成员的个人生活	1	2	3	4	5
17	十分尊重自己的成员	1	2	3	4	5
18	支持成员职务晋升	1	2	3	4	5

(二)成员责任

请您判断:您已经或者相信自己能够履行下列责任和义务的程度,请在相应的选项上打√。

1.非常不同意　2.不太同意　3.一般　4.比较同意　5.完全同意

序号	题目(17)	选项				
1	将自己的长远发展与团队发展联系在一起	1	2	3	4	5
2	维护团队良好的合作气氛	1	2	3	4	5
3	遵守团队内部的相关规定	1	2	3	4	5
4	与其他成员合作以实现团队目标	1	2	3	4	5
5	团队成员没有合作(R)	1	2	3	4	5
6	保守团队的科研机密	1	2	3	4	5
7	把团队的成功视为自己的责任	1	2	3	4	5
8	使自己对团队越来越有价值	1	2	3	4	5
9	不断超越自己现有的能力和水平	1	2	3	4	5
10	积极为团队的发展献计献策	1	2	3	4	5
11	维护团队形象,扩大所在团队的外部影响	1	2	3	4	5
12	与同事意见冲突时能够求同存异	1	2	3	4	5
13	接受和认同团队的精神理念与行为规范	1	2	3	4	5
14	对团队分配的工作全身心投入	1	2	3	4	5
15	团队的发展与我无关(R)	1	2	3	4	5
16	出色可靠地完成团队分派给自己的工作	1	2	3	4	5
17	不发表对团队工作不利的言论	1	2	3	4	5

第三部分　大学创新团队内部知识共享调查

请您根据自己和团队的实际情况判断,在相应的选项上打√。

1.非常不同意　2.不太同意　3.一般　4.比较同意　5.完全同意

序号	题目	选项				
1	团队近年产出了很多创新成果,实力不断增强	1	2	3	4	5
2	共享我的知识会增加我与优秀成员合作的机会	1	2	3	4	5
3	团队成员善于将自己的经验、窍门整理清楚后与其他同事进行分享	1	2	3	4	5
4	共享我的知识会帮助同事们解决问题	1	2	3	4	5
5	共享我的知识会促进团队科研目标的实现	1	2	3	4	5
6	共享我的知识会增进我与团队成员的联系和友谊	1	2	3	4	5
7	学到对科研有益的新知识后,我主动让更多人知道它	1	2	3	4	5
8	团队不断的培养出适应工作所需的技能方法或团队价值观等	1	2	3	4	5
9	我在工作中经常尝试新思路、新程序或新方法	1	2	3	4	5
10	团队内部能够及时传达和分享信息	1	2	3	4	5
11	我在工作中的窍门不会让他人知道。(R)	1	2	3	4	5
12	当我向同事寻求帮助时,他们总会愿意跟我分享经验和窍门	1	2	3	4	5
13	当我向其他成员请教时,总是遭到拒绝。(R)	1	2	3	4	5
14	为了实现新的构想,我会努力争取他人的帮助	1	2	3	4	5
15	团队中的讨论总能为大家带来收获,如澄清问题、或得到解决方案	1	2	3	4	5
16	在团队共享知识的人有更好的威望	1	2	3	4	5
17	加入团队后我拓展了知识和经验	1	2	3	4	5
18	团队成员的专业知识和能力很好地互补	1	2	3	4	5

第四部分 大学创新团队成员组织承诺调查

请您结合自己和团队的实际情况作出判断,在相应的选项上打√。

1.非常不同意 2.不太同意 3.一般 4.比较同意 5.完全同意

序号	题目	选项				
1	继续为该团队工作的一个很重要的原因是离职将会造成很大的个人牺牲,其他团队可能不能提供我现在所拥有的利益	1	2	3	4	5

2	我非常乐意和他人讨论我所在的团队	1	2	3	4	5
3	此刻,和团队保持在一起是很有必要的	1	2	3	4	5
4	即使对我很有用,我也不认为现在离开团队是正确的	1	2	3	4	5
5	这个团队没有值得我留恋的(R)	1	2	3	4	5
6	这个团队对我有很大的个人意义	1	2	3	4	5
7	非常乐意在该团队中工作,直至退休	1	2	3	4	5
8	我现在不会离开我的团队,因为我对这里的人们有一种责任感	1	2	3	4	5
9	如果我决定现在离开这个团队,在我的生活中将会有很多的事情被打乱	1	2	3	4	5
10	这个团队值得我对其忠诚	1	2	3	4	5
11	我发现我的价值观和团队的价值观非常相似	1	2	3	4	5
12	我对团队感情很深,在任何情况下都不愿意离开	1	2	3	4	5
13	我保持和这个团队在一起,事情会越来越好	1	2	3	4	5

第五部分　大学创新团队团队人际信任调查

请您结合自己和团队的实际情况作出判断,在相应的选项上打√。

1.非常不同意　2.不太同意　3.一般　4.比较同意　5.完全同意

序号	题目	选项				
1	能够与其他成员自由地分享想法	1	2	3	4	5
2	遇到问题时,能够得到其他成员的建议和关心	1	2	3	4	5
3	如果其中一员被调职或者离开团队,我们都会感觉到一种损失	1	2	3	4	5
4	团队成员倾向于在工作关系中投入大量的感情	1	2	3	4	5
5	能够与其他成员自由地谈论自己在工作中遇到的困难,并且知道他们愿意倾听	1	2	3	4	5
6	我相信其他成员的工作能力	1	2	3	4	5
7	团队成员互相防范(R)	1	2	3	4	5
8	即使不是亲密朋友,大部分的成员也会相互信任和尊重	1	2	3	4	5

| 9 | 团队成员关系比较平等 | 1 | 2 | 3 | 4 | 5 |
| 10 | 团队成员在工作中都表现出奉献精神和专业精神 | 1 | 2 | 3 | 4 | 5 |

第六部分　大学创新团队成员工作满意度调查

请您结合自己和团队的实际情况作出判断，在相应的选项上打√。

1. 非常不同意　2. 不太同意　3. 一般　4. 比较同意　5. 完全同意

序号	题目	选项				
1	我对社会地位感到满意	1	2	3	4	5
2	感到被团队尊重与关怀	1	2	3	4	5
3	个人能力及特长得到了发挥	1	2	3	4	5
4	感到工作有成就感	1	2	3	4	5
5	对自己及周围同事的工作效率、质量感到满意	1	2	3	4	5
6	团队资源配置不合理（R）	1	2	3	4	5
7	对同事之间的人际关系状况感到满意	1	2	3	4	5
8	对同事之间的工作配合与协作感到满意	1	2	3	4	5
9	对周围同事的工作责任感及能动性感到满意	1	2	3	4	5
10	我对工作能力提升感到满意	1	2	3	4	5
11	目前团队成员的士气与心态令人满意	1	2	3	4	5
12	团队提供报纸、图书杂志供大家学习和了解新信息	1	2	3	4	5
13	当前工作的资源配备适宜	1	2	3	4	5
14	对团队文体、娱乐活动的安排感到满意	1	2	3	4	5
15	团队内没有娱乐活动（R）	1	2	3	4	5
16	团队内部的加班制度合理	1	2	3	4	5
17	对团队的制度建设、实施感到满意	1	2	3	4	5
18	团队制订的赏罚制度合理、公正	1	2	3	4	5
19	对团队管理工作的有效性感到满意	1	2	3	4	5

问卷结束。祝您身体健康，工作愉快！

后 记

　　人生的路,如同攀登不完的阶梯。完成博士论文,是我行走艰难的一段路程。

　　年少时,觉得拿到博士学位的阶梯太高,遥不可及。不曾想,进入不惑之年的我,成为了大连理工大学的一名新教师。掂量自己,我觉得急需充电。于是,我以十分坚定的决心和十二分刻苦的努力,考取了大连理工大学管理学院的博士生。接下来的六年多,我以大学教师和博士生的双重社会角色奋力跋涉。

　　我非常的幸运。这一段的艰难路程,有太多人的理解、关心、鼓励、支持和帮助伴我前行。此时此刻,我有太多太多的感谢要说。

　　首先要深深地向我的导师汪克夷教授致敬和道谢。六年里,我从导师身上学到了很多。导师渊博的学识、严谨的治学态度、宽厚的为人风格、超然的处世风范,令我由衷地钦佩,并且对我的治学、为师和为人都产生了深远的影响。记不清有多少个下午和休息日,导师和我们一起讨论学术选题,对于每个博士生的选题,从立意到研究框架他都一一把关;忘不了我发给他的开题报告和论文初稿,从结构、内容到文字甚至标点符号,他都一一审阅修改。在我的记忆中,不曾听到他严厉的话语,不曾看到他不悦的表情,当我因为工作太忙而荒疏了研究时,耳畔响起的总是他细心的提醒和耐心的叮咛。我的论文从选题,到研究设计、分析论证都是在导师的悉心指导下完成的,凝聚着导师的心血和期望。在我攻读博士学位期间,还多次得到曾经也是我的老师的师母——吕振民老师的关心和鼓励。师恩如海！我将永远铭记于心。

在做毕业论文过程中，我得到了我的领导和同事们的各种方式的支持与鼓励。我是在职攻读博士学位的，学校人事处领导和人文社会科学学院领导在经费上予以我大力支持，使我有良好的条件开展调查研究。另外，由于我是在走上教学科研岗位的同时开始攻读博士学位的，所以最初总觉得处理不好工作与学习和研究的关系，压力很大。在我感到气馁时，人文学院洪晓楠院长、杨连生书记等领导对我的工作给予了充分肯定，使我感受到了兄长般的鼓励与关怀；在我工作忙碌时，行政管理系的年长或年轻教师默默帮我分担；在我研究遇到困难时，有专长的老师给予我无私的帮助……在这里，我要真诚地向人文学院领导和行政管理系的所有同事说声"谢谢"。

在论文的调研过程中，我得到了科学技术研究院郝海副院长和娄颖副院长的大力支持，得到了机械工程学院特种/精密加工与微制造教育部创新团队负责人贾振元教授、材料学院张兴国教授、土木学院吴志敏教授等一大批科研创新团队负责人和成员的大力协助，在此向所有配合专家访谈和问卷调查的校内外老师们致以衷心的感谢。

在论文各个阶段报告中，武春友教授、迟国泰教授、刘晓冰教授、肖洪均教授、张国梁教授、仲秋雁教授、刘凤朝教授等对论文研究给予了悉心指导。正是他们富有深度的修改意见使本论文一步步走向成熟。在此深表感谢！

感谢在量表开发、问卷发放和数据录入以及数据分析方面鼎力相助的各位专家、老师和研究生同学。

感谢我的婆婆和父母，因为忙于工作近年一直很少去家乡看望他们。可每每电话里他们总是说"你要注意身体，我很好，不用惦记！"这些充满深情的理解和安慰，令我十分愧疚和感动，唯有用不断的努力和进步来回报。

感谢我的丈夫，在我困顿和疲累时，是他在工作、生活多方面的关心、理解与支持，给予了我有力的支撑。感谢我的儿子，当我忙如"陀螺"时，是他提醒我"要放缓生活的节奏"，他的懂事和成长给予了我无尽的欣慰和快乐。

论文虽已完成,但研究没有止境。我将珍藏这所有的情谊,带着些许快乐,带着些许遗憾,继续努力前行。

这本专著,是在我的博士论文的基础上修改出版的。由于自己的学识、能力局限,文中尚有许多涉及的内容值得进一步细致讨论和深化研究,恳请各位师友、学界先贤和广大读者批评指正。

王丽丽

2011 年 1 月于学清园寓所